UM
FEITIÇO
DE
AMOR

KATE ROBB

UM FEITIÇO DE AMOR

Tradução
Ray Tavares

1ª edição
Rio de Janeiro-RJ / São Paulo-SP, 2024

VERUS
EDITORA

Título original
This Spells Love

ISBN: 978-65-5924-236-8

Copyright © Kate Robb, 2023
Edição publicada mediante acordo com Dial Press, selo da Random House, divisão da Penguin Random House LLC.
Todos os direitos reservados, incluindo o direito de reproduzir em todo ou em parte, por qualquer forma.

Tradução © Verus Editora, 2024
Direitos reservados em língua portuguesa, no Brasil, por Verus Editora. Nenhuma parte desta obra pode ser reproduzida ou transmitida por qualquer forma e/ou quaisquer meios (eletrônico ou mecânico, incluindo fotocópia e gravação) ou arquivada em qualquer sistema ou banco de dados sem permissão escrita da editora.

Verus Editora Ltda.
Rua Argentina, 171, São Cristóvão, Rio de Janeiro/RJ, 20921-380
www.veruseditora.com.br

CIP-BRASIL. CATALOGAÇÃO NA FONTE
SINDICATO NACIONAL DOS EDITORES DE LIVROS, RJ

R545f

Robb, Kate
    Um feitiço de amor / Kate Robb ; tradução Ray Tavares. - 1. ed. - Rio de Janeiro : Verus, 2024.

    Tradução de: This Spells Love
    ISBN 978-65-5924-236-8

    1. Romance americano. I. Tavares, Ray. II. Título.

23-87590   CDD: 813
                   CDU: 82-31(73)

Gabriela Faray Ferreira Lopes - Bibliotecária - CRB-7/6643

Revisado conforme o novo acordo ortográfico.

Seja um leitor preferencial Record.
Cadastre-se no site www.record.com.br e receba informações sobre nossos lançamentos e nossas promoções.

Atendimento e venda direta ao leitor:
sac@record.com.br

*Para Kath, minha hamiltoniana favorita:
Quando escrevo os trechos que me parecem engraçados,
é a sua risada que ouço em minha mente.*

Capítulo 1

— E AÍ, A gente vai resolver o problema de hoje com açúcar ou álcool?

É uma ótima pergunta. É o que eu tenho me perguntado pelos últimos dezoito minutos, parada no exato lugar da calçada que tem a mesma distância da porta de entrada da Nana's Old Fashioned Doughnuts e da loja de bebidas.

— Você parece melhor hoje.

Minha irmã mais velha, Kiersten, coloca uma mecha de cabelo loiro--avermelhado atrás da minha orelha. Eu argumentaria que o cabelo não estava fora do lugar, tendo em vista que o melhor que consegui fazer hoje de manhã foi um coque intencionalmente bagunçado, mas Kiersten está acostumada a agir como uma mamãe urso, dada a nossa diferença de dez anos.

— Estou bem — minto.

Tenho consciência de que ela sabe que menti. Mas, para ser honesta, hoje eu tomei banho, me vesti e estou usando roupas íntimas limpas, uma melhora significativa em relação às últimas três semanas, fedorentas, sujas e de "roupas íntimas são opcionais".

— Acho que a Nana é a melhor opção para a nossa vida.

Caminho em direção à porta transparente de vidro da loja de donuts. Kiersten me segue. Quando as portas se abrem, somos recebidas pelo doce cheiro de açúcar, fermento e felicidade. Sim. É exatamente desse tipo de conforto que eu preciso.

Nós pegamos um lugar na fila atrás de uma porção de outros hamiltonianos famintos que têm excelente gosto para doces matinais, e olhamos para a caixa de vidro duplo que abriga dezenas de donuts artesanais feitos com o amor da Nana.

— Qual você vai querer? — Kiersten me cutuca com o cotovelo e seus olhos se fixam em uma fileira de "Sonhos de Coco". A pergunta é mais uma formalidade. Um ritual das irmãs Wilde. Dizer que somos frequentadoras assíduas da loja da Nana é um eufemismo. Um eufemismo grosseiro.

— Meia dúzia de donuts clássicos — digo tanto para Kiersten quanto para a senhora que trabalha no caixa, que não é a verdadeira Nana. É o meu pedido de sempre. O pedido que eu faço todo sábado de manhã, quando nos encontramos para nossa "caminhada-com-fofoca" semanal, ou em uma segunda-feira aleatória de julho, quando a minha vida desmoronou.

Ao meu lado, minha irmã suspira.

— Você pode variar, sabe? — Ela aponta para um donut com cobertura cor-de-rosa. — Esse diz "vinho e luz do sol". Prova comigo? Estou conduzindo uma pesquisa séria sobre donuts.

Ela olha para mim com as sobrancelhas se erguendo, toda esperançosa. Mesmo assim, balanço a cabeça e pego meus donuts com a senhora no caixa, que me dá um sorriso educado antes de pegar outra caixa e enchê-la com o pedido característico de Kiersten: "me surpreenda".

A senhora entrega a caixa para Kiersten, que nem se importa em esperar até que tenhamos pago para morder um donut com cobertura rosa-escuro e gemer.

— Meu Jesus amado, isso é melhor que um orgasmo. Você tem que experimentar. — Ela segura o donut recheado na frente da minha boca.

— Valeu — recuso, levantando minha caixa de donuts. — Time dos donuts clássicos, lembra?

Ela dá outra grande mordida e, depois de mais um gemido emocionado, revira os olhos de forma dramática.

— Eu jamais criticaria os donuts clássicos da Nana, mas você não se preocupa de estar perdendo algo incrível?

Não.

Pelo menos não o suficiente para pedir outra coisa que não seja meus já testados e aprovados.

— Os clássicos são deliciosos — argumento. — Eles nunca me decepcionam.

Não tinha a intenção de usar meus hábitos de consumo de donuts como uma metáfora para a minha vida. Mas assim que digo a palavra "decepcionam", algo estala em meu cérebro, e as lágrimas que consegui segurar desde os trinta minutos de choro livre que me permito ter toda manhã fazem uma aparição improvisada, deslizando pelas minhas bochechas como gotas de chuva de verão.

— Stuart deveria ter sido o meu donut clássico de maçã.

Meu coração se encolhe à menção do meu ex. *Por que fiz isso?* Falar em voz alta o nome daquele-que-não-deve-ser-nomeado? É o catalisador que faz minhas lágrimas brandas de chuva de verão se transformarem em uma feia tempestade. E preciso de todo o meu autocontrole para ficar parada ali, evitando os olhares de pena da senhora do caixa, enquanto Kiersten paga nosso pedido com seu cartão. Assim que o recibo está nas mãos dela, corro de volta para a calçada, onde uma caixa de panfletos de imóveis à venda me dá o apoio necessário para fechar os olhos, virar o meu rosto em direção ao sol e tentar esquecer o desastre que é a minha vida amorosa.

— Você está bem, Gems? — A mão da minha irmã encontra a parte inferior das minhas costas. Dessa vez, não ligo tanto para a forma como ela faz um carinho maternal por cima da minha jaqueta jeans.

— Era pra ele ter sido o meu futuro — lamento, entre soluços. — A gente ia adotar um cachorro. Comprar uma casa. Ou pelo menos um ótimo apartamento, com um closet. E agora...

Agora ele é meu ex. Um ex que nem teve a delicadeza de falar "não é você, sou eu". Na verdade, ele citou a mim e o meu infindável entusiasmo pelo nosso relacionamento como o fator número um para terminar os quatro anos que investimos um no outro, me surpreendendo de uma forma que eu não pensei que ele fosse capaz.

— Eu sei que isso é uma merda. — Kiersten me abraça pelos ombros e puxa a minha cabeça em direção ao seu peito. — E, além de encher você de açúcar, não tem nada que eu possa fazer ou dizer para que você se sinta melhor. Mas quando o seu coração tiver a chance de se curar um pouquinho, acho que você vai ver que o Stuart era...

Ela hesita por um instante.

— Bom, ele meio que tinha a personalidade de uma caixa de papelão, e você está bem melhor sem ele.

Estou prestes a defender o meu novo ex. Ou a mim mesma por ter ficado com ele por tanto tempo. Mas o meu celular vibra no bolso. E quando eu olho para a tela, a pequena nuvem escura que vem me seguindo pelas últimas três semanas é cortada por um raio de sol.

Dax: De boa se a gente adiar nosso encontro em uma hora hoje à noite? Tem uma pessoa vindo aqui. É meio que importante.

Meu coração estremece.

Eu: Encontro com a veterinária?

Demora alguns segundos até meu celular voltar a vibrar.

Dax: Não, cancelei pra gente se encontrar. É um cliente grande. Pelo menos eu acho que é. É tudo meio vago. Tenho conversado com o pessoal dele a semana toda.

Eu: Seu cliente tem um "pessoal"? Olha só!

Dax: É. Talvez a gente possa comemorar hoje à noite, depois de toda a lamentação.

Eu: Se tiver vinho o suficiente, estou disposta a quase tudo.

Eu observo os três pontinhos aparecerem na nossa conversa, desaparecerem, e aí aparecerem de novo, só para desaparecerem outra vez. Quando ele finalmente me responde, tudo o que eu recebo é um emoji de chapéu de festa.

Minha irmã se inclina, descansando o queixo no meu ombro.

— Se você estiver trocando mensagens com o Stuart, eu juro por Deus que vou pegar seus donuts de piedade de volta.

Mostro meu celular para ela como evidência.

— Não é o Stuart, só o Dax. A gente vai se encontrar depois do trabalho.

Ao mencionar o nome de Dax, as sobrancelhas de Kiersten se erguem um centímetro.

— Mas você não me disse que o Daxon tinha um encontro hoje à noite? Com a veterinária?

— Ela é assistente de veterinário — contesto. — E o Stuart foi buscar as coisas dele hoje. Dax resolveu cancelar o encontro e ficar comigo um pouco, porque achou que eu poderia estar chateada.

Kiersten responde com um *hummm*, e eu me preparo para o comentário que está por vir. Mas ela apenas se vira, e nós caminhamos em silêncio em direção ao prédio em que moro. Na terceira quadra, presumo que o assunto tenha sido abandonado. Então ela para e pega uma segunda rosquinha da sua caixa, mas, antes de dar uma mordida, faz uma pausa.

— Se eu me lembro bem, esse seria o terceiro encontro. É o encontro que pode rolar sexo. Ele cancelou o encontro sexual por sua causa.

— Não é nada de mais.

Kiersten morde o donut, me olhando.

— Para de me olhar assim.

Ela ergue as mãos.

— Eu olho assim para todo mundo. Se você está interpretando o meu olhar como algo além de preocupação de irmã, a culpa é sua.

Meu celular vibra. É Dax novamente. Eu ignoro Kiersten e respondo, dizendo que ele pode chegar assim que terminar com o cliente. O tempo todo, consigo sentir os olhos dela em mim.

— Sabe o que eu acho que você deveria fazer hoje à noite? — pergunta ela.

Meu texto viaja pelo ciberespaço.

— Eu tenho uma ideia de com *quem* você acha que eu deveria fazer.

Kiersten encolhe os ombros, inocente.

— O cara cancelou um encontro pra ficar com você. Além disso, ele é um gato. Se eu não fosse casada já estaria dando em cima.

— Kiersten.

— É sério! E ele ainda usa uns jeans que não deixam sobrar nada para a imaginação.

— Eu não sei o que isso significa.

— Significa que, em vez de acordar amanhã com os seus três alarmes, você poderia acordar com aquele pinicar de barba nas coxas.

Não sei como responder. Então fico ali, parada, com a boca aberta e chocada, enquanto ela lambe um pouco de glacê rosa do canto da boca e volta a andar. Seus cinco centímetros a mais de altura me obrigam a andar apressada para alcançá-la.

— Ele é meu melhor amigo — digo, apontando para a minha perna, que não mostra irritações provenientes de contato com barbas. — E *isso* não seria coisa de amigos.

Ela olha para a minha virilha.

— Por que não? Eu apostaria o resto desse donut que Daxon McGuire é um amante generoso.

Fico boquiaberta uma segunda vez.

— Agora você só está inventando coisas.

Kiersten enfia o que restou do donut na boca.

— O que ele te trouxe mês passado, quando você estava de cama com a garganta inflamada?

Eu sei exatamente aonde ela está querendo chegar. Ele me trouxe sopa. Feita em casa. Estava deliciosa.

— Ele ganhou uma panela elétrica de Natal e ainda não tinha usado.

Ela levanta o queixo, um imenso sorriso se espalhando pelo rosto, porque acha que ganhou a discussão.

— Invente as desculpas que quiser, Gemma. Ele quer você. E eu acho que, assim que o seu coração tiver um pouquinho mais de tempo para perceber que o Stuart era um babaca e que você se livrou de uma furada, vai perceber que amigos podem facilmente se tornar amantes.

Antes que eu enumere todas as falhas daquela argumentação, meu telefone toca. As sobrancelhas de Kiersten se agitam, como se ela estivesse antecipando mais evidências para sua teoria maluca. E eu tenho um pequeno sentimento de satisfação quando levanto o celular e mostro a ela o nome da nossa tia brilhando na tela.

— Oi, tia Livi, tudo bom? — aperto o telefone na minha orelha e dou as costas para a minha irmã.

— Oi, querida. Ligando para verificar como está a recuperação desse coraçãozinho.

Eu engulo o nó que surge repentinamente na minha garganta ao lembrar que a minha vida amorosa está em frangalhos.

— Estou tentando usar açúcar como remédio, mas não está funcionando muito bem.

Há um suave tintilar de sinos de vento ao fundo. Conheço o som o suficiente para saber que a minha tia está em sua livraria e que, ou abriu a porta da entrada ou está recebendo o primeiro cliente do dia.

— Bom, estou ligando para contar que eu tenho a resposta perfeita para todos os seus problemas do coração. Por que você não vem me fazer uma visita hoje à noite?

Eu me preparo para as suas esquisitices "new age". Já fui cobaia de seus tônicos de cura e chás purificadores o suficiente para ter desenvolvido um saudável ceticismo.

— Passa aqui umas sete da noite?

— Eu vou encontrar o Dax hoje à noite.

— Ótimo, quanto mais gente, melhor! Traga a sua irmã também.

Eu cubro o celular com a palma da mão e me viro para Kiersten.

— O que você vai fazer hoje à noite?

Ela dá de ombros.

— Assistir *The Bachelor* pra poder te dizer quem foi eliminado, já que você é uma esquisitona.

É verdade. Eu não consigo assistir ao reality show sem antes saber quem ficou com a rosa. Uma das minhas muitas peculiaridades.

— Vai me encontrar na tia Livi depois que as crianças estiverem dormindo. Ela vai me curar.

Ela não diz nem que sim nem que não, e abre sua caixa de donuts pela terceira vez, e então a fecha e aperta a própria barriga.

— Beleza. Eu vou. Mas se ela sugerir que a gente recite cânticos peladas de novo, eu vou embora.

Eu lhe dou as costas e retorno a atenção para a minha tia.

— Preciso levar alguma coisa?

Há uma pequena pausa antes que ela continue.

— Na verdade, sim. Se você conseguir. Vamos precisar de sal grosso, duas pimentas boina-escocesa e quatro baterias A3.

— Beleza — respondo, insegura do quão amedrontada deveria ficar dos planos para essa noite.

Desligo o celular e percebo que não estamos caminhando para meu prédio, e sim para a minivan branca de Kiersten, parada em uma rua lateral. Ela aperta o chaveiro, e a porta traseira se abre automaticamente. Então joga sua caixa de donuts em cima do banco coberto por farelo de cereal e abre a porta do passageiro.

— Quer que eu te leve em casa?

Eu nego com a cabeça.

— Eu vou andando. Não vou conseguir fazer um pouco de esteira antes do nosso encontro com a tia Livi. Tenho uma reunião às seis com uma empresa de Xangai que quer que eu compre seu novo e revolucionário shampoo anticaspa. Já estou com medo.

— Sempre que quiser trocar de lugar comigo, é só dizer. Mas eu recomendo que você assista a algum dos jogos de softball da Riley antes. Ou vá a alguma das reuniões de pais e mestres da escola. Ou a uma das consultas mensais ao dentista, já que meus três filhos herdaram os dentes fracos do Trent. Mas o assunto agora não é meu caos diário.

Ela abre os braços e eu deixo que ela me dê um último abraço. Ela me aperta forte, se afasta e segura meu rosto entre as mãos.

— Fico feliz que você vá hoje. Acho que uma noite com você, a tia Livi e o Dax é exatamente o que eu preciso.

Ela vai até o lado do motorista, entra no carro e, enquanto coloca o cinto de segurança, abaixa o vidro.

— É o que todo mundo diz, Gems, términos são duros. — Ela pisca para mim. — Mas você sabe o que mais é duro?

Eu nego com a cabeça.

— O pinto do Dax.

E com isso, ela sai com o carro. E ainda ouço sua risada até chegar no cruzamento.

Capítulo 2

MARGARITAS NÃO SÃO FEITAS para se tomar em noites de segunda-feira.

Existe uma razão para esse tipo de bebida ser tema de tantas canções. Tequila realmente tem a tendência de fazer a gente tirar a roupa ou dizer coisas que não pretendíamos, e, no meu caso, o efeito é um combo dos dois.

Mas me considero sortuda porque a cura que a tia Livi prometera para o meu coração partido foram apenas algumas infames margaritas. Bom, talvez eu não tenha tanta sorte amanhã, quando for preciso encarar a ressaca que vai me atingir logo cedo, mas poderia ter sido muito pior. As pimentas e o sal eram para o chili que ela planeja servir no clube do livro de terça-feira à noite. Ainda não sei a finalidade das baterias. E, honestamente, tenho medo demais da resposta para perguntar.

— Acho que estão batendo na porta — Kiersten levanta a cabeça do amado sofá de veludo estilo divã à minha frente, apenas o suficiente para me olhar por cima do copo de margarita que está sobre a mesa de centro, entre nós.

Eu faço esforço para ouvir alguma outra coisa que não seja o disco do Jimmy Buffett, *Songs You Know By Heart*, que está tocando no antigo aparelho de som dos anos 80 da tia Livi.

Com certeza, um leve *toc-toc-toc* parece vir da porta do apartamento. Balanço os pés até o chão e decido, já que estou sentada, alcançar a mesa de centro e esvaziar o restante do líquido verde esquisito do meu copo. O mundo gira um pouquinho conforme me levanto, mas me endireito com rapidez, sentindo a alegria inundar meu estômago enquanto corro para cumprimentar meu melhor amigo.

— Daxon McGuire, que bom que você apareceu! — grito assim que abro a porta e o vejo apoiado no batente, a mão livre com o punho em riste, pronto para bater novamente.

O cabelo dele está molhado da chuva, formando cachinhos nas pontas e transformando os fios castanhos em um marrom-escuro. Ele estende os braços, e eu imediatamente me aconchego no pequeno recanto sob seu queixo. Sua camiseta está úmida quando ele me puxa para o seu peito. Mas conforme os braços dele me envolvem, sinto uma sensação de conforto. Ou familiaridade. Respiro seu perfume, sabonete Irish Spring e um leve toque de algo picante.

— Você está cheiroso.

Ele se afasta, e a falta de apoio me faz balançar um pouco. Mas ele segura meus ombros com as mãos, me estabilizando.

— E você está cheirando como se tivesse começado a festa sem mim! — Um largo sorriso toma conta de seu rosto, e isso me faz notar a barba por fazer.

Dax sempre está com a barba por fazer. Eu o acuso, quase todos os dias, de ter medo da lâmina de barbear. Entretanto, hoje ela parece um pouco maior. Como se ele tivesse deixado passar um dia a mais. Toco as bochechas dele com os dedos, como se para confirmar o que o meu cérebro está pensando: que o rosto dele não está com a textura áspera de sempre.

— Você está um pouco bêbada, Gems?

Fico muito consciente de que tocar seu rosto não é algo normal em nossa relação; e é provável que seja meio assustador. Mas quando a mão dele cobre a minha e a pressiona contra sua bochecha, esqueço por que isso não é algo que fazemos.

— Foi sem querer. A Kiersten fica enchendo o meu copo antes que ele se esvazie. Perdi a conta entre a dose dois e meio e a três e três quartos. Jose Cuervo não foi feito para ser tomado em frações. E aí o teto começou a girar e eu — olho para baixo, só para perceber que eu não estou mais usando calças — fiquei com calor.

Os olhos de Dax observam minhas pernas por um momento, antes de retornarem ao meu rosto.

— É, eu estava mesmo para perguntar o que rolou aí.

Minha cabeça está um pouco confusa, mas me lembro bem de ter um motivo bastante racional para tirar minha calça jeans.

— Acho que eu tirei a calça para provar alguma coisa. Algo sobre virar a página. Você está olhando para a selvagem e imprevisível Gemma. Ela bebe tequila em dia de semana. Ela não precisa de calças, nem do Stuart, aliás.

Estou ciente de que disse o nome daquele-que-não-deve-ser-nomeado mais uma vez, mas as margaritas da tia Livi parecem estar fazendo efeito, e não é tão doloroso citar aquele nome dessa vez.

— Eu gosto da Gemma que não precisa de calça — o olhar de Dax faz outra varredura —, mas me pergunto...

Ele passa por mim e vai até onde está o meu casaco, pendurado perto da porta, tira meu celular do bolso e o desbloqueia. Ele passa pelos aplicativos, encontra o relógio e clica nele.

— Ah, como eu suspeitava. Minha Gemma previsível ainda existe, aqui estão os três alarmes programados para acordar de manhã.

Pego o celular da mão dele e tento fazer uma careta. Mas ele tem razão. Não virei página nenhuma.

— Eu também mandei uma mensagem para o porteiro e o subornei com donuts de maçã para que ele me acorde logo cedo. Amanhã é o dia que todos os vendedores da Beauty Buyers têm oito horas seguidas de reuniões de vendas e operações trimestrais... se eu faltar, vou me ferrar no terceiro trimestre.

— Vocês dois vão ficar a noite inteira se olhando que nem cachorrinhos ou vão me ajudar com a jarra?

A voz de Kiersten nos lembra que não estamos sozinhos e limpa a névoa da minha mente o bastante para que eu perceba que estamos mais próximos do que o normal.

Dou um passo para trás, colocando uma distância amigável entre nós, e faço um gesto para que ele se sente.

Quando chegamos ao sofá, Kiersten já encheu o meu copo e serviu um para Dax. Tomo um gole da minha bebida já aguada, mas Dax recusa a bebida educadamente.

— Eu vim de carro.

Kiersten dá de ombros e pega o copo, virando-se para a tia Livi.
— Quer mais um pouco?
Minha tia idosa está dormindo no sofá La-Z-Boy, a boca entreaberta, parecendo um pouco morta com seu corgi também idoso, Dr. Snuggles, aconchegado nela.
— Ela tá bem? — pergunta Dax.
— Ela tá ótima — responde Kiersten. — Ela só é do tipo que não aguenta mais de uma margarita, só isso. Ei, tia Livi...
Kierst pega um farelo de Doritos da tigela, perto do liquidificador onde as margaritas foram feitas, e joga na boca aberta da minha tia.
Embora Kiersten tenha sido cortada do time de softball de sua Liga da Cerveja, o farelo encontra o alvo perfeitamente. Tia Livi inspira e o farelo fica preso em sua garganta, causando trinta segundos de terrível aflição. Os olhos dela se esbugalham e ela faz uma expressão meio surpresa, meio assustada, até que os instintos "mãe-de-três" de Kiersten entram em ação.
Ela levanta tia Livi e lhe dá fortes tapas nas costas. Três tapas depois, o farelo voa da boca de nossa tia e atravessa a sala, para se perder para sempre no carpete laranja.
— Meu Deus, o que foi isso? — O rosto da minha tia parece um tomate muito maduro.
Kiersten entrega uma margarita para ela com uma expressão de pura inocência.
— Acho que um pedaço de tinta caiu do teto e entrou pela sua boca enquanto você roncava.
Os olhos da minha tia passam pela pintura branca descascada acima dela conforme toma um longo gole.
— Bom, obrigada, querida. — Tia Livi entrega o copo vazio para Kiersten. — Te devo uma.
Ela olha ao redor da sala, e para os olhos em Dax, que não estava lá quando ela adormeceu.
— Ah, Daxon, bom te ver. Você está elegante como sempre.
Dax fica corado e se levanta para lhe dar um beijo na bochecha. Eu pego Kiersten aproveitando a visão da bunda de Dax conforme ele se inclina. Os olhos da minha irmã se cruzam com os meus e ela me dá uma piscadinha. Sinto as minhas bochechas esquentarem.

— Você acordou na hora certa, tia Livi — diz Kiersten. — A gente estava prestes a começar a parte da noite em que xingamos Stuart sem piedade.

Minha tia olha para mim, como se perguntasse se eu me inscrevi para essa atividade. Eu dou de ombros, imaginando que deve ser mais barato que terapia.

— Você quer começar? — Kiersten pergunta para Dax.

Ele nega com a cabeça, também me olhando.

— Primeiro as damas.

Kiersten lambe o rastro de sal ao redor de sua taça, e então se senta na espreguiçadeira, inclinando a cabeça em minha direção.

— Antes que eu diga o que estou prestes a dizer, preciso saber: certeza que você e o Stu não vão se pegar e fazer as pazes, né?

Minha mente volta ao nosso término, três semanas atrás.

— Eu joguei um copo de vinho tinto no terno Tom Ford dele, o azul. Considere que ele ficou sem falar comigo por três dias quando eu estava com o nariz sangrando e algumas gotas pingaram na calça cáqui. E a calça era só da J. Crew e foi um acidente.

Kiersten bufa, acho que porque ela sempre achou que Stuart fosse muito cri-cri. Eu ainda não tinha contado para ela a história do nariz sangrando por conta disso.

— Acho que você estava mais apaixonada pela sua idealização do Stuart do que por ele — diz ela.

Minha vontade de fuzilá-la com o olhar é sufocada pela constatação de que suas palavras estranhamente ecoam as de Stuart quando ele terminou comigo.

— Você gostava do Stu porque ele tinha a vida bem resolvida — continua ela. — E um apartamento metido a besta.

Agora sim, eu a fuzilo com o olhar.

— Assim você faz com que eu pareça uma interesseira sem coração.

Kiersten toma um longo gole da sua bebida.

— Não foi isso que eu quis dizer. Você não estava em busca do dinheiro. Era uma busca emocional.

Estou muito brava para responder. Ou talvez muito bêbada. De qualquer forma, Kiersten usa o meu silêncio como uma desculpa para continuar.

— O Stuart era seguro. Fácil. Ele te dava a previsibilidade que você tanto desejava. Ele era a personificação de uma torrada com manteiga, mas só dá pra viver de torrada com manteiga por algum tempo.

Ela levanta da espreguiçadeira e se coloca entre mim e Daxon no sofá, segurando minhas mãos nas dela.

— Eu entendo essa necessidade de torrada com manteiga, Gems. Com os malucos que a gente teve como pais, eu entendo completamente. Mas eu acho que você pendeu a balança demais para o lado oposto. Você precisa de um pouco de tempero na sua vida.

Kiersten acha que o tempo que passou na terapia a qualifica para fazer toda uma análise de mim e da minha vida. Nossos pais eram, para simplificar, uns inúteis. Minha mãe se casou muito jovem e estava sempre tentando "se encontrar", nos deixando sozinhas com a responsabilidade de fazer nosso próprio jantar. E o meu pai alternava entre estar desempregado com uma cadeira cativa no bar local, ou trabalhando em um remoto campo de extração de petróleo no norte de Alberta. Então talvez ela não esteja tão errada em sua teoria de que os danos emocionais me levaram a procurar alguém previsível e consistente. Eu gostava que toda sexta-feira à noite Stuart vinha de Toronto para me levar até o Fornello, um restaurante italiano. Ele sempre pedia o frango grelhado e um Merlot, e sempre oferecia para dividir comigo. Depois do jantar, fazíamos um sexo papai-e-mamãe bem meia-boca, porque outras posições podiam agravar a antiga lesão no quadril, que ele conseguiu jogando bola, mas ele me dizia que era porque gostava de olhar nos meus olhos enquanto eu gozava. Eu sempre sabia o que esperar com o Stu. Um suéter de gola redonda de cashmere todo Natal, um "você está linda" tanto se eu estivesse usando uma legging ou uma lingerie. Mesmo que houvesse trinta sabores de sorvete para escolher, ele sempre escolheria baunilha. Eu sei que parece esquisito, mas eu achava a monotonia reconfortante.

Kierst aperta as minhas mãos.

— Pensa assim: você e o Stu já deveriam ter terminado anos atrás, mas estavam muito presos aos próprios hábitos para admitir isso. O término foi bom. Para vocês dois. Em algum momento você precisa parar de regar plantas mortas.

Mais uma vez, não digo nada. Eu evito os olhos da minha irmã e os de Dax, e me pergunto como isso se transformou de uma sessão para xingar Stuart em uma intervenção. Era para ser uma noite divertida.

— Você está brava comigo — declara ela.

Eu retiro as minhas mãos das dela.

— Acho que você deveria se limitar a analisar sua própria vida e deixar a minha em paz.

Ela cruza os braços na frente do peito.

— Acho que você está certa. E eu já terminei. Já disse o que tinha para dizer. Sua vez, Dax.

Ela se levanta, pega as taças vazias da mesa de centro e as leva para a cozinha. E fico ali com a opção de encarar as minhas mãos ou os olhos verdes de Dax, que é o que eu faço.

— Faça o seu pior — digo, mas por dentro penso que já estou farta dessa atividade. A ficha está começando a cair. Aquela sensação que a gente tem quando comete um erro, mas aí ganha perspectiva o suficiente para analisar todas as más escolhas e decisões estúpidas. Todos os erros que me levaram a investir em um homem que passa cuecas. Sim, o Stuart era meio que péssimo. E eu estou começando a enxergar isso, mais e mais. Ainda assim, eu sou a idiota que ficou com ele por tanto tempo. Isso não significa, por extensão, que eu sou meio que péssima também?

— Bom... — Dax pigarreia, pelo jeito tão desconfortável quanto eu. — Eu acho que o Stuart é um idiota. Ele nunca deu valor ao que tinha, e acho que você merece alguém melhor.

Eu já ouvi isso antes. De amigos. Da minha irmã. É uma resposta padrão para toda pessoa que levou um fora. Mas o jeito que Dax diz me faz acreditar que eu mereço, sim, mais que um homem que foi embora da minha festa de vinte e sete anos uma hora depois que começou, porque do contrário ele perderia a aula de CrossFit.

Nossa conversa é interrompida pela campainha de tia Livi, que toca de forma agressivamente alta, anunciando a chegada da pizza.

— Eu vou pegar.

Eu me levanto, pego minha carteira, e me entrego à tarefa o mais rápido que meu corpo abastecido por tequila consegue, passando pela porta de tia

Livi e descendo as escadas que levam até os fundos da livraria. Volto alguns minutos depois, com a caixa quentinha me fazendo salivar.

A sala está vazia. Os sons no apartamento de sessenta metros quadrados dão a entender que Kiersten está ao telefone, no quarto, e Dax está no banheiro. Tia Livi está na cozinha, tirando pratos do armário. Eu coloco a pizza no balcão, ao lado dela, e, antes que eu possa remover minha mão, ela coloca a dela por cima, apertando a minha de leve.

— Como você está, querida? — Ela abre a caixa da pizza, coloca um pedaço em um dos pratos e o entrega para mim.

Eu o pego e dou a volta no balcão que separa a pequena cozinha da sala de estar, onde ficam dois banquinhos.

— Meu coração está entorpecido pelas habilidades de bartender da Kiersten. O resto de mim deseja voltar para a noite em que conheci Stuart para mandá-lo à merda.

Conforme as palavras saem da minha boca, sinto uma pontada de raiva dentro do meu peito, direcionada não a Stuart, mas a mim. Ela cresce e cresce, até que fica tão pesada que quebra e vaza até a boca do meu estômago, onde age como um lembrete de todas as vezes que eu soube que não estávamos destinados a ficar juntos para sempre, e apenas ignorei. Um lembrete de todas as coisas que eu poderia ter feito se tivesse tido coragem de terminar o relacionamento.

Tia Livi faz que não com a cabeça e me dá uma bronca:

— Ah, você não acredita nisso.

Ela abre a caixa e pega um pedaço de pizza, seus olhos cinzentos me observando com preocupação.

Dou uma mordida na pizza. O queijo quente queima a pele fina do céu da minha boca, me forçando a assoprar com a boca aberta até que esteja frio o suficiente para engolir.

— Acredito, sim. Se você me dissesse que tem um capacitor de fluxo no seu Prius, eu me arrastaria de volta para aquela noite no bar em que conheci Stuart, e diria a ele para não me encher o saco.

Kiersten aparece do meu lado ao mesmo tempo que Dax entra na cozinha. Ela me entrega outra margarita. Uma oferta de paz. Eu tomo um longo gole e suspiro na direção de mais um copo pela metade.

— Eu dei quatro dos meus anos mais bonitos para aquele homem e não ganhei nada com isso.

— Você me ganhou — Dax diz tão baixinho de um canto da cozinha que eu quase não o ouço. — A gente se conheceu naquela noite também, lembra?

Sim, é verdade. Eu quase esqueço. Dax também estava lá naquela noite. Era o aniversário de Stuart, e Dax tinha ido com um amigo do colégio, que trabalhava com Stu. Nós flertamos um pouco antes de Stuart chegar, pronto para me ganhar.

— Você foi a melhor coisa que me aconteceu aquela noite, Daxon B. — digo a ele. — Uma pena que demorou quatro anos para eu conseguir ver isso.

Digo isso como se fosse uma piada. Ou um ataque a Stuart. Mas Dax não ri, nem sorri.

— Bom, eu não tenho uma máquina do tempo — pondera tia Livi. — Mas recebi um livro bem interessante na cesta de doações essa semana. Talvez ajude.

Um livro.

Acho que devo agradecer por não ser outro banho de banheira limpador de auras.

Eu amo a minha tia e a sua inabalável crença de que todos os problemas do mundo podem ser resolvidos com o livro certo, mas eu não consigo ver como um pode me ajudar essa noite. Meus problemas estão além da autoajuda.

Mas eu também estou muito bêbada para discutir. Então dou de ombros e enfio um último pedaço de pizza vegetariana no meu estômago, na esperança de que isso deixe a manhã seguinte mais suportável.

Nós três seguimos tia Livi pelas escadas do fundo até a loja, que não é bem uma livraria tradicional, mas sim uma coletânea selecionada a dedo de coisas esquisitas e maravilhosas. Ela afirma ter a maior coleção de livros eróticos com monstros do hemisfério norte. Mas se você não curte ordenhar minotauros ou dendrofilia (uma vez eu cometi o erro de procurar por esse termo no Google — não recomendo), você também pode encontrar cristais de cura, incensos ancestrais e todo tipo de sal: preto, rosa, do Himalaia ou de mesa.

Na minha infância, aquele era o meu lugar favorito no mundo inteiro.

Quando a minha vida em casa estava uma merda, a loja me oferecia refúgio e familiaridade. Seus cantos escuros me forneciam um escape e a dona do lugar era uma fonte constante de amor incondicional. Conforme fui crescendo e chegando aos meus anos de ensino médio, a loja se tornou um segredo cada vez mais vergonhoso. Meu coração adolescente desejava ser tudo, menos a garota abandonada pelos pais naquela loja de cheiro estranho da rua James. Agora, como uma adulta parcialmente funcional, eu tenho perspectiva o suficiente para apreciar não só a loja, mas também a tia Livi. Ela é confiante no que é, não se desculpa pelo que não é, e sua livraria é o único lugar no mundo que sempre me fez sentir em casa.

A loja está completamente escura até que tia Livi liga o interruptor que acende a luminária que imita um lustre pendurada no meio do teto. É apenas uma série de lâmpadas coloridas ligadas por fios, como uma maquete de escola do sistema solar, mas eu sempre jurei que as lâmpadas mudam e se movem quando você não está olhando.

— Bom, onde está o livro? — Tia Livi coloca as mãos no quadril e dá a volta parada no mesmo lugar. — Eu o estava lendo, mas aí fiz algo com ele, e não consigo me lembrar por nada.

Ela faz contato visual comigo e aponta para um canto escuro da loja.

— Por que você e o Daxon não procuram naquela seção? Se eu já o guardei na estante, deve estar ali. A Kiersten pode olhar aquela pilha perto da porta de entrada. Eu vou procurar no caixa.

Eu observo as prateleiras que vão do chão ao teto e dividem a loja como um labirinto de jardim.

— O que exatamente a gente está procurando?

Tia Livi me dá as costas.

— Não consigo me lembrar muito bem da capa. É um livro. Grande. Você vai saber se o encontrar.

Há pelo menos uma centena de livros no corredor escuro. Mas ao longo dos anos eu aprendi a escolher quais batalhas travar com a minha excêntrica tia, e tomei tequila demais para vencer essa. Então sigo Dax enquanto ele se dirige para os fundos, examinando as prateleiras em busca de nada em particular, até que ele chega a um beco sem saída e dá meia-volta.

— Alguma ideia de como vamos encontrar?

Eu dou de ombros, mas, conforme o faço, um pensamento muito tia Livi me ocorre.

— Eu acho que a gente deveria escutar os livros. Deixar que eles falem com a gente.

Dax é o ser humano mais prático que eu já conheci, mas é também o primeiro a concordar com qualquer coisa que pode ser ridiculamente divertida. Ele estende o braço até a prateleira e deixa seus dedos deslizarem pelas lombadas dos livros. Ele fecha os olhos e cantarola em uma voz monótona.

— O livro que vai curar Gemma Wilde de todos os seus problemas é... — Ele puxa um grosso livro de capa branca da prateleira e o segura. — *Curando sua criança interior em dez passos simples.*

Ele o vira para examinar a capa, que revela uma pequena garotinha loira, assustadoramente parecida com a minha versão de oito anos.

— Isso é tão preciso que chega a ser perturbador. — Pego o livro das mãos dele e o coloco de volta na prateleira. — Mas para cobrir todos os problemas com o meu pai preciso de pelo menos catorze passos. Vamos pular pra sua vez.

Fecho os olhos e deixo meus dedos vagarem pelas prateleiras, como Dax fez instantes antes, até que sinto uma vontade repentina de parar.

— Qual livro vai resolver todos os problemas de Daxon McGuire?

Tiro às cegas um grande livro de capa dura da prateleira. Ao segurá-lo, meus olhos passam pelo título, e as minhas bochechas esquentam quando percebo que fiz merda.

As sobrancelhas de Dax se erguem conforme ele lê o título:

— *Cento e uma posições sexuais tântricas alucinantes.*

Dax e eu raramente conversamos sobre a nossa vida sexual. Nós fazemos piadas sobre sexo, no sentido geral. Mas no mundo de Dax e Gemma, um papo sincero sobre o assunto é tabu.

— Escolha interessante. Talvez a gente devesse... — A voz dele vai desaparecendo, conforme ele pega o livro da minha mão.

Por um segundo, interpreto o final como "talvez a gente devesse tentar a posição quarenta e três? Ou talvez a vinte e sete, se você estiver a fim".

Eu consigo realmente sentir o sangue sendo drenado do meu rosto enquanto a imagem de um Dax pelado e suado passa pela minha cabeça.

Ele então devolve o livro ao lugar e aponta para algo por cima do meu ombro.

— Vamos voltar? Acho que a sua tia achou o livro.

Ele estende a mão, como quem diz "depois de você, Gemma", e eu fico grata de ir na frente, pois estou com medo de que ele veja a expressão em meu rosto e perceba toda a cena que acabou de acontecer na minha cabeça. Ele tem a tendência de fazer isso, me entender quando ainda não sei exatamente o que estou pensando.

Quando saímos do labirinto de livros, tia Livi está parada perto do caixa, segurando um grande livro de couro marrom.

— Eu estava dando uma lida nele hoje nos intervalos entre clientes, e acho que tem exatamente o que você precisa.

Vou até o balcão, e ela coloca o livro na minha frente. *Magia prática: um guia completo para o místico moderno* certamente não é um livro de autoajuda. As páginas estão amareladas devido ao tempo, e ele parece ter sido escrito à mão, como se o livro já tivesse sido um diário. No topo da página aberta, escrito em letras azuis cursivas, está o título "Purificação do Amor".

— Isso é uma receita? — Kiersten pressiona os peitos contra as minhas costas quando se inclina para poder olhar o livro, seu cabelo loiro-avermelhado caindo nos meus ombros, ela lê a descrição: — *Para cortar o cordão umbilical daquele que o prejudicou siga esses simples passos*. Ah, não.

Kiersten empurra o livro para longe.

— Já estou sentindo a *vibe* péssima dessa coisa. Eu vi Harry Potter o suficiente para saber que nada de bom pode acontecer se você lê um livro velho e assustador em voz alta.

— Ah, por favor — tia Livi a repreende —, é só por diversão.

As tábuas do assoalho rangem quando Dax atravessa a sala para se juntar a nós. Ele pega o livro, passando as páginas amareladas e envelhecidas com a ponta do dedão e do dedo indicador, o cheiro reconfortante do sabonete que ele usa preenchendo meu nariz.

— O que você acha, Dax? Se as coisas derem errado, você está disposto a esconder um corpo hoje à noite? Acho que vale a pena correr o risco, se for para me livrar do Stuart.

Os olhos de Dax passam pela página.

— Sabia que eu teria um motivo para deixar uma pá no porta-malas.

Tia Livi entende o comentário de Dax como consentimento e arranca o livro das minhas mãos, dando ordens a nós três.

Ela envia Kiersten em busca da sua velha bolsa de tricô, já que o feitiço de cortar o cordão umbilical não é totalmente metafórico, e ordena que um relutante Dax volte à cozinha do apartamento para procurar por pés de galinha.

— Gemma, meu amor, pega uma vela aí na gaveta.

Vasculho a gaveta entulhada embaixo da caixa registradora, onde ela guarda tudo o que não tem onde enfiar na loja, e então pego as duas melhores opções.

— Eu achei que você teria um estoque melhor de velas assustadoras, mas parece que você só tem uma vela de aniversário e uma daquelas de pilha que você coloca na janela no Natal.

Ela franze as sobrancelhas enquanto seus olhos passam das minhas mãos para as instruções rabiscadas na página a sua frente.

— Precisamos de fogo de verdade.

Fecho a gaveta das tralhas com o quadril.

— Então vai ter que ser a vela de aniversário.

— Daxon! — chama ela em voz alta. — Cadê os pés de galinha?

Daxon desce as escadas instantes depois, segurando um Tupperware de tampa vermelha.

— Trouxe umas coxas de frango. Não é bem o que você pediu, mas acho que é o melhor que vamos conseguir.

Ela pega o pote das mãos dele e o coloca no balcão a sua frente, antes de me chamar para sentar no banquinho que ela mantém para os clientes que ficam por ali batendo papo.

Kiersten sai do escritório com um novelo de lã rosa-choque que entrega à tia Livi enquanto ela lê o livro em voz alta.

Antes amantes, agora rivais,
Em breve as lembranças não doerão mais,
A Purificação do Amor deixa as mágoas para trás.

Tia Livi para por um momento, mas seus olhos continuam observando a página, como se ela estivesse lendo em silêncio, para si própria. Esse é o momento em que geralmente estou revirando os olhos com Kiersten, mas eu me pego esperando ansiosamente pela continuação.

Mas se você deseja limpar,
As lembranças de um dia apagar,
Uma decisão tomada,
Um caminho trilhado,
Outro percurso de vida há muito abandonado,
Acenda o pavio,
Amaldiçoe o dia,
Corte o cordão umbilical,
Deixe sem moradia
Aquele que o prejudicou,
Sob a lua minguante,
Mas esteja avisado...

Tia Livi faz uma pausa, depois lambe o polegar e esfrega a página a sua frente com um grunhido suave.

— Hum... Você vai nos dizer como continua? — Kiersten tenta bisbilhotar por cima do seu ombro, mas o cardigã grande de tia Livi bloqueia a visão. — Ou nós só vamos simplesmente ignorar toda a parte do aviso enigmático?

Tia Livi olha para o livro, chegando tão perto que seu nariz quase toca o papel.

— Parece que tem algum tipo de mancha no restante da receita. — Ela cheira o papel. — Acho que é algum molho. Mas não se preocupem — ela coloca o livro no balcão com um estrondo —, eu consigo limpar.

Pegando o pequeno bloco amarelo que ela mantém ao lado de um velho telefone, minha tia rasga uma folha em branco e, em seguida, pega uma caneta Bic azul de uma caneca cheia de canetas e lápis, entregando-os para mim.

— Escreve o nome do Stuart.

É uma ordem, e o nível de álcool no meu sangue faz com que eu obedeça sem muita discussão.

Tia Livi pega a vela de aniversário branca e brilhante e tira um isqueiro do bolso. Uma pequena chama amarela acende o pavio e ela segura a vela a sua frente.

— Imagine a noite em que você conheceu Stuart. Imagine ele naquele bar. Pense no momento que você decidiu encontrá-lo novamente.

A chama amarela bruxuleante combinada à voz calma de tia Livi é hipnotizante. Imagino o rosto de Stuart. O terno cinza caríssimo, os olhos azuis intensos, e a maneira como ele fez com que eu sentisse que tudo na minha vida daria certo.

— Agora — continua tia Livi —, se imagine indo embora.

Eu me vejo saindo do bar lotado e pegando um táxi sozinha.

— Tenha uma boa vida, Stuart — sussurro. — Acho que não era para eu fazer parte dela.

Quando abro os olhos, a vela já começou a derreter, pingando pequenas bolas de cera que parecem lágrimas.

— Segure o papel com o nome dele na chama — instrui minha tia.

Observo as chamas se espalharem pela superfície enquanto levanto o nome de Stuart até a chama, soltando apenas quando o calor atinge a ponta dos meus dedos. O papel então cai no balcão, e nós observamos a folha amarela se transformar em cinzas, e as chamas começarem a queimar o linóleo por baixo.

— Ah, pelo amor de Deus! — Kiersten derrama o restante da margarita de seu copo sobre o balcão manchado, apagando o fogo e deixando um borrão preto em seu lugar. — Ser a única adulta funcional nessa sala agora está me assustando um pouco.

Tia Livi, aparentemente sem se incomodar com o balcão danificado, a ignora e assopra a vela.

— Chegou a hora do cordão.

Dax entrega a ela o novelo de lã rosa-choque. Ela tira uma tesoura da gaveta de tralhas e corta um pedaço com aproximadamente o comprimento do seu cotovelo até a ponta dos dedos. Juntando as minhas mãos em uma posição de oração, ela habilmente enrola o fio em volta dos meus pulsos, amarrando-os com um nó apertado.

— Eu estaria fazendo piadas envolvendo BDSM agora, tia Livi, se eu não tivesse medo de que você me mutilasse, ou pior, me contasse alguma história que eu nunca mais conseguisse *des-ouvir*.

Ela dá um tapinha no topo da minha cabeça.

— Você ainda não está pronta para ouvir essas minhas histórias, querida. — Ela se vira para Dax. — Qual o próximo passo, Daxon? A letra é tão pequenininha. Não consigo ler sem meus óculos.

Dax puxa o livro e aperta os olhos em direção às páginas.

*O passo final — não seja negligente —
É selar o seu destino com um beijo ardente.*

Ele olha para mim, seus olhos assumem um tom de verde mais escuro, que não me lembro de já ter visto.

— Acho que está dizendo que precisamos de um beijo.

Kiersten solta um ronquinho pelo nariz.

— Um beijo, é? É com você, campeão. Eu sabia que a gente tinha convidado você por um motivo.

Minhas bochechas coram na mesma hora, e eu culpo a bebida, não o fato de que Dax parece querer estar em qualquer lugar que não aqui.

— Você não precisa...

Tento me soltar do nó que minha tia fez com maestria, sabendo que, por mais desconfortável que isso seja para mim, deve ser pior para Dax.

— Tenho certeza que o Dax não se importa. — Tia Livi praticamente empurra ele para cima de mim. — Tudo pra gente se divertir um pouquinho.

Eu encaro os olhos verdes de Dax e penso ter visto o reflexo da chama da vela de aniversário, o que é besteira, porque já a apagamos.

— Certeza que tudo bem pra você? — pergunta ele.

— Tudo bem pra *você*? — rebato.

A única resposta que eu recebo é o copo de margarita que Kiersten enfia na minha boca.

— Precisa de um pouquinho de coragem líquida, Gems?

Eu bebo, mesmo sabendo que mais tequila e beijar Dax são duas ideias terríveis. Tudo isso é tão bizarro que eu vou me sentir culpada pela manhã.

— Tô muito de boa — digo a ela, e me viro para Dax. — A gente beija rapidinho.

Fecho os olhos, o primeiro passo óbvio de um beijo, coagido ou não. Isso me proporciona o benefício adicional de não precisar ver Kiersten ao fundo, rebolando o quadril como se estivesse transando. E, apesar de só enxergar a escuridão, eu consigo sentir Dax a poucos centímetros de distância.

É só um beijo bobo. A agitação no meu estômago é só porque já faz um tempo que os meus lábios não são tocados por outra pessoa que não Stuart.

Eu passo a língua por eles, tentando me lembrar qual foi a última vez que escovei os dentes.

Mas e se Kiersten estivesse certa hoje à tarde? E se esse nos levar para um segundo beijo? E aí, de repente, estou acordando ao lado dele. E então, um dia, é Dax me dizendo *"não sou eu, é você"*. Não tem margarita no mundo que possa me ajudar depois disso.

— Não! — Meus olhos se abrem, e eu vejo os de Dax fechados, a alguns centímetros de distância.

Dax abre um olho, e depois o outro.

— Eu acho... — Procuro pelas palavras certas. As que transmitam a mensagem de que o problema não é ele. São as consequências. — Que eu preciso fazer xixi.

Fico de pé, ignorando o olhar estranho de Dax. Ignorando o fato de que as minhas mãos ainda estão amarradas. Ignorando Kiersten, que se curva no balcão, murmurando para si própria:

— O que a gente faz com as coxas de frango?

Capítulo 3

ATINGI O NÍVEL DE embriaguez em que poderia facilmente ser convencida a ir para a cama ou dançar até o amanhecer. Dá para decidir no cara ou coroa.

Entretanto, depois que eu passo vinte minutos no banheiro, tia Livi decide por mim. Ela me faz vestir o casaco, pega minha bolsa e as chaves com meu chaveiro do Dr. Snuggles, e faz Dax prometer — duas vezes — que ele vai me levar para casa em segurança.

E ele me leva.

Ele vai comigo até a porta do apartamento e espera pacientemente enquanto tento enfiar a chave na fechadura.

O alarme apita e a porta se abre. Nós dois sabemos que a probabilidade de eu conseguir digitar a minha senha corretamente é zero, e a chance de a empresa de alarme ser chamada é muito maior. Ele me empurra gentilmente para o lado e digita a senha, que é o aniversário do Dr. Snuggles, e fica parado no batente, me observando conforme eu tropeço para dentro da sala de estar, caio no sofá, atinjo os travesseiros com um pouco mais de força que o necessário, e, consequentemente, quico e rolo para o chão.

Porra, eu amo meu tapete. Foi uma compra obscenamente cara na Crate & Barrel, mas parece que ele é de veludo. Eu passo os braços e as pernas pelo tecido suave até Dax pairar sobre mim, estendendo as mãos.

— Vamos lá, Gems. A gente precisa colocar um pouco mais de água no seu organismo antes que você apague de vez.

Deixo que ele me coloque de pé e me leve até a cozinha integrada. As bancadas de mármore branco brilham sob as luzes das panelas.

Eu também amo o meu apartamento. Não é imenso, mas é lindo. O piso de madeira cinza-claro de tábuas largas complementa a parede de concreto. A parede norte é feita quase inteiramente de vidro, com uma vista desobstruída do Porto de Hamilton. Uma escada caracol de ferro forjado leva ao andar de cima, onde fica a cama baixa de casal e um armário, que agora ficará muito mais espaçoso, levando em consideração que Stuart, o babaca, levou embora todas as suas coisas.

A gente nunca decidiu morar juntos, Stuart e eu. Embora ele ficasse no meu apartamento todos os finais de semana, ele nunca quis se comprometer com o trajeto de uma hora até o seu trabalho em um banco de Toronto. Eu, por outro lado, nunca quis perder a proximidade com a minha tia e a minha irmã. Em retrospecto, isso pode ter sido um sinal de alerta em nosso relacionamento. Como se, no fundo, eu soubesse que o fim seria inevitável, e por isso eu precisasse de um plano reserva. Uma rede de apoio. Garantia de que, se tudo degringolasse, eu ficaria bem.

— Aqui, bebe isso. — Dax me entrega um copo de água gelada. — Vai te ajudar amanhã de manhã.

Eu tomo um pequeno gole, seguido de um golão.

— As margaritas foram uma péssima ideia. Vou ter umas dez horas de reuniões amanhã.

Dax pega um segundo copo do armário e enche de água, para ele próprio.

— Bom, você poderia ligar dizendo que está doente e passar o dia comigo. A gente pode pedir café da manhã pelo Uber Eats e ver Netflix o dia todo.

É exatamente o que eu quero fazer, mas não posso. Meu trabalho como compradora de produtos de cabelo e corpo para a maior rede de farmácias do Canadá é surpreendentemente cruel, considerando que passo a maior parte da minha vida antecipando se os canadenses vão preferir cheirar à lavanda ou à brisa do mar na próxima primavera.

— Eu preciso de um fechamento decente esse trimestre. A Marley, do setor financeiro, está saindo de licença maternidade no próximo mês, e se eu quiser ter uma chance de ficar com o cargo dela, preciso continuar lembrando a eles do quão boa eu seria nesse trabalho.

— Pensei que você tivesse dito que o trabalho da Marley era uma merda. Realmente é. O setor financeiro é destinado a pessoas sem alma.
— O salário é bom. E eu gosto de salários bons.
Sem mencionar o conforto que é ter uma graninha a mais no banco.

Dax tira o copo agora vazio da minha mão, abre a geladeira e tira o dispenser de água gelada para enchê-lo. Ele fecha a porta e encara um anúncio impresso de um filhote de buldogue inglês.

— Quem é esse?

Eu tiro o ímã da foto e a seguro nas minhas mãos.

— É o Buster.

Dax levanta as sobrancelhas, com curiosidade.

— Eu e o Stuart estávamos conversando sobre pegar um cachorrinho. Eu queria dar a ele um nome de gente, tipo Justin ou Bradley, mas o Stuart disse que era ridículo. Então a gente decidiu que seria Buster.

A tristeza retorna. Estou bêbada demais para saber se estou de luto por Stuart ou pelo cachorro. O sentimento se acumula no meu estômago até preencher todo o meu peito. Sou um aquário com uma rachadura. O vidro frágil está lutando contra a pressão da água, aguentando enquanto a rachadura cresce e se espalha, ameaçando estourar a qualquer momento.

Inclino a cabeça para trás e engulo a água. Uma última tentativa de lavar todas as emoções dentro de mim. Tomada a última gota, bato o copo vazio na bancada. Mas ao invés de um barulhinho de vidro contra mármore, o som que ouvimos é mais um estalo.

— Eca! — Levanto o copo vazio e a mancha escura ocupa um quarto do fundo. — O que é isso?

Dax pega o copo da minha mão e o analisa.

— Parece uma aranha pequena. — Ele pega um papel-toalha do rolo, limpa a sujeira do copo e o devolve para mim. — O que foi?

Meu peito está pesado e meus olhos se enchem de lágrimas enquanto ondas de remorso tomam conta de mim. Meu aquário interno se espatifa.

— Eu matei a aranha — digo aos soluços. — Matei. Ela estava apenas passeando por aí, cuidando da própria vida, e eu matei a bichinha.

— Era só uma aranha, Gems.

Ele não entende. A aranha não fez nada de errado. Ela só estava vivendo, colocando uma patinha peluda na frente da outra, e a sua vida foi destruída.

— Sim, mas pode ser que ela tivesse uma família. — Um pensamento horrível me ocorre. — Meu Deus, e se ela tivesse, tipo, pequenos bebês-aranha?

Dax tira o copo da minha mão mais uma vez.

— Gems, acho que você está muito bêbada.

— Eu sei. — Olho para baixo, para as minhas pernas nuas. — Cadê a minha calça?

Dax me segura pelos ombros e me leva em direção as escadas em espiral.

— Você a deixou na Livi. A gente tentou, mas você insistiu que nunca mais queria usar calças.

Aí eu me lembro.

— Ah, é verdade, calça é uma merda.

As mãos de Dax estão nas minhas costas conforme eu tropeço pelos degraus. Quando eu olho para trás, dou risada do seu rosto intencionalmente virado para o lado, fazendo o seu melhor para evitar olhar a minha bunda sem calça. Quando chegamos no meu quarto, mergulho de cabeça na cama, rolando para o lado. Eu o vejo me observando.

— Você deveria tirar as suas também, junte-se ao movimento, Dax!

Chuto as pernas nuas para ilustrar meu ponto de vista. Dax fica perto da escada, parecendo desconfortável.

— Acho que isso não seria uma boa ideia.

Eu me remexo até estar apoiada nos cotovelos.

— Por que não?

— Porque... — Ele hesita. — Só não seria.

Eu me viro de costas.

— Você que sabe, então vou fazer a festa sem calças sozinha mesmo.

Tento o que pode ser descrito com mais precisão como um nado de costas fora da água, até que minhas palavras se infiltram dentro de mim.

Ai, meu Deus...

Ai, meu Deus...

— Ai, meu Deus...

Viro a cabeça para trás, na direção de Dax.

— Eu vou morrer sozinha, né?

Ele vem até a ponta da cama e se senta.

— Do que você está falando?

O fim do namoro é um presságio.

— Eu vou fazer festas sem calças sozinha pelo resto da vida.

As lágrimas retornam. Rolam e caem pelo meu rosto enquanto eu imagino uma vida inteira de armários minúsculos e jantares solitários.

— E se o Stuart fosse o cara certo para mim? Minha única chance de um relacionamento decente e eu ferrei com tudo! Como se eu tivesse atingido meu auge, e agora é só ladeira abaixo.

Dax seca uma lágrima da minha bochecha com o dedão.

— Stuart não era o cara para você.

— Como você sabe disso?

— Eu sei. — A voz dele é firme. Segura. — Stuart não era o cara.

— Você precisa dizer isso, porque é meu melhor amigo.

— Não. — Ele me observa com um olhar que eu não consigo decifrar. — É porque eu sou seu melhor amigo que eu *não deveria* dizer isso.

Tem algo estranho entre nós. É como se houvesse uma tensão invisível, estranha e espessa como mel. Fica difícil pensar. Por isso, eu me limito a sentir. Ceder àquela dor que se formou em minhas entranhas quando Stuart explicou gentilmente que não estava mais apaixonado. As lágrimas se multiplicam. As lágrimas bonitinhas de filme já foram embora, substituídas por grandes gotas pretas cheias de rímel.

Dax pega com o dedão uma lágrima que acabou de escorrer e a enxuga.

— Ei, ei, ei. Não chora.

— Eu estou tentando, mas a tequila me deixou muito, muito triste. Você poderia, sei lá, contar uma piada?

Dax pensa por um instante.

— Que tal uma história? É sobre a noite que a gente se conheceu.

Estou prestes a lembrá-lo de que a noite em que nos conhecemos foi a mesma em que conheci Stuart. A pessoa em quem eu não deveria estar pensando nesse momento. Mas Dax me empurra com o quadril até que eu me mova o suficiente para que ele possa encaixar toda a sua bunda na minha cama e, quando me lembro de dizer a ele para parar, ele já começou.

— Eu estava tendo um dia de merda. Ainda morava no porão da minha mãe, e ela tinha deixado claro que queria se mudar para o norte, e que ter o filho adulto ainda morando em casa atrapalhava seu estilo. E eu ainda estava procurando alguém para investir no meu negócio, para conseguir fazê-lo decolar. E aí fui arrastado para uma festa de aniversário de um cara de quem eu nem gostava. Eu estava um bagaço. E prestes a voltar para casa, quando vi uma garota no bar. De alguma forma, na mesma hora soube que se eu conversasse com ela, ela mudaria a minha vida. E aí... Eu conversei com ela. E, no final das contas, ela era uma das pessoas mais engraçadas que eu já conheci.

— Você está falando de *mim*, né?

Ele me bate com um travesseiro.

— Sim. Estou falando de você. Você causou uma boa impressão.

O comentário é seguido por um momento de silêncio que se estende por dois, o que me leva a encerrá-lo.

— Aí nós viramos amigos e você entendeu que foi um erro?

Ele abre a boca, como se fosse dizer algo, mas aí se interrompe e coloca uma mecha suada de cabelo da minha testa atrás da orelha.

— Eu posso dizer que, depois de quatro anos convivendo com você, Gems, não tenho dúvidas de que você é especial. Se você tem algum defeito, não consegui encontrar.

Dax não faz elogios vazios. Na verdade, sua linguagem de amor é afeto na forma de provocações bem-intencionadas. Então essa história, esse momento, parece diferente.

— Obrigada por dizer isso. — Me aproximo e faço carinho no queixo dele. — Quem diria que por trás dessa barba por fazer teria um fofo escondido.

Ele pega minha mão e a aperta.

— É, mas estou contando com você não lembrar metade disso pela manhã.

Ele deixa os dedos se demorarem segurando minha mão. Quentes e fortes. Eles enchem minha cabeça com pensamentos fugazes. Pensamentos que só são permitidos em noites solitárias, depois de muita tequila. Eu abro a boca, me perguntando o que vai sair dela, e fico meio surpresa com o fato de que o que vem é uma risada. Gargalhadas histéricas que fazem o meu estômago doer até que eu aperte os joelhos contra o peito e me force a respirar fundo.

— Acho que é a minha deixa para ir embora — Dax se levanta, mas não o deixo sair, e seguro sua mão.

— Me cobre?

Ele para por um instante, mas em seguida segura o canto do cobertor e espera até que eu me enfie embaixo, para poder me cobrir.

— E um abraço?

Abro os braços. Novamente ele hesita, mas se inclina e deixa que eu o envolva em um abraço.

Eu sinto seu cheiro.

— Você está sempre cheiroso. Tipo sabonete, só que apimentado.

Ele tenta se afastar, mas meu abraço é apertado, por causa da embriaguez.

— Hum... Valeu.

— Amo você, Dax — sussurro no seu ouvido.

— Acho que é o Jose Cuervo falando.

Eu o solto, para que possa olhar para ele.

— Não, é verdade. Você é meu melhor amigo. E o melhor cara. E a melhor pessoa de todos os tempos.

— Isso é ser o melhor em muita coisa.

Ele é. Todos esses melhores.

— Não sei o que eu faria sem você.

— Você passaria muito mais tempo vagando pelas ruas de Hamilton sem suas calças.

— Foi bom que a gente não complicou as coisas entre a gente, né? — pergunto, novamente pensando no que Kiersten disse à tarde.

Ele franze o cenho.

— Como assim?

— Quero dizer sexo. É bom que nunca aconteceu.

Ele desvia o olhar, mas logo volta a me encarar.

— Você pensou muito nisso?

Não. Ou talvez? Quer dizer, sim. O que eu quero dizer é que, não, eu *não* pensei nisso. Mas o que eu sei com certeza, bem no fundo, é que eu não quero viver em um mundo em que ele não faz parte da minha vida.

— Você é meu melhor amigo. Se a gente transasse, tudo poderia mudar. E eu não quero isso. — Tento pegar sua mão, mas ele a puxa.

— Você tem razão. Poderia.

Abro os braços para mais um abraço, mas Dax se levanta e caminha abruptamente em direção às escadas. Ele vai apagando as luzes, e eu digo:

— Boa noite, Daxon McGuire.

Ele se vira, com a mão no corrimão, o peso do corpo mudando do calcanhar para a ponta dos pés, como se estivesse decidindo algo.

— Eu queria que... — Ele não termina o pensamento.

— Você queria o quê? — De repente, preciso ouvir o que ele tem a dizer.

Franzindo a testa, ele abaixa a cabeça.

— Deixa pra lá. Boa noite, Gems.

Eu o ouço descer as escadas. O *clack, clack, clack* conforme ele se afasta mais e mais. Em um instante, ele não estará mais ali. Entro em pânico.

— Espera!

Eu me levanto, acendo a luz e olho pela escada assim que Dax chega lá embaixo.

— Não vai!

— Tá tarde, Gems. Nós dois deveríamos estar dormindo.

— Você não pode ir ainda.

Ele não pode. Por causa do Stuart. Porque ele não terminou de dizer o último pensamento. Porque...

— Você precisa de mais alguma coisa?

Uma desculpa. Um motivo para ele ficar.

— A gente não terminou o feitiço.

E desço as escadas com uma graça e compostura que eu não sabia que tinha.

— Eu sei que eu parei no meio, mas eu realmente acho que a gente deveria terminar. Começar o dia de amanhã com essa página virada, sabe?

Os olhos dele desviam para a porta, mas ele concorda com a cabeça.

— Se é isso que você quer.

Eu não tenho a vela de aniversário. Ou o novelo de lã, ou mesmo o frango.

— Talvez a gente devesse recomeçar de onde parou?

Não há necessidade de explicar em qual passo paramos.

Dax concorda e dá um passo em minha direção, enquanto eu fecho os olhos e espero.

Essa é uma péssima ideia. Essa é uma ideia terrível. Essa é a pior ideia que eu já tive...

Os lábios de Dax estão colados nos meus.

É um beijo simples. Sem língua, e ele se demora por apenas um instante, mas é diferente do que eu esperava. Os lábios dele são macios como veludo, e eu sinto um gosto de menta conforme ele os pressiona, e sou tomada por um estranho sentimento de que estou lembrando de algo que não sabia que tinha esquecido.

— Como está o coração? — sussurra ele, as mãos ainda no meu queixo.

Eu não sei. Está cansado. Bêbado. Preocupado que tudo mude.

— Ainda um pouco machucado, eu acho.

Dax não diz nada. E mesmo que meus olhos estejam fechados, consigo sentir que ele está próximo. A presença sólida e estável que foi uma âncora nos últimos quatro anos da minha vida.

— Descansa. Eu te ligo pela manhã.

Sinto ele se afastar. Quando por fim abro os olhos, Dax já está do outro lado da sala, alcançando a porta da frente.

E eu fico parada na minha cozinha, imaginando se vou acordar amanhã de manhã e me arrepender de tudo isso.

Capítulo 4

MESMO ANTES DE ABRIR os olhos, sei que tem algo errado.

Não é a dor latejante que atravessa as minhas têmporas, ou a forma como o meu estômago se agita a menos que eu fique absolutamente imóvel. É o cheiro — desodorante AXE e bacon — que me alerta para o fato de que não estou na minha própria cama.

Eu abro um olho, seguido do outro. A luz do sol entra por uma grande janela, iluminando um quarto que parece pouco mobiliado de propósito. Minha bunda pelada está esparramada em uma cama king size coberta por um lençol tão macio que eu acho que foram necessários pelo menos mil fios egípcios para fazer. Está chovendo. Não, alguém está tomando banho.

Apesar do meu estômago revirado, consigo movimentar a cabeça na direção do som. Está vindo de uma porta fechada. Muito provavelmente um banheiro. Eu deduzo isso bem na hora que ouço o som distinto de um chuveiro sendo desligado. Em seguida, com todas as células cerebrais disponíveis, percebo os sons de um box abrindo e fechando. Uma toalha sendo esfregada vigorosamente contra um corpo. Depois, uma fechadura sendo aberta e uma maçaneta girando. *Ah, merda.*

Ele emerge de uma nuvem de vapor, como em uma cena fantasiosa de uma sitcom brega. E, juro por Deus, nunca vi esse cara na minha vida.

— Ah, oi, que bom. Você acordou.

Ele esfrega o cabelo preto ainda molhado de uma forma preguiçosa, o que me faz crer que não está surpreso em me ver na sua cama.

Presumo que essa é a cama dele, uma vez que ela não é nem um pouco minha.

O que aconteceu ontem à noite?

Tenho uma lembrança muito confusa de me jogar na cama. E descer os degraus tropeçando. E beijar Dax. E aí nada.

Puta merda, eu beijei o Dax.

Preciso desvendar essa lembrança. Em algum lugar seguro. Quando eu puder realmente avaliar a carnificina que vai ser essa granada na nossa amizade. Mas agora eu tenho problemas mais urgentes. Tipo esse homem não ser o Dax. E eu não ter ideia de onde estou.

Eu olho novamente ao meu redor. Dá pra ver a cidade pela janela. O sol matinal despontando no horizonte. E sim, claro, um homem seminu na ponta da cama.

O que você fez, Gemma?

Meu melhor palpite é que saí de casa, fui a um bar e depois aceitei ir para a casa de um estranho.

— Estou fazendo café da manhã — diz o estranho. — Sei que você não curte muito bacon, mas não é comum você passar a noite aqui, então eu não estava preparado.

Eu me sentiria ofendida por esse cara aleatório estar nitidamente me confundindo com alguma de suas peguetes se eu não estivesse tentando entender que merda eu fiz na noite passada.

E procurando pela saída mais próxima.

E pelas minhas calças.

E surtando pra caralho.

— Tudo bem — respondo como se as coisas estivessem completamente tranquilas. — Não estou com fome.

Só muito confusa e me perguntando o que fazer.

O estranho joga a toalha de mão que estava usando para secar o cabelo na beirada da cama e começa a abrir e fechar as gavetas da cômoda até pegar uma cueca boxer vermelha e meias pretas.

Minha cabeça está latejando. Minha língua parece veludo barato dentro da boca. E embora eu devesse continuar surtando, ou planejando a minha fuga, ou alguma outra coisa mais lógica, sou interrompida pela Gemma Com Tesão e, ao invés de fazer essas coisas, paro tudo para checar o cara.

Pelo menos, no meu estado bastante embriagado da noite anterior, eu tive o bom senso de escolher um gostoso.

Seu corpo é musculoso, mas esguio nos lugares certos. Ótimos braços. Ótimo abdômen. E, julgando pela curva da toalha amarrada ao redor da sua cintura, ótima bunda.

Ele sorri assim que me pega observando.

— Quer dar umazinha antes do trabalho?

Antes que eu tenha a chance de responder, ele deixa cair a toalha.

E uau. Uaaaaau... Observo mais embaixo. Ele só está meio duro e já é impressionante.

Ele se move em direção à cama, considerando meu olhar como uma aceitação ao seu convite.

— Não posso. — Levanto depressa do colchão, numa agilidade surpreendente, agarrando a pequena toalha de mão em uma tentativa lamentável de me cobrir. — Eu... Hum... Tenho uma reunião importante agora de manhã e preciso ir.

Não é uma mentira completa, mas é a menor das minhas preocupações no momento.

— Certeza? Acredite, eu posso ser rápido.

Vasculho o quarto freneticamente, procurando pelas minhas roupas, e as encontro dobradas com capricho em cima de uma cadeira.

— Certeza absoluta.

Coloco meu jeans favorito e um suéter que eu jurava que tinha perdido três meses atrás.

Não encontro minha calcinha em lugar nenhum, mas nas condições atuais estou disposta a aceitar que isso será um efeito colateral da minha necessidade de sair daqui o mais rápido possível. Corro para a porta, ainda abotoando a calça enquanto me movo, mas, quando chego à soleira, o pânico em meu cérebro diminui o suficiente para que um pouco de bom senso entre em ação.

— Ontem à noite... A gente usou camisinha?

Estou usando minha voz de executiva, porque, por mais que eu esteja mortificada, minha integridade física está em jogo.

Suas sobrancelhas se abaixam.

— Hum... A gente não transou. Você estava bem bêbada quando chegou, e só queria ficar de conchinha.

O alívio invade o meu corpo por um breve momento.

— Mas eu acordei pelada!

O estranho dá de ombros.

— Você tem uma obsessão pelo meu lençol. Você me disse que parece que tem mil anjinhos beijando sua pele. Você chegou aqui, tirou a roupa, pulou na cama e começou a se mexer como se estivesse fazendo anjos de neve no lençol até que apagou. Foi meio fofo, pra falar a verdade.

Sinto um novo tipo de mortificação, porque ele acabou de descrever a Gemma Bêbada com uma clareza tão perfeita que posso imaginar exatamente como as coisas aconteceram.

— Bom, tá bom então.

Estou sem palavras. Não sou, nem nunca fui, uma garota que curte sexo casual. Não que eu seja contra. Eu só fico noiada com as possíveis consequências. Gravidez. DSTs. A incômoda manhã seguinte depois que o cara desaparece. Falando nisso...

— Então, hum... Valeu por me deixar dormir aqui. E você tem um pênis muito bonito, mas eu realmente preciso ir.

Não dou chance para ele responder. Agarro a minha bolsa e saio voando pelo corredor do hall do apartamento. Termino de abotoar o último botão da calça já quase na porta do elevador. Somente quando aperto o "T" no painel é que percebo que não tenho ideia de onde estou.

Eu desço do elevador e atravesso o saguão em direção a luz do sol da manhã. Demora um minuto até que eu consiga me orientar. As ondas azuis do lago Ontario brilham na minha frente, balançando suavemente os vários veleiros estacionados na marina. Eu consigo inclusive ver a varanda do meu apartamento do outro lado da baía.

Precisando de tempo e ar fresco para organizar meu cérebro, decido caminhar até em casa. Minha bolsa bate de forma ritmada contra minha perna, enquanto forço a memória em busca de mais pistas sobre o que aconteceu ontem à noite, mas, mesmo assim, encontro um total de nada.

Preciso de um banho. E um pouco de água de coco. E o óleo essencial de hortelã com pimenta da tia Livi, que parece ter a habilidade mágica de apagar as péssimas decisões.

Quando chego na porta de entrada do meu prédio, já me acalmei um pouco. Porém, quando pego minhas chaves, descubro que a Gemma Bêbada fez muito mais na noite passada do que apenas pegar um homem desconhecido.

Você só pode estar de brincadeira.
Aquelas chaves não são minhas. O chaveiro do Dr. Snuggles é o mesmo. Mas estou sem minha tag e a chave do apartamento e, de alguma forma, tenho comigo duas chaves que nunca vi antes.

Como isso aconteceu? Não tem explicação lógica. Pelo jeito a Gemma Bêbada passou a noite fazendo um monte de coisas estúpidas. Se eu precisava de um motivo para parar de beber, aqui está.

Toco o interfone e aguardo, até que um "como posso te ajudar, senhorita?" estala do outro lado.

— Oi, Hammond — respondo. — É a Gemma Wilde. Estou com alguns probleminhas com as minhas chaves. Você pode me liberar?

A porta da frente vibra, e eu consigo abrir, mas quando entro no lobby, não é Hammond, o porteiro de sempre, atrás da mesa. É Eddie, o porteiro que foi demitido mais de um ano atrás, depois que Stuart o pegou algumas vezes vendo jogos de hóquei no celular e reclamou com a administração.

— Desculpa, senhorita, não entendi seu nome. Quem você vai visitar?

Eu sei que já faz um ano que ele trabalhou aqui, mas eu e Eddie até que tínhamos um bom relacionamento. Conversávamos sobre o tempo, ou o jogo da noite anterior. Ele me contava todas as fofocas dos vizinhos, e eu separava um pouco de granola para ele sempre que fazia uma fornada. Estou um pouco ofendida de ter sido tão facilmente esquecida.

— Não estou visitando — explico. — Sou eu, Gemma Wilde. Apartamento 804. Rolou uma confusão com as minhas chaves e... bom... eu não sei onde elas estão. Você pode me deixar subir?

— Senhorita, nós dois sabemos que você não mora no 804. Não sei o que você está vendendo, mas posso te garantir que os moradores não vão querer.

Estou começando a me sentir menos culpada pelo Stuart ter sido o responsável pela demissão desse cara.

— Escuta, Eddie, eu sei que você ficou fora um tempo, e provavelmente tem vários novos moradores desde que você saiu, mas eu sou a dona do 804 e posso provar.

Pego minha habilitação na carteira e a mostro para ele com tanto entusiasmo que parece que não seria inadequado acrescentar um "rá!". Ele olha para o papel por um instante, e sutilmente segura o celular preso em seu quadril.

— Não quero ter que chamar a polícia tão cedo pela manhã, então vou pedir só uma vez, gentilmente, para que você vá embora.

Calor inunda o meu corpo, e me dou conta de que estou cerrando a mandíbula e a poucos segundos de perder a cabeça. Tenho vontade de dizer a ele que vá em frente e chame a polícia, mas quando abro minha carteira para guardar meu documento, bato os olhos no endereço impresso logo abaixo do meu nome.

Que porra é essa?

Não diz que eu moro nesse prédio. Tem um endereço de Hamilton. Mas não é uma rua que eu reconheço.

O que está acontecendo? Estou sendo vítima de fraude de identidade? Fiquei desmaiada na cama do Sr. Bem-Dotado por sabe-se lá quanto tempo. *Será que foi ele?*

Criar um documento novo com um endereço completamente diferente parece uma etapa complexa e desnecessária para o roubo de identidade, mas o que eu sei sobre isso?

Uma vontade de ligar para Stuart me atinge. O prático, sensível, racional Stuart, que sempre parece saber o que fazer em todas as situações.

Mas não posso.

Nós terminamos.

Vinho tinto jogado no terno azul. O relacionamento tirou férias permanentes.

Mas, mesmo se eu quisesse, ligar para Stuart seria muito mais complicado do que antecipei, porque, assim que pego o celular da minha bolsa, uma simples olhadela me diz que, com certeza, o aparelho em minhas mãos não é o meu iPhone novo. É brilhante, branco e um Samsung. E, novamente, o mais importante: não é meu.

Onde caralhos está o meu celular, e de quem é esse? Será que eu peguei a bolsa errada?

A bolsa na minha mão é uma bolsa preta simples, da Matt & Nat. Definitivamente passível de ser confundida. Porém, eu sei que é a mesma que

Kiersten me deu de presente no último Natal, porque tem uma mancha pequena e roxa na parte de dentro, da vez que eu guardei um frasco de esmalte nela e ele não estava bem fechado. Mesmo assim, tem também um creme de mãos que eu sei que não é meu, e um par de brincos que eu nunca vi na vida. É minha, mas não é minha.

Respiro fundo, três vezes. Porque é o único mecanismo de defesa que consigo colocar em prática no momento. E mesmo que agora eu esteja muito mais brava com a Gemma do passado por suas decisões questionáveis, o aumento de oxigênio me ajuda a focar.

Vamos para o Plano B.

Dax.

A gente pode ter encostado os lábios na noite passada. Mas eu estava bêbada, e ele é o Dax. Se eu fingir que nada aconteceu, ele vai fazer o mesmo.

Ele é dono da All The Other Kicks, uma loja de customização de tênis na rua James, cerca de um bloco e meio ao norte da livraria da minha tia. Não abre antes das dez da manhã nas terças-feiras, mas ele geralmente chega às oito e meia para fazer sabe-se lá o quê Dax faz quando está sozinho.

Dirijo-me a Eddie com a confiança renovada de uma mulher que tem certeza do próprio endereço.

— Tenho que resolver algumas coisas, mas eu vou voltar.

Ele murmura um "uh-hum" nada convincente enquanto eu saio do prédio, nariz empinado, meus pés gratos por eu não ter optado por saltos na noite passada conforme caminho até a rua James.

O centro de Hamilton passou por uma transformação radical nos últimos anos. Lojas de penhores e de crediários deram lugar a butiques de queijos artesanais e estabelecimentos legais que vendem maconha à medida que os hipsters de Toronto — expulsos da cidade grande por conta dos altos preços das moradias — se mudaram para a região.

Apesar de estar entre os hipsters, Dax nasceu e foi criado em Hammer. Os fins de semana de sua juventude foram aproveitados do lado de fora do cinema da praça Jackson, na época em que era possível assistir a filmes mais baratos na matinê. Ele frequentava a rua James bem antes de ser descolada, pintando os tênis sem marca que herdava da irmã com canetas hidrográficas que comprava na lojinha de um e noventa e nove, sonhando em abrir sua própria loja de customização de tênis algum dia.

— Ei, Dax, sou eu. — Bato na porta dos fundos da loja ao mesmo tempo que chamo seu nome.

Como ele não responde, giro a maçaneta e a encontro destrancada, o que é uma sorte, pois a chave reserva de Dax está em um esconderijo de aparência muito realista que, na maioria das vezes, leva vinte minutos ou mais para ser localizado.

— Dax — chamo novamente, enquanto atravesso a soleira. — É a Gemma. Não um assassino. Ou um fantasma.

Já entrei naquela loja centenas de outras vezes. Mas Dax tem certeza de que o prédio é assombrado, e não quero assustá-lo entrando sem avisar e fazendo rangidos assustadores nas tábuas do assoalho.

Vou até a frente da loja, que já está bem iluminada pelo sol da manhã, e me sento atrás do balcão para esperar, sabendo que logo Dax vai chegar.

A loja é comprida e estreita. Uma mistura de antigo e novo, com uma pitada de algo selvagem, assim como Dax. A parede mais distante é metade de tábuas brancas, metade de tijolos vermelhos, com fileiras perfeitas de prateleiras de madeira, cada uma com um par de tênis personalizado. Sua arte. Sua alma. Pequenos pedaços de Dax que você pode levar para casa pelo preço médio de trezentos dólares canadenses.

Não sei se é por conta do sol, ou pelo fato de estar sentada em um lugar seguro, mas a adrenalina no meu sangue começa a diminuir, deixando para trás a ressaca com que acordei. Minha cabeça está latejando como uma balada de música eletrônica, o que não é apreciado pelo meu estômago, que ainda está enjoado e sensível. Minhas chances de vomitar são baixas, mas consideráveis, cerca de trinta por cento. Apoio a cabeça na bancada e fecho os olhos. Não tenho certeza se adormeci por alguns instantes ou simplesmente me distraí, mas, de repente, volto à realidade com a sensação nítida de que há uma presença na sala.

— Espero que seja você, Daxon. Caso contrário, vai ficar muito feio o tanto que eu te zoei por você achar que esse lugar é assombrado.

Não abro os olhos, nem levanto a cabeça, culpando a ressaca, mas também sem querer correr o risco de ver um fantasma de verdade.

Se é ele que está aqui, não diz uma palavra. Entretanto, o assoalho estala, e na hora que eu abro o olho, a pessoa ou entidade que estava ali some.

Tá, beleza, mas não, obrigada. Não estou com ânimo de lidar com o paranormal nesse momento. Tenho problemas maiores para lidar. Pego minha bolsa, que está caída no chão, e, quando me levanto, vejo o contorno de uma sombra.

Eu dou uma volta. A segunda onda de adrenalina da manhã invade minhas veias.

Dax está parado na porta do escritório, como se estivesse pronto para lutar, com uma calçadeira nas mãos.

Meu corpo tenso relaxa ao ver meu melhor amigo, em carne e osso.

— Relaxa, rainha do drama. Pode abaixar a arma.

Mas ele não abaixa.

Ele me encara, o olhar excepcionalmente frio.

— O que você está fazendo na minha loja?

Capítulo 5

— BOM DIA PRA você também — respondo. — Que saudação hostil é essa? Seus vizinhos passaram a noite toda ouvindo música eletrônica de novo?

Dou uma boa olhada em Dax, que tem, de fato, círculos escuros embaixo dos olhos.

Ele não responde. Apenas me encara. Justo. São quase nove da manhã de uma terça-feira. Normalmente, estou no trabalho, não de bobeira atrás do balcão da loja dele. Não estou surpresa por ele parecer atordoado e confuso com a minha visita inesperada.

— Estou tendo uma crise — explico. — Preciso que alguém que diga que não estou alucinando.

Devagar, Dax abaixa o braço que empunha a arma.

— Você precisa de ajuda?

— Sim. É por isso que estou aqui. Acho que estou no centro de alguma conspiração esquisita. Tem alguém tentando roubar minha identidade.

A confissão faz meu coração acelerar. A manhã inteira foi muito esquisita. O meu corpo parece nervoso e desligado, e estou começando a suspeitar que não é apenas o efeito das margaritas da tia Livi.

Dax dá um passo em minha direção, colocando a calçadeira em cima do balcão entre nós.

— Você está machucada?

Eu contemplo sua pergunta.

— Fisicamente, não. Emocionalmente... Eu não sei se usaria a palavra "machucada"... estou mais para desorientada.

Em pânico. Confusa.

— Já aconteceu com você de acordar e tudo parecer dar errado a partir do segundo em que você sai da cama? — pergunto a ele.

Quando digo isso, ele ergue as sobrancelhas, aparentando estar mais relaxado do que antes.

— Na verdade, sim, consigo me identificar com isso.

— Então, estou tendo um desses dias. Mas as coisas não estão ruins, estão esquisitas. E eu preciso desesperadamente que alguém me diga que não estou perdendo a porra da cabeça. E eu sei que parece uma pergunta estúpida, mas me ajude. Onde eu moro?

Fico esperando a resposta. Deixei um claro "agora é com você, Dax" no final da pergunta. Mas seu rosto volta a exibir a expressão metade confusa, metade preocupada de antes.

Por fim, ele abre a boca.

— Olha, eu não sei como responder essa pergunta, mas conheço alguém que pode ajudar. Ela trabalha no St. Joe. Pessoa maravilhosa para conversar e, se você me der cinco minutos, posso ligar para ela.

— Você está falando da Jen?

Dax dá um passo para trás, como se uma simples pergunta tivesse ativado seu alarme de esquisitice.

— Você conhecer minha irmã?

Resisto à vontade de revirar os olhos.

— Claro que eu conheço a sua irmã. Cabelo castanho-escuro, pequenininha. Tem um estilo ótimo. Pernas lindas. Toda vez que vejo as pernas dela, fico pensando que devo voltar a correr. Engraçado... encontrei com ela semana passada. Ela estava fazendo compras com a sua mãe, que, pelo visto, veio passar o final de semana.

— Você conhece minha mãe? — Ele está pegando a calçadeira novamente, mas antes que consiga alcançá-la, eu a pego e a arremesso longe.

Dax olha para mim, depois para a calçadeira e depois de volta para mim, como se estivesse tentando confirmar se eu realmente fiz isso.

— Foco, Dax. Parece que você está mais confuso do que eu. Você não tomou café?

Pensando bem, eu também não tomei.

— Talvez a gente devesse pausar essa conversa para tomar um café juntos. Médio, puro? Ou essa manhã está mais para um grande? — sugiro.

Os olhos de Dax passam da parede para a porta, e do balcão para mim.

— Você sabe o tipo de café que eu peço.

Dessa vez, reviro os olhos.

— Claro que eu sei. Já te vi pedir pelo menos umas dez mil vezes.

Dax dá um passo muito óbvio para longe de mim.

— Olha só, que tal se eu preparar um café pra gente? Você fica sentada aí e eu já volto.

Ele aponta para o banquinho. Meu cérebro de ressaca assimila a ideia de que ele quer que eu me sente novamente. Eu me dedico a massagear as têmporas enquanto ele se dirige para os fundos da loja, onde fica o estoque, tirando o celular da calça.

Nesses quatro anos de amizade, Dax nunca se ofereceu para fazer o café. Toda a sua filosofia em relação ao café é que não se trata de uma bebida; é uma experiência. E parte dessa experiência é ter outra pessoa passando o café. Ele está agindo de um jeito estranho. E como minha manhã tem sido completamente bizarra e minha intuição está me dizendo que tem algo acontecendo, desço do banquinho e ando na ponta dos pés até estar do lado de fora da sala do estoque, pressionando meu ouvido na porta como se eu fosse a porra da Nancy Drew.

— Eu nunca vi essa moça na vida, Jen... Na verdade, ela meio que me parece familiar. Acho que ela trabalha naquele lugar novo, no final da rua.

Ele está ao telefone. Falando de alguém. Ainda não entendi por que ele ligou para a irmã.

— Desci as escadas e ela estava lá, sentada atrás do balcão. Não estava roubando nada, só estava lá.

Espera. Ele está falando de mim?

— Ela sabe umas coisas sobre mim — continua Dax. — Ela sabe que você corre. Sabe o tipo de café que eu peço. Acho que ela pode estar me perseguindo. Acho que ela precisa de ajuda.

Ele *está* falando de mim. *Mas que porra é essa?*

Minha garganta seca no mesmo instante. E a baixa probabilidade que calculei em relação a vomitar no chão de Dax dispara quando meu estômago dá uma pirueta.

Tem alguma coisa errada.

Tem alguma coisa muito, muito errada.

É como se eu tivesse ido dormir ontem à noite na minha vida normal e acordasse hoje de manhã em uma bem diferente. A não ser, claro, que eu ainda esteja dormindo e sonhando? Belisco a pele do meu braço o suficiente para sentir uma dorzinha. Não. Estou acordada, certeza. *Será que eu fiquei em coma por anos e acordei agora?* Tiro o meu não-iPhone da bolsa. A data está correta, terça, 19 de julho. Além disso, um coma não explicaria o Sr. Bem-Dotado, o endereço em meu documento, ou o fato do meu melhor amigo estar agindo como se não tivesse ideia de quem eu fosse.

Meu pulso, que já estava rápido alguns momentos antes, agora parece que bate em uma velocidade supersônica. Eu tento o exercício de respiração que, de alguma forma, me ajudou mais cedo. Ele não faz nada além de deixar minha cabeça aérea. *Pensa, Gemma. Pensa! Você é uma mulher esperta e capaz.* Tem que ter uma explicação lógica para tudo isso.

Minha cabeça está latejando muito, e juro que os ácidos do meu estômago estão começando uma lenta peregrinação até o esôfago. Eu me sento no banquinho de Dax, apoiando a cabeça nas mãos, enquanto meus cotovelos batem no tampo do balcão.

Não consigo pensar desse jeito. Não consigo pensar em nada.

Sem teoria alguma, faço o que sempre faço quando fatos e ciência não me proporcionam respostas: vou procurar na internet. Porém, antes que consiga digitar "causas para amnésia temporária" no Google, o celular na minha mão começa a vibrar. O nome de tia Livi aparece na tela, ao lado das palavras "chamada recebida".

Beleza, dia bizarro, vamos ver que plot twist você vai jogar na minha cara agora.

Pressionando o celular contra o meu ouvido, eu tomo coragem.

— Alô?

— Ah, oi, querida. — A voz de tia Livi tem seu usual timbre homogêneo. — Estou tão feliz que você está bem.

— Por que eu não estaria bem?

— Bom, o sr. Zogaib ligou para mim agora mesmo para contar que a sua loja ainda está fechada. Ele disse que viu pelo menos três clientes tentarem abrir a porta e irem embora. Ele estava preocupado que alguma coisa poderia ter acontecido com você.

Levanto a cabeça das mãos e olho ao redor da loja de Dax. Minha visão está um pouco desfocada. Pode ser pela forma como eu estava pressionando meus olhos contra as palmas das mãos agora mesmo. Ou talvez alguma coisa esteja fisicamente errada comigo. *Deus! E se for um tumor?*

— De qual loja estamos falando? — pergunto. — E por que eu estaria abrindo uma loja?

Tia Livi fica em silêncio. Só sei que ela ainda está na chamada porque consigo ouvir sua respiração áspera.

— Sua loja, querida, Wilde Beauty.

Ao ouvir esse nome, meu coração faz aquela coisa de parar completamente por uns três segundos, depois volta a bater de forma descontrolada, como se estivesse recuperando o tempo perdido. O que tia Livi disse é impossível.

Agora eu sei que devo estar sonhando.

Belisco meu braço pela segunda vez. Dói tanto que tenho certeza de que vai ficar roxo em cerca de quatro a seis horas, mas eu preciso ter certeza absoluta de que estou acordada.

Anos atrás, quando eu estava na faculdade me formando em administração, fiz um módulo em que tinha que criar uma ideia de empreendimento. Wilde Beauty era o nome da loja de produtos saudáveis, estilo de vida e beleza natural e sustentável que eu sonhava em ter um dia. Meu plano era abrir a loja de verdade, construir uma marca forte e uma cadeia de suprimentos, e aí expandir. Meu próprio império de beleza natural e sustentável. Isso foi bem antes de receber o golpe de realidade de que ser adulta envolve pagar empréstimos estudantis e declarar imposto de renda. Eu nunca contei esse nome para ninguém. Nunca. Nem quando entreguei o trabalho: dei para trás e troquei o nome da loja para Hamilton Saúde e Bem-Estar.

Esse novo fato chega como um letreiro neon rodeado por lâmpadas fosforescentes. Tem algo realmente errado com o universo.

— Por que você não vem jantar aqui hoje? — continua tia Livi, alheia ao meu dilema interno. — Sua irmã vem pegar um livro que recebi na caixa de doações essa semana. A gente pode até fazer margaritas.

As palavras de tia Livi fazem com que algo no fundo do meu cérebro se encaixe. Minha irmã. Margaritas. O livro.

Não. *Não.*

Não pode ser.

Eu não sou o Bill Murray. Ou o Doctor Who. Ou seja qual for o nome do personagem de Rachel McAdams em *Te amarei para sempre*.

Minha vida não é uma comédia romântica. É... Bom, é a minha vida. Essas merdas não acontecem comigo.

Não acontecem, ponto-final.

— Hum... Oi.

Eu pulo uns bons dois metros no ar, deixando escapar um "aaaah" bem longo, e derrubo meu celular no piso de concreto polido. Ao pegá-lo, encaro Dax, que está parado na porta segurando duas canecas fumegantes.

— Desculpa te assustar. Como você gosta do seu café?

Meu querido Dax. Ele está me encarando com seus grandes e redondos olhos verdes e com uma ruga na testa que só aparece quando ele está preocupado com alguma coisa. Como quando ele encontra um bebê-pássaro que caiu do ninho, ou lê sobre desastres naturais no jornal.

Esse olhar, essa ruga, são por minha causa. Eu sou o bebê-pássaro machucado.

— Você não sabe quem eu sou, né? — Estou tentando muito esconder o pânico na voz, mas todas as possíveis causas que estou encontrando para o meu súbito ataque de amnésia não são tranquilizadoras.

— *Você* sabe quem você é? — A voz dele é tão profunda e gentil que, por um momento, eu considero fortemente mergulhar naqueles braços, apoiar a cabeça em seu peito e ser o passarinho machucado. Mas eu não posso. Preciso descobrir que merda está acontecendo.

— O nome Gemma não significa nada para você?

Dax nem pisca. Não existe nem um pouquinho de reconhecimento em sua expressão.

— Gemma Wilde — repito. — Wilde com "e" no final.

Ele levanta a cabeça.

— Como a loja no final da rua?

— Não. Na verdade... Sim. Eu acho que aquela loja é minha. Mas eu não...

E aí uma possibilidade me atinge. Uma explicação perfeitamente lógica para tudo. E eu me apego a essa ideia como se fosse um bote salva-vidas.

— Foi a Kiersten que te convenceu a fazer isso? Porque se foi ela, é muito escroto para ser engraçado, e eu preciso que você pare com essa pegadinha agora. Agora, Dax.

Ótima maneira de não parecer histérica.

Meus nervos estão tão à flor da pele que sinto que poderia facilmente levantar um Toyota Prius, ou colapsar em uma poça de lágrimas. Só pode ser uma pegadinha. Tem que ser.

Olho fixamente para Dax, como se a intensidade de minhas crenças fosse fazer com que ele abrisse a boca e confessasse tudo.

Ele coloca as duas canecas no balcão e pega o celular novamente.

— Tem alguém para quem eu possa ligar? Algum familiar?

Preciso consertar isso. O que quer que tenhamos feito. Preciso falar com minha tia e colocar tudo de volta no lugar.

— Obrigada pelo café. Agradeço mais do que você imagina. Mas eu preciso ir.

EU ANDO PELA RUA James como se fosse uma personagem de um drama pós-apocalíptico que acabou de sair de um abrigo antibombas: cambaleante, atordoada, sem saber se o mundo ao redor é real ou uma alucinação causada por comer feijões enlatados demais.

O que me deixa mais maluca é o fato de tudo estar tão normal. A rua James está movimentada com seu tráfego normal de pedestres das manhãs de terça-feira. Velhinhas com seus carrinhos de feira a caminho do mercado da Praça Jackson. Hipsters de calça apertada voltando para casa depois de passarem a noite inteira em alguma festa na casa de alguém. Pais cansados empurrando carrinhos de bebê. Jovens de vinte e poucos anos preguiçosos, que se recusam a fazer café em casa quando há cafeterias ótimas por perto.

Em geral, me enquadro nessa última categoria. Compartilho a filosofia de Dax de que o café fica mais gostoso quando é feito por outra pessoa, e é por isso que, apesar de não ter certeza absoluta se estou delirando, entro na fila do Café Brewski.

Café nunca é uma má ideia.

— Como posso ajudar?

Os olhos castanho-claros que pertencem ao barista com cabelo escuro preso em um coque me encaram.

— Ah, oi, Gemma — diz ele. — Café com leite de aveia, do grande, certo?

— Você me conhece? — Minha voz sai como um sussurro sinistro, mas o barista, cujo nome eu tenho quase certeza que é Cobra, parece não notar.

— Hum, sim. É Gemma com G. Eu me lembro porque uma vez eu escrevi com J, e você disse "na verdade, é Gemma com G", então é como eu te chamo na minha cabeça toda vez que vou escrever no seu copo.

Isso não é esquisito. Bom, *é* esquisito, mas por todas as razões certas. Eu realmente compro meu café nesse mesmo lugar basicamente todas as manhãs. E Cobra é quem em geral me atende. Essa parte da vida está exatamente como deveria estar.

— Eu também adicionei seu contato no meu celular depois que a gente se pegou outra noite. Se uma mulher está disposta a enfiar a língua dentro da sua boca, você deveria lembrar o nome dela para sempre. Eu sou esse tipo de cavalheiro.

— Pera... o quê?

Além de estar potencialmente delirando, pelo jeito meus ouvidos também não estão funcionando. Devo ter ouvido mal. Porque isso não aconteceu. Sempre houve e sempre haverá um balcão inteiro da Brewski entre a língua de Cobra e a minha boca.

— A gente se pegou?

— Sim. — Ele sorri enquanto balança a cabeça. — No Ano-Novo. Hooper convidou você para a festa dele. Acho que no fundo ele estava achando que vocês dois fossem ficar. Mas aí deu meia-noite, nós dois estávamos tomando shots de Jägermeister na garagem, e eu disse "quer dar uns amassos?". E você ficou, tipo, "por que não?" e me beijou. E tô meio chateado que você não se lembra disso.

Primeiro de tudo, quem é Hooper? Segundo, eu não me lembro porque no último final de ano estava esquiando com Stuart e a família dele em Sun Peaks. Eu não estava nem em Hamilton, e com certeza não tinha ficado com o meu barista em uma garagem.

— Escuta. — Coloco as mãos no balcão e dou um sorriso bem natural de definitivamente-não-estou-tendo-um-colapso. — Essa manhã está muito difícil. Você pode adicionar um shot extra de expresso no meu café? Acho que preciso.

— É por minha conta, Gemma com G. — Ele pisca e estala os dedos na minha direção.

Antes que eu possa protestar, sou empurrada da fila do caixa por uma mãe com cotovelos pontudos, e Cobra se dirige à próxima cliente.

Café gratuito em mãos, vou me sentar na minha mesa favorita, ao lado da janela, e me recuso a pensar no meu dilema até tomar três quartos da bebida. Quando a dose dupla de café chega na minha corrente sanguínea, me sinto um pouco mais concentrada e pronta para enfrentar os fatos.

Na noite passada, fizemos um feitiço. Ou uma purificação espiritual. Ou um ritual de sacrifício envolvendo coxas de frango e possivelmente minha realidade. Essa manhã eu acordei, e é como se tivesse vivido os últimos quatro anos da minha vida sem o Stuart. Essa parte não parece tão ruim. Com a exceção de que, ao apagar Stuart, eu de alguma forma arranquei Dax da minha vida, o que é uma catástrofe total e absoluta.

Eu me belisco uma última vez porque não tenho outra ideia de como confirmar se o que eu estou pensando que aconteceu realmente aconteceu.

O feitiço causou uma fissura no universo. Nós criamos algo parecido com o filme *A ressaca*, só que sem uma banheira de hidromassagem.

Eu ainda não consigo acreditar. Estou, tipo, oitenta e quatro por cento perto disso. Os outros dezesseis por cento acreditam que sofri algum tipo de bloqueio emocional em decorrência do trauma causado pelo término com Stuart. Exceto que, por mais que eu odeie o fato da minha irmã estar certa, não estou mais tão emocionalmente abalada por causa desse término. Mas, se esse for o caso, há apenas uma pessoa que me dirá o que for diretamente, sem nenhuma tentativa de amenizar as coisas.

O telefone chama duas vezes antes que ela atenda.

— Oi. Espera um pouco. A pequena acabou de tirar uma faca da máquina de lavar louça e eu não tenho certeza se ela pretende usar como arma.

Um minuto e meio se passa até que a voz de Kiersten retorna para a linha.

— Tudo certo. E aí? Vamos discutir o episódio de *The Bachelor* da noite passada? Porque eu dormi no meio e ainda preciso ver o final.

Excelente começo. Kiersten ainda é Kiersten.

— Vou te fazer algumas perguntas — digo a ela. — Preciso que você responda numa boa, sem me perguntar qual a razão delas, nem ache estranho. Beleza?

— Parece sinistro, mas tô dentro.

Reflito um pouco por onde começar.

— A gente saiu juntas ontem à noite?

Ouço um barulho no fundo que parece ser das crianças gritando. Então vem um estalo baixinho de porta sendo fechada, seguido por silêncio.

— Não. Você ia conhecer um bar novo no centro da cidade com alguns amigos. Isso não rolou?

Não sei dizer. No entanto, se encaixa na linha do tempo e no motivo de a outra Gemma estar nua fazendo anjos em um lençol macio no início da madrugada.

— Pergunta dois: os nomes Daxon McGuire e Stuart Holiston significam algo para você?

Outra longa pausa.

— Um deles é um daqueles caras que você transa às vezes? Só que eu achei que o nome dele fosse Connor ou Salvatore.

— Esses nomes são bem diferentes. E não, Stuart e Dax são dois caras que eu conheço muito bem. Tem certeza que você não conhece também?

Ela suspira.

— Acho que não. Você sai com um monte de caras, Gems. É difícil acompanhar.

Não, eu não saio. Ou talvez agora eu saia?

Uma última tentativa antes de aceitar o meu destino.

— Em uma escala de um a dez, quão sólida é minha compreensão da realidade?

Há uma bufada bem distinta, e eu quase posso ouvir minha irmã revirando os olhos.

— Normalmente, um oito em meio bem sólido, mas você perdeu alguns pontos com essas perguntas esquisitas. O que está rolando?

Agora tenho noventa e sete por cento de certeza de que, acidentalmente, alterei a minha história.

— Você está ocupada agora de manhã? Estou com uma questão pessoal. Você pode me encontrar na tia Livi daqui uma hora?

— Sim... — A voz da minha irmã vai sumindo. — Sim. Trent está de folga hoje. Posso ver se ele pode ficar com a bebê.

Há uma pausa notável do outro lado da linha.

— Mas você está bem, né? Não está prestes a me contar que está morrendo? Ou grávida?

As duas opções seriam mais fáceis de explicar.

— Eu estou bem. Só mantenha a mente aberta.

Capítulo 6

— EXPLIQUE ISSO MAIS uma vez para a mãe que ficou acordada a noite toda por causa de uma criança de dois anos que perdeu o sono. Você veio de um universo paralelo?

Minha irmã me olha com uma cara que se espera que alguém olhe depois de ouvir uma história tão bizarra.

— Sim — respondo. — Ou talvez uma linha do tempo alternativa. Eu não sou exatamente uma expert nisso.

Depois que liguei para Kiersten, fui direto para a casa de tia Livi e contei a ela minha história. Ela ouviu atentamente, e só reagiu com um "uau, caramba, que interessante", e depois se ocupou fazendo café até que Kiersten aparecesse.

Seja por causa do familiar cheiro de livro mofado do apartamento da tia Livi ou do fato de que ele está exatamente como deveria, minha frequência cardíaca cai para um nível muito mais saudável, a adrenalina para de bombear em minhas veias e meu estômago desce pela garganta até seu devido lugar, acima do intestino.

Já recapitulei os eventos dessa manhã duas vezes, com uma estranha calma, tomei três xícaras de café (mas, nas duas últimas, suspeito que a tia Livi tenha me dado descafeinado), e ainda assim tenho a sensação de que nem minha irmã nem minha tia acreditam em mim.

— Só para deixar claro — minha irmã está usando sua voz de mãe comigo —, na sua linha do tempo você estava namorando um cara chamado Stuart, que terminou com você, e aí você o amaldiçoou e acabou parando aqui?

Eu dou de ombros, sem saber de que forma posso fazer a verdade parecer mais plausível.

Kiersten troca um olhar com a minha tia antes de voltar a atenção para mim.

— Alguma chance de eu estar casada com o Chris Pine no seu universo?

Ela se inclina conforme pergunta, e dá uma fungada no meu hálito, sem nem tentar ser discreta. Resisto ao impulso de responder com algumas palavras nada educadas, porque preciso que minha irmã acredite em mim.

— Eu não bebi — digo, enquanto a empurro. — Você é casada com o Trent. Tem três filhos lindos e é uma grande chata, mas uma chata feliz.

Eu me viro para tia Livi, que está sentada na beirada do sofá. O caderninho preto onde ela anota todos os números de telefone importantes está em suas mãos. Meu sentido aranha acredita que ela está pensando em ligar para o médico da família.

— Você está igual também — digo a ela. — A loja. Esse apartamento. Tudo está igualzinho como na minha linha do tempo, exceto... — Um pensamento esquisito me ocorre. — Vem cá!

Não espero Kiersten ou minha tia concordarem antes de sair do apartamento e descer pelas escadas até a livraria. A loja está praticamente vazia, com a exceção de Barb, a funcionária de meio período, que me lança um aceno de cabeça amigável antes de continuar desempacotando o que se parecem com cristais de cura.

Empurro a banqueta para o lado e passo as mãos pela bancada de linóleo, sentindo uma pontada no estômago ao ver o estado quase perfeito.

— Não está aqui.

— O que não está aqui? — Os peitos de Kiersten estão pressionados contra as minhas costas. É tão assustadoramente parecido com a noite passada que sinto um arrepio na espinha com o *déjà-vu*.

— Tinha uma mancha aqui. — Esfrego meus dedos sobre a superfície imaculada. — Nós queimamos o balcão quando fizemos o feitiço.

— Aaaah, o feitiço.

Kiersten se vira para minha tia.

— Isso tem dedo seu. Você deu a ela aqueles cogumelos esquisitos de novo? Eu avisei que eles podiam estar misturados com alguma coisa. Não é à toa que ela está alucinando.

Deixo escapar um ruído de frustração.

— Estou te ouvindo, e não estou alucinando. Estou dizendo que alguma coisa aconteceu. A gente fez o feitiço. Ou a purificação. Ou como você queira chamar. Agora Dax, que é meu melhor amigo, não sabe quem eu sou.

Tia Livi levanta a cabeça.

— Dax McGuire?

Ouvir o nome dele saindo da boca dela faz com que o meu coração dispare em minhas costelas como uma bala de canhão.

— Você conhece o Dax?

Ela faz que sim com a cabeça.

— Ele faz parte da Associação de Pequenos Negócios da Rua James. Sabe, aquele grupo do qual venho tentando fazer você participar há meses? Para fazer mais contatos para a sua loja?

Não, não sei. É tão estranho. Essa loja que só existia nas profundezas mais malucas da minha imaginação de repente se tornou real e, aparentemente, é mencionada em conversas casuais. E, no entanto, outras partes de minha vida, como Kiersten ou essa livraria, são dolorosamente familiares. É como tentar montar um grande quebra-cabeças com a imagem de cabeça para baixo.

Kiersten se vira e suas costas encostam no balcão.

— Bom, tudo bem. Vamos supor que você esteja certa. Todos nós viemos para a casa da Livi. Imagino que bebemos um pouco, certo? Depois disso fizemos, como você chamou, uma purificação do amor?

Respiro fundo e repito minha explicação.

— A tia Livi encontrou um livro na caixa de doações. Ele tinha uma aparência velha e assustadora. Mas ela achou que seria divertido. Acredite ou não, a outra você previu que alguma coisa esquisita iria acontecer, mas fomos em frente e fizemos mesmo assim.

Kiersten bufa.

— Essa é a primeira coisa crível que você disse desde que cheguei aqui. — Ela encosta a palma da mão na minha testa. — E você tem certeza de que não teve febre ou algo do tipo?

Eu afasto a mão dela.
— Pela última vez, não.
— Sei que livro é esse. — Tia Livi bate palminhas de empolgação. — Mostrei pra você ontem.
Ela olha para mim, com os olhos grandes e redondos.
— Bem, não você-*você*, a outra você.
Meu estômago se agita de esperança.
— É de couro marrom com letras azuis cursivas? Algo como *Magia moderna para pessoas práticas*?
Tia Livi concorda com a cabeça.
— Exatamente esse. Achei que ele pudesse te ajudar a encontrar um namorado bom e estável. Não apagar um.
Isso é bom. Se tivermos o livro, talvez haja alguma instrução nele que faça tudo voltar a ser como era antes. E, na pior das hipóteses, ele pode dar alguma evidência de que não estou inventando tudo isso.
— Onde está? — Meus olhos procuram nas estantes que cobrem quase todas as paredes da loja.
— Não tenho certeza — responde ela. — Eu te dei quando você estava na Wilde Beauty. Talvez ainda esteja lá?
Voltamos para o apartamento para pegar nossos sapatos e saímos porta afora em menos de um minuto, caminhando por três quadras até a loja.
Quando avisto a vitrine de tijolos brancos, minha respiração fica presa na garganta e diminuo o passo, porque é exatamente como eu sonhei que seria. Talvez até melhor.
Como a maioria das lojas nessa movimentada rua do centro da cidade, a Wilde Beauty é estreita e comprida. Olhando mais de perto, os tijolos são, de fato, vermelhos, mas foram pintados de um branco cremoso, o que faz um contraste elegante, mas forte, com a porta preta brilhante e o peitoril pintado da grande janela da loja. Na fachada, a palavra Wilde está escrita com uma delicada caligrafia dourada, e Beauty escrita em letras de ferro. Embora as luzes ainda estejam apagadas, posso ver a disposição dos produtos de beleza totalmente naturais expostos em mesas e caixas de madeira diferentes entre si. É simples. É perfeito. Exatamente como eu tinha imaginado.
Lágrimas brotam nos meus olhos porque, embora eu nunca tenha desejado filhos, sinto que acabei de dar à luz.

— Ei, Marty McFly. Precisamos das chaves.

Minha irmã levanta as palmas das mãos em um gesto que pode ser facilmente interpretado como "é pra hoje?". Pego o chaveiro de cachorrinho corgi da minha bolsa, insiro uma das misteriosas chaves na fechadura e, como ela não se encaixa, tento a segunda. Ela desliza com suavidade para dentro.

Assim que abro a porta, ouço um "bip" vindo de um pequeno alarme na parede, que começa a ficar mais rápido. Instintivamente, digito 03052015, o aniversário do Dr. Snuggles. Parece que funciona, pois o alarme para de apitar.

— Chutou, é? — Os olhos estreitos da minha irmã estão céticos, e com razão.

Dou de ombros.

— Acho que a Gemma dessa linha do tempo e eu temos muito em comum.

Ela encosta a palma da mão na minha testa novamente. Eu a afasto e passo por ela.

Sei que deveria estar procurando pelo livro, mas meu coração idealista não consegue deixar de observar cada pequeno detalhe da loja. Os produtos que tomam as paredes são o delicado equilíbrio entre ingredientes realmente benéficos e preço acessível. Percorro o piso de madeira, com muito medo de tocar em alguma coisa que faça com que eu acorde desse sonho. Por duas vezes, me pego soltando sonoros "ai, meu Deus", muito parecidos com os de tia Livi.

— Você se matou de trabalhar para abrir esse lugar. Está aberto há quase seis meses. — Minha irmã aparece ao meu lado com um sorriso no rosto que eu descreveria como de orgulho. — Pelo jeito você não é dona dessa loja na sua linha do tempo.

Eu nego com a cabeça, porque a resposta é o exato oposto disso.

— Sou compradora sênior na Eaton's Drug Mart.

Ela ergue uma sobrancelha.

— O salário é ótimo — explico —, mas não é como isso aqui nem de longe.

Decido me dar o luxo de passar os dedos por uma prateleira de alumínio e abrir um pequeno pote marcado como "amostra", esfregando um creme com aroma de limão nas mãos.

— Gemma, querida — chama tia Livi. — Se você fosse *você*, onde acha que teria colocado o livro? Dei uma olhada e não vi nada.

Certo. O livro. A razão pela qual estamos aqui. Observo as paredes e o balcão com a caixa registradora, tentando descobrir onde a Outra Eu poderia ter guardado. É tudo tão diferente, não tenho ideia de por onde começar.

— Sinceramente, não faço ideia.

Minha tia assente, e então coloca as mãos na cintura.

— Acho melhor dividir para conquistar. Gems, você fica com a loja. Kiersten, o estoque, e eu vou olhar o banheiro.

Apesar da minha loja ser adorável e pitoresca, não é muito grande. Cinco minutos procurando nos dão a confiança para afirmar que o livro não está aqui.

— Acho que podemos tentar a sua casa — sugere tia Livi.

Eu concordo, mas, conforme o faço, percebo um movimento do lado de fora. A adrenalina me invade antes mesmo que eu possa registrar os ombros largos e o cabelo castanho ondulado do pedestre alto cruzando a rua e caminhando em direção à porta da frente.

— A gente precisa se esconder.

Meu corpo fortalecido pela adrenalina agarra tia Livi pelo braço, e então mergulha em Kiersten, arrastando as três em uma confusão de braços e pernas para trás do caixa.

— Que porra é essa, Gems?

Kiersten me chuta até que eu saia de cima dela. Ela se ajeita e se senta perto da minha tia, me olhando feio.

— Não quero que ele saiba que a gente está aqui — sussurro.

— Quem?

A resposta para a pergunta é uma batida firme na porta da frente, seguida de um "oi, tem alguém aí?" em uma voz masculina bem familiar.

— O Dax está lá fora! — Gesticulo na direção da porta. — Tivemos um pequeno desentendimento essa manhã. Tem uma possibilidade muito alta de que ele esteja achando que eu preciso de cuidados médicos.

Antes que eu possa impedi-la, Kiersten está de quatro, se arrastando até o final do balcão.

— Volta aqui, sua imbecil. — Minha voz fica entre um grito e um sussurro. — Não deixa ele te ver.

— Ele não vai me ver. — Ela acena com a mão. — Só quero ver a razão desse drama todo.

Para a sorte da minha irmã, ela consegue dar uma espiadinha de forma lenta e furtiva. Depois volta e exclama em uma voz nada baixa:

— Olha só! Sua alucinação é um belo de um gostoso, hein, Gems?

Meu rosto pega fogo sem motivo algum.

— Ele não é um gostoso. Ele é o Dax.

— Sério. — Minha irmã dá outra olhada. — Ele tem estilo, sem ser esquisitão. E tem ótimos braços. Eu sempre gostei de braços.

— Larga mão de ser esquisita!

Eu a empurro com o pé, mas isso não a impede de dar mais uma olhada.

— Não tem nada de esquisito em apreciar a vista — rebate ela ao se virar novamente para mim. — Dá para ver os músculos do peito do homem através da camiseta.

— Então agora você também gosta de peito?

Ela dá de ombros.

— Estou simplesmente reconhecendo todas as coisas boas do seu homem. Você tem que admitir: o cara é muito gato.

Eu realmente achei Dax atraente quando nos conhecemos. Estávamos sentados lado a lado em um bar chamado The Prince And Pauper. Estava lotado, como de costume, e impossível de pegar uma bebida. O bartender deslizou uma cerveja Guinness pelo balcão em nossa direção, e as nossas mãos se encostaram quando nós dois tentamos pegar o copo. Talvez eu tenha sentido um formigamento naquele momento.

Os instintos cavalheirescos de Dax entraram em ação e ele me ofereceu a cerveja. A feminista que há em mim insistiu que ela deveria ficar com o mais irlandês entre nós dois, achando que o meu cabelo loiro-avermelhado e o sobrenome britânico me dariam vantagem. Até que Dax puxou a manga da sua camiseta, revelando várias tatuagens, entre eles o brasão da família McGuire. "Acho que eu ganhei essa", disse ele em um sotaque irlandês perfeito, que me deixou toda arrepiada. Kierst não é a única Wilde com um fraco por antebraços.

Mas aí um dos amigos de Stuart derrubou bebida nas costas de Dax. Ele foi para casa se trocar e, quando voltou, Stuart tinha me conquistado. Dax se tornou um colega que eu encontrava em festas, então parte de um grupo maior de amigos, até que nós dois percebemos que passávamos a maior parte do tempo juntos, conversando apenas um com o outro, e decidimos excluir todos os outros e nos tornarmos amigos para sempre. O fato de ele ser gostoso como se fosse um dos irmãos Hemsworth se tornou discutível.

— Beleza — admito. — Ele é atraente, mas não temos nada. É só amizade.

Kierst pensa por um momento.

— E o seu namorado estava de boa de você conviver com um lenhadorzão desses com o rostinho lindo?

Stuart era... neutro. Ele não entendia por que Dax chamava tanta atenção. Ele também era tão confiante e seguro que eu não acho que ocorreu a ele se sentir ameaçado por Dax.

— Eu nunca dei a Stuart motivos para se preocupar.

Ela estreita os olhos.

— Quer dizer que vocês nunca...

Ela olha para tia Livi, que está ocupada procurando alguma coisa dentro da bolsa, e então faz movimentos sugestivos com o quadril.

— Não! — digo alto o suficiente para que tia Livi olhe para cima.

— Ah, qual é! — Minha irmã não está deixando o assunto morrer. — Eu praticamente consigo contar os gominhos do abdômen dele daqui. Ele é gostoso. Pelo menos me diz que vocês se beijaram.

Minhas bochechas coram.

— Ahá! — Kiersten cutuca meu peito com força. — Eu sabia!

— Não é bem assim.

Foi uma fantasia? Um erro? Pelo menos tenho certeza de que não foi como Kiersten está imaginando.

Ficamos sentadas atrás do balcão por mais cinco minutos. Provavelmente quatro minutos a mais do que o necessário, mas estou paranoica. Essa história de Dax não me conhecer me deixou confusa, e preciso de algum tempo para pensar em um plano antes de vê-lo novamente.

— Kierst... — Eu a cutuco com a ponta do meu sapato. — Você pode dar uma olhada pra ter certeza de que ele foi embora?

Minha irmã não se mexe imediatamente. Quase dá para ver as engrenagens girando na cabeça dela, como se estivesse tentando decidir se vai usar essa oportunidade para me chantagear e arrancar mais informações, ou se vai se render ao fato de que é seu dever de irmã me proteger em momentos de extrema necessidade.

A "extrema necessidade" vence, e ela se arrasta até o canto, dá mais uma olhada e depois se levanta.

— A costa está livre.

— Ah, que bom — diz tia Livi enquanto se levanta e limpa uma sujeira imaginária de sua calça de alfaiataria. — Então, vamos olhar na sua casa, querida?

Minha casa.

O endereço misterioso que está no meu documento.

Voltamos caminhando até a livraria e, mesmo com a insistência da tia Livi de que a distância até a minha casa pode ser percorrida a pé, e que é o que eu faço diariamente, nos enfiamos na minivan branca de Kiersten, que está quente como um forno.

Cinco minutos depois paramos em frente a uma casa de tijolos bege de dois andares. Como a maioria das casas desse bairro de Hamilton, ela parece ter sido construída na década de 40, fica a poucos passos da calçada e está bem encaixada entre as casas vizinhas de ambos os lados. Não é o meu apartamento com vista para o lago, mas é bonito.

Subo os degraus da frente com um pulinho e, em seguida, pego a última chave misteriosa da minha bolsa.

— Essa porta não, querida. — Tia Livi me chama da calçada. — Você usa a dos fundos.

Sigo Kiersten e minha tia por uma calçada estreita e atravesso um portão de arame até um quintal pequeno, mas limpo. As duas se apoiam em uma escada estreita e esperam.

Fico olhando para os degraus de cimento rachados que descem. Sinto uma pontada no estômago.

— Eu moro no porão?

As duas assentem.

A segunda chave misteriosa entra facilmente na fechadura. No entanto, preciso abaixar a cabeça ao abrir a porta e entrar no que parece ser uma cozinha compacta. Depois, com um breve movimento de olhos, vejo a sala de estar, o quarto e até o banheiro.

É pitoresco. E é terrível. Meu coração e minha cabeça estão em guerra, observando um espaço que, obviamente, foi decorado com carinho de acordo com meu gosto específico de inspiração escandinava, com teto baixo, poucas divisões de paredes e iluminação fraca.

Mais uma vez, meus olhos se enchem de lágrimas. Ao contrário do que aconteceu com a loja, não são lágrimas de alegria.

— Eu me mudei pra cá por vontade própria? Tem cheiro de canja de galinha.

Kiersten aperta meus ombros com empatia.

— A gente acha que é do vizinho de cima. Pelo menos a gente espera que seja. E sim, você fez isso. Assinou o contrato de aluguel no mesmo mês que abriu a loja.

Acho que uma loja de rua, mesmo em Hamilton, não é exatamente barata.

Decisões foram tomadas. Prioridades foram definidas.

Em algum momento, depois de não ficar com Stuart, a Outra Eu deve ter escolhido morar nesse porão úmido e escuro para poder abrir uma loja.

— Encontrei! — Tia Livi chama do outro lado da sala, interrompendo minhas lamentações.

Ela está ao lado de uma pequena escrivaninha branca da Ikea, com vários livros irreconhecíveis em cima, exceto pelo grande livro de couro marrom que estamos procurando.

Ela dá três passos para se juntar a mim e a Kiersten na cozinha. Nós três nos aglomeramos ao redor da bancada minúscula, com o livro aberto entre nós para que todas possam ver as páginas.

— Droga! — prargueja tia Livi. — Não trouxe meus óculos de leitura.

— E eu não trouxe minha lanterna. — Kiersten me cutuca com o cotovelo. — Esse lugar parece um túmulo, Gems. Você deveria investir em luminárias de chão.

Eu discutiria com ela, se não concordasse.

Decidimos que é melhor levar o livro de volta para o apartamento da minha tia, onde há luz natural e um estoque de cafeína.

A viagem de volta parece duas vezes mais longa do que a de ida, pois a expectativa revira o meu estômago. A ansiedade não diminui até que estejamos no andar de cima da livraria, compartilhando o sofá de três lugares com o livro aberto na página que contém o feitiço que me trouxe até aqui.

— Uma purificação do amor — diz Kiersten com um olhar pensativo. — Apropriado, considerando você e seu amor por tudo que é natureba.

Ignoro o comentário, preocupada em encontrar minha resposta.

Minha tia vira as páginas e passa os olhos pelo texto com a velocidade de alguém que passa a maior parte do dia lendo.

— Não estou encontrando nada aqui dizendo como reverter.

Meu estômago embrulha.

— Então eu tô fodida?

Tia Livi me olha desapontada.

Kiersten coloca os pés em cima da mesa de centro.

— Estou começando a me sentir um pouco ofendida. Por que você está tão desesperada em se livrar da gente? Posso ser parcial, mas essa realidade é bem da hora.

Kiersten é a pessoa que eu achei que entenderia minha urgência de voltar para a vida que conheço. Mas uma pequena parte de mim entende o que ela quer dizer. Apesar de Dax e o apartamento horrível no porão, num primeiro momento, não parece ter nada de errado com essa realidade. É só diferente.

Mas, na minha outra vida, eu tinha um plano cuidadosamente pensado. Um plano que era como um cobertor grosso e reforçado, que me mantinha aquecida, alimentada e com a ansiedade controlada. Sim, Stuart abriu um buraco enorme nesse plano, mas sou uma mulher precavida. Meu emprego tenebroso proporcionava uma poupança para a aposentadoria. Tinha investido no meu apartamento de forma inteligente. Era para a visão previsível e descomplicada que eu tinha dos próximos anos da minha vida permanecer relativamente intacta, a não ser pelo falecimento de Stuart — de forma metafórica, claro.

— Eu não sei como é a Gemma dessa realidade, mas eu não deixo a vida me levar — digo a elas. — Gosto de planos. De preferência, planos bem planejados. Nos quais eu sei onde vou dormir à noite, e que reduzem bem as chances da minha vida dar errado.

Minha irmã e minha tia trocam olhares e, antes que eu perceba, os braços delas estão ao meu redor, formando um sanduíche de Gemma.

— Eu entendo — diz minha irmã com suavidade, ainda com a boca em meu cabelo. — Você e eu também temos o mesmo problema aqui, garota.

Não vemos a mamãe desde 2017. Papai envia um cartão de Natal todo ano, mas ele chega em um endereço do qual Trent e eu nos mudamos antes mesmo de termos filhos.

Então nossos pais são os mesmos: cronicamente ausentes e a razão pela qual meu terapeuta passa todas as férias de inverno nas Bahamas.

— Não são vocês. Sou eu. — Estremeço com a frase. — Não consigo lidar com a possibilidade de nunca mais voltar para casa.

— Não vamos nos preocupar ainda. — Tia Livi puxa o livro da mesa de cabeceira e o apoia no colo. — Talvez a gente só precise pensar. Você fez essa purificação e veio parar aqui. E se a gente repetisse a mesma coisa, mas, ao invés de desejar que você nunca tenha tido um relacionamento com Stuart, você deseje que sim?

Eu quase me oponho, porque eu *não* quero desejar isso, e parece simples demais. Mas eu não tenho nada melhor para sugerir.

— O que pode dar errado?

Faço uma pausa e espero que Kiersten se oponha. Minha intuição me diz que ela está longe de estar convencida de que eu consegui causar uma fissura no tempo-espaço.

Surpreendentemente, ela dá de ombros.

— O que eu preciso fazer?

Tia Livi dá um pulinho e fica de pé, com o mesmo nível de entusiasmo da noite passada.

— Gemma, pega o livro e lê a lista de ingredientes.

Os cinco minutos seguintes são mais uma série de *déjà-vus* estranhos. E a minha falta de embriaguez faz toda a experiência ser menos divertida.

Mesmo assim, localizamos tudo o que tínhamos na primeira vez que tentamos fazer o feitiço, inclusive a vela de aniversário branca, o novelo de lã rosa-choque e até mesmo as coxas de frango.

— Então, o que exatamente a gente faz com esse bando de porcaria? — Kiersten abre o Tupperware com o frango e o cheira, enquanto eu consulto o livro. Os eventos da noite passada ainda estão um pouco confusos em meu cérebro.

— A gente acende a vela — explico —, e aí amarramos minhas mãos, e então...

Ah, não. Ah, não. Ah não, não, não!

— O quê? — tia Livi e Kiersten perguntam ao mesmo tempo.

— A gente não tem tudo.

Apoio a cabeça nas mãos enquanto me odeio por ser uma — desculpe o linguajar, tia Livia — burra do caralho.

— O quê? O que mais a gente precisa?

Kiersten agarra o livro. Observo seus olhos percorrerem as instruções, até chegarem na última coisa da lista.

O passo final — não seja negligente —
É selar o seu destino com um beijo ardente.

— Dax — respondo antes que ela tenha a chance de falar.

— Mas ele não... — Consigo ver, em seus olhos, o exato momento em que ela monta o quebra-cabeças. — Ah, cara... Você tá tão ferrada.

Eu seguro a cabeça com as mãos novamente e solto um gemido.

— Será que eu não consigo achar um cara num bar para beijar? De acordo com a Kierst, eu sou muito boa nisso.

Minha tia vira as páginas do livro.

— Essa não é bem minha área de expertise, mas acho que você teria que recriar as condições originais com a maior precisão possível. Feitiços assim podem ser exigentes.

É, estou bem ferrada.

— Mas tem uma boa notícia — diz minha tia novamente. — Você tem um mês inteiro para conseguir.

Eu olho para cima, confusa, porque não tenho ideia do que ela está falando.

— A lua. — Ela empurra o livro em minha direção. — Diz aqui, "deixe sem moradia aquele que o prejudicou, sob a lua minguante". Lua minguante. É a fase da lua depois da cheia. Isso faz total sentido, porque é a lua ideal para todo tipo de purificação ou encerramento. Mas receio que ontem tenha sido a última noite. A próxima só acontece daqui um mês.

O dedo de Kiersten passeia pelo feitiço, até que para logo acima da mancha de molho, onde diz, de forma clara, exatamente o que a minha tia explicou.

— Então, mesmo que não faltasse o gostoso, a gente não poderia fazer hoje.

Encaro a última linha e a leio duas vezes, enquanto a adrenalina da manhã se transforma em uma piscina de pavor em meu estômago.

Estou presa aqui por um mês. E, se não conseguir dar um jeito de fazer Dax me beijar, posso ficar presa para sempre.

Tia Livi aponta para o Tupperware na nossa frente.

— Se a gente não vai usar para o feitiço, tudo bem se eu esquentar o frango?

Capítulo 7

— ENTÃO, TIA LIVI, o que a gente vai ver hoje? — Eu me aconchego no sofá da casa dela, apoiando os pés na mesa de centro e pegando o controle antigo.

Ela olha no relógio antes de se levantar.

— Acho que já vou me deitar. Você pode ficar o quanto quiser, mas tem um romance bem sensual na minha mesa de cabeceira, que estou me coçando para voltar a ler. Droga... — Ela olha para a cozinha. — Espero que eu tenha pilhas AA em algum lugar...

Ela não parece estar com um pingo de vergonha. Não há nem um fundinho de vermelho nas suas bochechas. No entanto, as minhas estão pegando fogo.

— Bom, boa sorte com isso. E eu mudei de ideia. Acho que já vou.

Nós caminhamos até a porta do apartamento, onde pego minha bolsa, evitando seus olhos. Ela abre os braços para um abraço. Eu me inclino o suficiente para deitar a cabeça em seus seios fartos — um gesto de carinho que faço desde que sou criança, quando dormir na casa dela acabou se tornando um evento quase diário.

— Lembre-se que grandes amores e grandes conquistas envolvem grandes riscos — murmura ela com a boca na minha cabeça antes que eu me afaste, confusa.

— Qual é a da mensagem enigmática?

Ela cobre minhas bochechas com as mãos enrugadas.

— É uma coisa que eu li no papelzinho do meu chá matinal, querida. Me avisa quando chegar em casa? Deixe essa senhora saber que você chegou em segurança, por favor?

Ela beija a minha testa antes de abrir a porta e me deixar sair.

Eu me demoro no caminho para casa. Paro na frente da vitrine da Wilde Beauty para admirar a materialização do meu sonho, e depois vou para o meu apartamento escuro e talvez infestado de ratos, basicamente o pesadelo de toda garota.

É exatamente como eu me lembrava. Nem melhor, nem pior. E eu consigo ficar ali sete minutos inteiros antes de me sentir inquieta e resolver que, embora ainda falte quase um mês até a lua ideal, não quero esperar tanto tempo para ter Dax de volta na minha vida.

Ele pode não me conhecer, mas eu o conheço, e sei que só tem um lugar que Daxon McGuire frequenta nas noites de terça-feira.

O Clube de Boliche e Curling de Victoria não é conhecido por ser um local badalado da vida noturna da cidade. Mas é um ambiente à meia-luz, com cerveja artesanal e um DJ aposentado que se ajeita em uma mesa dobrável em um canto e toca hits do seu iPhone.

Eu abro as portas e sinto o cheiro de gelo artificial e coxas de frango de trinta e cinco centavos. A mesma coisa que fiz toda terça-feira de outubro a maio nos últimos três anos da minha vida.

O clube tem a mesma aparência que eu imagino que tinha sessenta anos atrás. Paredes com painéis. Um balcão comprido e estreito e uma série de mesas e cadeiras, todas do mesmo tom de madeira clara.

Uma grande janela de vidro se abre para a pista de curling, onde oito times parecem estar jogando suas décimas e últimas partidas, e depois vão se dirigir até o bar para tomar uma cerveja e socializar, o objetivo principal do esporte para a maioria dos jogadores dessa modalidade.

Não demoro a encontrar Dax. O floquinho de neve especial da liga recreativa das noites de terça, Dax não está aqui pela cerveja. O homem apenas ama o curling, o que fica evidente enquanto o observo pairar acima do gelo, passando dois minutos a mais avaliando sua próxima tacada.

Nunca imaginei que me tornaria uma jogadora de curling acima da média na liga recreativa. Porém, alguns anos atrás, a Eaton's Drug Mart instituiu um desafio anual de saúde no qual todos deveriam escolher uma nova atividade. No gelo, eu tenho a coordenação de um cervo recém-nascido. Há um bom motivo pelo qual eu faço spinning, ao invés de pedalar ao ar livre (a segurança de meus conterrâneos hamiltonianos está em jogo). Dax ouviu o meu dilema e sugeriu que nós nos juntássemos ao esporte mais tosco que pudéssemos imaginar. Ficamos entre curling e corrida de carro no gelo, mas o carrinho é caro pra caramba e requer mais energia do que você possa imaginar.

Então nos juntamos à liga das noites de terça. Dax se revelou um tubarão do gelo, que curte destruir idosos. E eu descobri que gosto de participar do terceiro passatempo de inverno favorito dos canadenses, mais do que poderia imaginar.

— Bundinha linda essa aí, hein?

Uma mulher grisalha me cutuca com o cotovelo, os olhos cravados em Dax se agachando em uma tentativa de enxergar melhor o ângulo da tacada.

— Se eu fosse cinquenta anos mais nova, eu já estaria dando em cima. Na verdade, vinte anos mais nova e eu já estaria tentando saber se ele está a fim de uma nova namorada.

Ela dá uma risadinha. É uma risada de fumante, imediatamente seguida por uma olhadela de cima a baixo em mim.

— Você também é bonitinha. Eu me apresentaria a ele, se fosse você. Um conselho de uma velha de guerra: os bons saem do mercado rapidinho.

Eu tomo uma segunda cotovelada. Minha colega continua rindo, até que outra senhora sai do vestiário e as duas vão embora, rindo juntas.

Meu olhar se volta para o gelo, onde Dax ainda está contemplando a tacada, só que agora de pé. Talvez por causa das palavras da senhora tarada pairando no ar como fumaça, ou pelo fato de que ainda estou me orientando nesse mundo estranho, eu paro para olhar para ele. *Realmente* olhar para ele.

Dax parece o mesmo. Está usando seu "uniforme de curling", calça de moletom preta que fica na linha do quadril e revela uma bunda que, *objetivamente*, entendo por que a maioria das mulheres considera atraente. A camiseta preta desbotada marca todos os lugares que deixam evidente que ele ainda faz bom uso da carteirinha da ACM que tem desde os dezesseis anos.

Seus lábios estão pressionados em uma linha firme e as sobrancelhas curvadas para baixo, enquanto ele examina os ângulos das pedras. A expressão séria destaca o rosto anguloso e a mandíbula forte, apenas meio escondida pela característica barba por fazer.

Por mais que eu goste de zoar Dax quando ele fica todo concentrado nas tacadas, eu secretamente adoro o quanto ele ama curling. Amo como sempre consigo perceber que ele ensaiou o discurso motivacional antes do jogo, e a maneira como ele me envolve nos maiores e mais calorosos abraços de urso sempre que faço alguma coisa que remotamente se assemelhe a uma tacada bem executada. E, embora eu reclame de ter que me arrastar para fora do sofá para encarar uma arena fria e úmida todas as terças-feiras, gostaria de estar aqui com ele hoje.

Quem está aqui com ele hoje?

Com a minha saída da equipe, há uma vaga aberta nos Ice Ice Babies.

Meus olhos verificam a arena. Vejo que Dougie, primo de Dax, e também Brandon, marido de Dougie, estão na pista. Mas não dá para dizer quem é o quarto membro, até que uma mulher se aproxima de Dax. Ela parece uma Tessa Virtue versão sul da Ásia, e está se agachando ao lado dele para sussurrar algo em seu ouvido, fazendo Dax rir. Eles batem os punhos e executam um aperto de mão elaborado que faz com que o meu sangue borbulhe. Desde quando Dax faz esses apertos de mão de *brother*? Nós nunca tivemos um desses.

Sunny Khatri. Na minha linha do tempo, ela joga com os Hammer Curls. Ela é sem dúvidas a melhor jogadora de curling da liga inteira. Ela também é linda que dói, com o longo cabelo preto sedoso e os grandes olhos castanhos de bebê-cervo. Eu peguei o meu Dax admirando mais do que suas habilidades no curling, mais de uma vez. No meu mundo, os dois são rivais. Aqui, parecem amigos. Bons amigos.

Isso pode complicar as coisas.

Eu me afasto da janela para organizar os pensamentos e elaborar algum tipo de plano.

Tudo precisa dar certo hoje. Preciso me recuperar de uma primeira impressão não-muito-espetacular, e recomeçar nossa amizade do zero. Normalmente, quando conheço uma pessoa nova, é sem pressão. Se a gente se dá bem, a gente se dá bem. Se não... Bom, então eu digo de forma educada "valeu, próximo" e sigo com a minha vida. Mas se eu estragar tudo com Dax, não vou conseguir voltar para a minha realidade, o que significa que vou perder a pessoa que mais me conhece no mundo. Apenas imaginar isso por alguns instantes faz parecer que meu estômago está sendo torcido como um pano de prato.

Preciso de uma bebida. Alguma coisa para acalmar os nervos. Vou até o bar, deixando nítido que não aprendi minha lição com as margaritas da noite anterior. Deslizando para o banquinho bordô com o couro craquelado, cumprimento o bartender, Larry, com minha piscadinha sexy que Dax já me informou, em mais de uma ocasião, que não é nem um pouco sexy.

— Boa noite, Lawrence. — Aponto com o queixo para a televisão fixada na parede atrás dele. — Os Jays até que estão indo bem esse ano. É uma pena que o Joe Nintendo quebrou o dedão. Não vai correr as bases como no ano passado.

Eu apoio o queixo nas mãos e espero que Larry discuta comigo. É uma brincadeira nossa. Um clássico de toda noite de terça-feira. Eu digo algo sobre esportes completamente ignorante ou inventado. Ele fica todo irritado e vermelho, argumenta comigo, até que percebe que estou brincando. Aí ele puxa a toalha do bolso de trás da calça e finge que vai me acertar com ela. Eu saio correndo, gritando "cerveja de graça!". Ele cobra no meu cartão no final da noite.

Porém, esse Larry só franze o cenho e coça a cabeça careca.

Certo. Ainda estou no país amaldiçoado. E como não sou amiga de Dax, eu não frequento o bar do Clube Victoria, então esse coitado não sabe quem eu sou.

— Hum, sim — diz ele por fim. — Parece que vai ser uma temporada interessante. O que você vai querer?

Não preciso pensar muito para dar a resposta.

— Uma jarra de Hurry Hard, por favor, e obrigada.

É o que eu e Dax bebemos toda semana. Nós dividimos uma jarra de cerveja e uma porção de aperitivos. Dax come as asinhas de frango. Eu fico com as batatas rústicas. Nós pedimos dois potinhos de molho para os palitos de muçarela empanada, porque nos recusamos a dividir. E mesmo que o

Dax dessa linha do tempo não me conheça, nunca é uma má ideia oferecer uma cerveja de graça. Acho que posso usar como uma oferta de paz.

Com a jarra em uma mão e dois copos na outra, me viro a tempo de ver um grupo de jogadores sair do rinque de gelo. Metade deles vai até o vestiário para tomar banho ou pegar seus pertences nos armários. O restante vem direto para o bar.

Dax pula o banho e vai direto para a nossa mesa de sempre, perto da janela, mas longe o suficiente do DJ para conseguir conversar. Eu o intercepto quando ele está prestes a se sentar.

— É você! — Ele arregala os olhos quando encontra os meus. — O que você está fazendo aqui?

Meu estômago se enche de borboletas agitadas, embora muito confusas. Agitadas porque eu ainda não tomei nem um gole de cerveja. Confusas porque estou conversando com Dax, e não há motivo para ficar nervosa. Eu já deveria estar acostumada.

Ele não se senta. Mas segura o encosto da cadeira com tanta força que os nós dos dedos ficam brancos. E me pergunto se ele está considerando jogá-la em minha direção e procurar a saída mais próxima. Eu não o culpo, não depois dessa manhã.

— Não estou te perseguindo, eu juro. Eu vim pelas asinhas de frango baratas e para ver uma partida, porque estou pensando em começar a jogar. E aí eu te vi na pista e quis me desculpar. Acho que a gente começou com o pé esquerdo. Meu nome é Gemma.

Coloco a cerveja em cima da mesa e estendo a mão. Dax a aperta, porque é um cavalheiro, mesmo estando cara a cara com uma presença feminina instável.

— Te devo uma explicação.

Eu me sento em um dos bancos, sem ser convidada. Depois de um segundo de deliberação, Dax acaba se sentando no banco do outro lado.

Pego um copo e me sirvo de cerveja, aproveitando o tempo para fazer uma última revisão mental da minha história.

Kiersten, tia Livi e eu concordamos que era melhor que eu não contasse a Dax toda a história de universos paralelos, levando em consideração que a minha missão é fazer com que ele embarque em uma amizade para a vida toda. Então inventei uma série de desculpas que são suficientemente próximas da verdade para que eu me lembre delas e suficientemente normais para que eu pareça peculiar — ou pelo menos esse é o plano.

— Hoje tive uma manhã difícil. — Mergulho de cabeça. — Meu namorado terminou comigo, e meu melhor amigo... Bom, para encurtar uma história muito longa, eu pensei que algo horrível estivesse acontecendo com ele. Então, quando entrei na sua loja, não estava pensando direito. Parecia um lugar seguro para colocar toda a minha angústia reprimida para fora, e foi o que eu fiz. Depois fiquei envergonhada. Mas estou bem agora, e quero te agradecer pela gentileza.

Eu paro de falar. Ou de tagarelar. Ou seja lá como chama a confusão de palavras mais ou menos sensatas que saem da minha boca.

Dax me olha fixamente por um bom tempo, até que mexe a cabeça com um aceno brusco e curto.

— De boa. Eu entendo. Todo mundo tem esses dias que precisa chutar o balde. Fico feliz de ver que você está bem.

Ele faz um movimento indicando que vai se levantar, já que a conversa está terminando, e eu estou bem, então ele está bem.

— Então... — digo, um pouco alto demais. — Se algum dia você precisar que eu retribua o favor, ficaria feliz. A gente pode sair para beber. Ou, se você precisar de um lugar seguro para colocar para fora sua angústia reprimida, você pode ir lá em casa. É um porão. Mas as paredes são bem grossas. Boas para sentir angústia.

Dax levanta uma sobrancelha.

— Você quer que eu vá no seu porão onde ninguém pode me ouvir gritar?

Merda. Parecia menos assustador na minha cabeça. Isso não está indo bem.

Empurro um copo na direção dele.

— Posso te oferecer uma cerveja?

Dax olha para os copos e a jarra de cerveja, mas nega com a cabeça.

— Valeu, mas eu não sou muito das cervejas lagers. Vou pegar outra coisa lá no bar. Boa noite, Gemma.

Ele sorri antes de se levantar de vez, mas é um sorriso duro e forçado, sem mostrar os dentes. É o sorriso que ele dá para os atendentes do pedágio ou para as pessoas que vendem pacotes de internet de porta em porta. Nossa conversa acabou.

Estou um pouco atordoada. Chocada. Além disso, em que universo Dax não gosta de Hurry Hard? Dividir uma jarra de cerveja depois de jogar é nossa tradição de terça-feira, o que me faz suspeitar que a recusa tem menos a ver com a cerveja e mais com quem está oferecendo.

No caminho para cá, imaginei várias formas como essa noite poderia terminar. Previ constrangimento, talvez até um pouco de humilhação da minha parte, mas no final de todas as minhas fantasias, Dax e eu ficávamos amigos. Ele me acharia divertida e encantadora. Reconheceria que somos almas gêmeas. No final da noite, teríamos a sensação de que tínhamos trombado em uma amizade realmente especial. E agora, honestamente, o buraco vazio e dolorido que sinto no meu peito é muito pior que quando Stuart terminou comigo.

Abandonada e solitária, contemplo meus próximos passos, que são limitados. Tia Livi já foi se deitar. Kiersten deve estar assistindo a um reality show ou fazendo sabe-se lá o que com Trent. Então, mesmo que eu viva pela filosofia de que abandonar uma jarra de cerveja é um pecado capital, sou orgulhosa demais para ficar nesse lugar bebendo sozinha.

Eu me levanto e dou uma última olhada em direção ao bar, onde Dax está conversando com Larry, pego minha bolsa e sigo em direção à porta.

— Gemma Wilde, o que você está fazendo aqui? — Uma voz soa atrás de mim, e eu me viro para encarar o sorriso largo e os braços abertos do primo de Dax, Dougie.

Não tem como confundir um convite a um abraço, e eu me jogo nele, deixando seus braços brancos e peludos me puxarem para perto do seu peito, que tem aroma de limão, menta e conforto. Eu o abraço pelo o que pode ser tempo demais. Mas com a ferida da rejeição de Dax ainda dolorida e recente, é muito bom ser reconhecida.

— O que você está fazendo aqui? — pergunta Dougie novamente. — Não que eu esteja achando ruim, claro, mas acho que nunca te vi fora da loja.

Ele se vira para o marido:

— Brandon, lembra da Gemma? Ela é dona da Wilde Beauty.

Brandon estende o braço para um aperto de mãos firme. Ele não dá nenhuma pista quanto à natureza de nosso relacionamento, mas posso dizer com certeza que ele cumprimenta todas as pessoas com uma rígida formalidade britânica, até mesmo quem ele conhece há muito tempo.

— Ah, sim. — Ele solta a minha mão. — A mulher cujo financiamento provavelmente estamos ajudando a pagar com o tanto de dinheiro que gastamos em produtos de skincare.

Ele passa a mão pelo braço de Dougie com um nível de afeto que ele reserva apenas ao marido.

— A gente ia pegar umas cervejas. Quer se juntar a nós, Gemma?

Eu aponto para a jarra de cerveja abandonada na mesa.

— Eu comprei essa, é de vocês.

Brandon pode ser formal, mas seu coração pode ser comprado com cerveja. Pela segunda vez, me sento na mesma mesa de toda terça-feira. Dessa vez, porém, minhas companhias aceitam a cerveja da amizade com um "obrigado" e brindes.

— Então você veio aqui hoje à noite para atrair homens bonitos com cerveja — Dougie pisca para mim, conforme toma um gole.

Sua afirmação não está longe da verdade, embora as coisas não sejam da forma como ele pensa.

— Na verdade, eu vim ver o jogo de curling — minto. — Eu já joguei, e estou sentindo falta. — Isso não é mentira.

Dougie se vira no banco para olhar para o balcão do bar.

— Dax! — grita. — Vem cá!

Dax vira ao ouvir seu nome, os olhos se movendo de Dougie para mim. Ele pega sua cerveja do balcão, acena para Lawrence, e caminha lentamente para a nossa mesa.

— Dax, essa é a Gemma. — Dougie aponta para mim com a cerveja.

— A gente se conheceu — diz Dax, conforme desliza para o local vago ao lado de Dougie, que olha para ele de forma esquisita, porque tem três pessoas de um lado, e apenas eu do outro.

— Gemma é dona da loja de produtos de beleza no final da sua rua. Engraçado, tem um tempo que estou pensando em apresentar vocês. Vocês têm muito em comum. São jovens. Solteiros. E ainda tem a questão de que Gemma está querendo se juntar a um time de curling. — Ele me lança uma piscada nada sutil. — A gente está sempre precisando de um a mais quando Sunny precisa ficar no trabalho. Achei que você ia querer o telefone da Gemma. Ligar para ela algum dia, quem sabe?

É muito óbvio o que Dougie está tentando fazer. O leve erguer de sobrancelhas. A forma como seu braço cutuca as costelas de Dax. E mesmo que Dougie tenha acabado de confirmar que Dax está solteiro, tenho zero vontade de fazer *#Gexon* acontecer. Mas também não consigo evitar me sentir ofendida ao ver como Dax se mexe todo desconfortável na cadeira, como se também fosse a última coisa no mundo que ele gostaria que acontecesse.

Fico caçando na minha cabeça um novo assunto para a conversa. Algo que seja tão descaradamente Gemma que faça com que Dax se conecte comigo. Algo que faça ele me identificar como uma pessoa do tipo dele.

E então ela aparece.

Surgindo como uma aparição na ponta da mesa. Cheirando a manteiga de cacau e confiança.

— E aí, time? Por que estão todos sentados no mesmo banco que nem uns esquisitões? — Sua atenção se volta a mim. — Ah, oi. A gente não se conhece. Sou a Sunny.

Ela se senta ao meu lado e estende a mão de forma graciosa. A pele dela é suave e macia. O sorriso é largo e genuíno, e tão naturalmente bonito que eu congelo de admiração por um segundo. Até que ela se vira para Dax, ele sorri para ela, e sinto como se algo estivesse me sufocando.

Dax tem olhos verdes intensos. São de um tom tão lindo de esmeralda que eu tinha certeza de que eram falsos. Até que um dia, no meio de uma bebedeira, ele me deixou cutucar um dos olhos para provar que não estava usando lentes de contato. Então confirmei que eram de verdade. E hipnotizantes, especialmente quando ele está focando na pessoa. É como se o resto do mundo desaparecesse, e você fosse a pessoa mais interessante que ele já conheceu. Esses olhos me convenceram a fazer viagens, beber kombucha e pedir o aumento que eu merecia ao meu chefe. Me convenceram a comprar um crocs, cortar a franja e superar momentos de insegurança. Ter a atenção exclusiva de Dax funciona como uma droga poderosa.

E, nesse momento, ele a está dando para Sunny.

— Muito prazer. — Estendo o braço para um aperto de mãos, atraindo a atenção dos olhos mágicos de Dax de forma egoísta, enquanto repito todo o papinho de "eu sou a Gemma, e estou aqui para jogar curling".

— A Gemma deveria deixar o número do telefone dela com a Sunny — sugere Dax, mais para Dougie do que para mim. — É ela que está sempre procurando uma substituta.

Tenho certeza de que existe alguma razão lógica e prática para o raciocínio de Dax. Mesmo assim, sinto como se ele tivesse arrancado meu coração do peito e o deixado em cima da mesa, ao lado da jarra de cerveja da amizade que ele rejeitou.

Sunny, por outro lado, me entrega seu celular.

— Gemma, isso seria incrível. Eu sempre me sinto uma chata quando preciso cancelar e não tem ninguém para me substituir.

— Ficaria feliz em te substituir. — Sorrio com doçura, enquanto digito meu número de forma relutante.

— A Sunny é bicampeã canadense de curling júnior. — Dougie se gaba por ela. — Acha que dá conta disso?

Ele pisca para mim. Era para ser uma brincadeira. E, no entanto, essa pequena piada vai direto para o meu coração, atingindo onde estou mais vulnerável. Eu dou conta disso?

— Estou mais para uma jogadora que sabe um pouquinho além do básico — admito. — Mas tenho um arremesso forte e é fácil me convencer a pagar a primeira rodada.

— Um brinde a isso!

Dougie levanta o copo e brinda com o marido. Quando devolve o copo na mesa, troco um olhar rápido com Dax, notando uma leve curvatura em seus lábios. Progresso?

— Você me deixa experimentar umas coisinhas novas antes do jogo e eu estou disposto a ignorar qualquer cagada na pista, amiga! — Dessa vez, o brinde de Dougie vem em minha direção. Bato em seu copo, sentindo os olhos de Sunny em mim.

— Experimentar? Você é cozinheira, Gemma?

Eu nego com a cabeça.

— Não. Tenho uma loja focada em produtos de beleza naturais e sustentáveis. É no final da rua da loja do Dax.

Sinto uma onda de orgulho no peito. Eis algo que tenho em comum com Dax, e que ele provavelmente não compartilha com Sunny.

— Você é dona da Wilde Beauty? — Os olhos de Sunny se arregalam quando assinto. — Estou morrendo de vontade de conhecer. O trabalho me consome muito. Nunca consigo tempo. A loja é tão linda.

Seu tom de voz é cem por cento genuíno. Sem sarcasmo. Sem inveja. Nada desses sentimentos horríveis que estão borbulhando no meu estômago.

— E o que você faz, Sunny? — pergunto porque é a coisa educada a se fazer.

Ela abre mais um sorriso ofuscante.

— Eu trabalho no McMaster.

— A Sunny é cirurgiã cardiotorácica — Dax complementa, mas sem se gabar, como Dougie tinha acabado de fazer. Ele diz isso cheio de admiração.

McMaster. O hospital infantil. Tem como essa mulher ficar mais perfeita?

— É, por causa do trabalho, do curling e do voluntariado no abrigo de animais, não tenho muito tempo para compras. — Ela aperta meu braço novamente. — Mas eu quero muito conhecer sua loja. Vou arranjar um tempinho pra te visitar, Gemma.

Então eu entendo. O encanto de Sunny Khatri. A razão de Dax querer que ela seja amiga dele. Deus, estou começando a achar que *eu* a quero como amiga.

O celular dela vibra em cima da mesa. Ela o pega, desbloqueia e digita, e então o mostra para nós.

— Juro por Deus, eu digo a palavra "trabalho" e parece que envio algum tipo de bat-sinal. Infelizmente, preciso ir. Vou ver se consigo pedir um Uber. Adorei te conhecer, Gemma.

Se eu fosse uma boa pessoa, sentiria uma decepção solidária pela noite de Sunny ter acabado mais cedo. Mas eu não sou. Estou muito feliz com o fato de que isso pode significar que terei mais tempo com Dax sem aquela modelo mais nova e reluzente ao meu lado, fazendo com que eu me compare o tempo todo.

Entretanto, Dax também se levanta.

— Te dou uma carona. Tá tarde.

Reúno todo o meu autocontrole para não gritar: "Não! Fique aqui. Fique comigo".

Ele dá um tapinha nas costas de Brandon e do primo e acena amigavelmente em minha direção.

— Bom te ver de novo, Gemma.

Ele se vira para seguir Sunny, que está se dirigindo para a saída, mas para quando Larry o intercepta com um prato de aperitivos.

Ele pega o prato das mãos de Larry e retorna à nossa mesa e, por um breve momento, meu coração se enche de esperança de que talvez ele tenha mudado de ideia e decidido ficar.

— Tá com fome? — pergunta ele. — O Dougie e o Brandon não comem carboidratos, mas te juro que esse lugar faz os melhores palitos de muçarela empanados da cidade.

Eu só consigo fazer que sim.

Ele coloca o prato na minha frente e então dá uma corridinha para alcançar Sunny, desaparecendo com ela pela porta.

Olho fixamente para as asinhas de frango, as batatas rústicas e os quatro palitos de muçarela no prato decorado com uma folha de alface-romana. O único consolo é o molho marinara.

Preciso de bebida. Não que eu queira o álcool para lidar com meus problemas, mas para lavar a amarga decepção que sobe pela minha garganta. E para ajudar com o queijo.

Porém, Dougie e Brandon secaram até a última gota da jarra. Eu peço licença e vou até o balcão, onde dou uma olhada nas cervejas que estão engatadas nas torneiras possivelmente pela primeira vez na vida. Nunca pedi nada além de Hurry Hard naquele lugar. Eu achava que fosse a favorita de Dax. Mas, pensando bem, não é uma cerveja tão boa assim e, como estou sozinha, posso pedir o que eu quiser.

— Uma Guinness, por favor.

Larry me olha com desconfiança, mas pega um copo e puxa a alavanca da torneira sem discutir. Larry é um bom bartender, e a Guinness é um saco de servir, por causa das duas fases da cerveja. Sabendo que vai demorar um minuto ou dois até que ela esteja pronta, peço licença e vou até o banheiro.

Não preciso fazer xixi. Só preciso de um momento para jogar um pouco de água no rosto. Eu me recomponho e me olho no espelho para ter certeza de que ainda sou eu. Não tenho certeza.

Dois olhos cinzentos me olham de volta no reflexo. Eles parecem os mesmos de sempre. Talvez um pouco cansados. Viagens dimensionais podem fazer isso com a gente.

Quando volto ao bar, estou me sentindo um pouco mais tranquila. Chamo a atenção de Larry. Ele pega a Guinness perfeitamente servida na base da torneira e a desliza pelo tampo do balcão.

Larry pode ser um bom bartender, mas não é grande jogador de curling. Ele coloca um pouco mais de força e a cerveja passa por mim. Eu a pego, mas esbarro na mão de outro cliente que está fazendo o mesmo.

— Foi mal. — Falamos ao mesmo tempo, antes que eu consiga perceber os olhos esmeralda me encarando, e os meus dedos começam a formigar.

— Você está roubando minha cerveja.

Suas palavras são firmes, mas o tom é brincalhão.

— Pensei que você tivesse ido embora.

Olho em volta e confirmo que Sunny não está no bar.

Ele concorda com a cabeça.

— Tinha um táxi esperando no estacionamento. A pessoa que pediu não apareceu ou algo do tipo. Sunny insistiu em pegar e eu voltei.

Faço uma nota mental de retirar todo o pensamento negativo que eu possa ter emanado para o universo sobre essa mulher.

— Bom, parece que nós dois gostamos de Guinness. Tinha certeza que Larry estava me entregando essa.

Dax olha para Larry, que está muito envolvido em uma conversa animada com dois clientes para identificar o dono da cerveja.

— Pode pegar. — Dax empurra o copo em minha direção. — Você teve um dia difícil.

— Estou bem — insisto.

E aí uma ideia me atinge. Está misturada com uma lembrança. Tão interligada que quase posso ver como os próximos dois minutos vão se desenrolar.

— Que tal um desafio? — proponho. — A cerveja fica com quem de nós for mais irlandês. É uma Guinness, né? É praticamente uma lei do universo.

Dax sorri com o mesmo meio-sorriso lento e fácil que deu na primeira vez que sugeri esse pequeno jogo. Em outra vida.

Seus dedos passeiam pelo punho da camisa, levantando-a lentamente, revelando a pele do antebraço como em um lento striptease, mas antes de chegar à parte onde eu apostaria minha vida que tem o brasão da família McGuire, ele olha para cima. Seus olhos encontram os meus e — *puf*. Acontece. O resto do mundo desaparece.

— Ah... — diz ele em seu suave sotaque irlandês. — Receio que você fez uma péssima escolha. Está vendo...

Ele puxa a camisa. Coloco os dedos em sua pele para traçar o contorno do cavaleiro montado. Meu coração sabe que é assim que começamos. Na sexta-feira já estaremos planejando viagens de carro.

— Desculpa interromper...

Porra.

Sunny está parada atrás de Dax. Pelo menos teve o bom senso de se desculpar por estar se intrometendo.

— Foi mal, gente. A mulher que chamou o táxi estava fumando do outro lado do prédio. — Ela mostra o celular. — O Uber mais perto vai demorar uns vinte minutos para chegar, e eles realmente precisam de mim no trabalho. Alguma chance de... — Ela olha de Dax para a porta da frente.

Ele se levanta, abaixa a manga da camisa, e desliza a Guinness em minha direção.

— Parece que o universo quer que você fique com essa cerveja. Te vejo por aí, Gemma.

Pela segunda vez, eu o observo ir embora sem mim, me perguntando em que tipo de universo filho da puta eu me enfiei.

Capítulo 8

— DAX TEM NAMORADA? Isso não meio que ferra os seus planos?

Minha irmã dirige enquanto fala no viva-voz. Ela está levando meu sobrinho, Riley, para a escola, e minhas sobrinhas, Lucy e Jan, para a creche, enquanto me ajuda a passar por essa crise infernal.

— Acho que ela não é namorada dele — explico. — Eu já lidei com as namoradas dele antes. São uns namoros que duram no máximo três meses, até que Dax encontra um motivo para dizer que não gosta tanto assim da garota. Isso é pior. Acho que ela é tipo uma melhor amiga.

Dizer isso em voz alta deixa um gosto amargo na minha boca, um que eu vou limpar com um gole do meu segundo "Gemma com G" dessa manhã.

— Então isso é bom — diz Kiersten, sem entender nada.

Acho que, no geral, é bom. É muito mais fácil beijar um Dax solteiro do que um Dax apaixonado e comprometido, mas, verdade seja dita, a sensação que tenho é a de que Dax está me traindo. É irracional, eu sei. Dax não me conhecia nessa linha do tempo até ontem. Mas a ideia de que ele poderia ter encontrado uma outra *eu* é como um golpe de karatê direto na minha garganta, porque eu não acho que seria possível encontrar outro Dax. E uma parte de mim se pergunta se ele não conseguiu um upgrade.

— Mas e aí? Se não tem uma namorada na jogada, quando você vai ver ele de novo? Dar em cima? Seduzir ele com o famoso charme das Wilde? Espera, não responde ainda.

Ouço um barulho na linha, seguido de um abrir e fechar de porta, e sua voz distante gritando "um lindo dia pra você, querida!". E então alguns ruídos, o murmúrio de um palavrão, e a voz de Kiersten retorna.

— Pronto, já deixei as meninas. Manda bala. O quão ruim é essa mulher? Pode xingar e usar os piores palavrões. Meu carro está livre de crianças.

Solto um longo suspiro. Gostaria de poder descarregar. Xingar Sunny de todos os palavrões para fazer com que a dor incômoda no fundo do meu peito vá embora. Mas algo me diz que isso não ajudaria em nada.

— Sinceramente, Kierst, ela é um amor. Tão gente boa. Tão inteligente. E também uma ótima jogadora de curling.

— Ué, você é inteligente e linda também. Eu te vi fracassar em vários esportes, então vou chutar que não é muito boa no curling. Mesmo assim, você fica muito fofa quando vai mal nas coisas. É cativante.

Não sei se fui pega de surpresa por essas coisas que ela disse ou se estou demorando um pouco para processar, mas não respondo imediatamente.

— Ei — diz ela. — Você ficou quieta. Ainda está aí?

Eu assinto, mesmo que seja estúpido, porque ela não consegue me ver.

— Tô aqui. Acho que eu só precisava muito ouvir isso.

— É, bom, o laço entre irmãs transcende dimensões. — O tom de voz dela suaviza. — É óbvio que esse cara significa muito pra você, então não quero ver você fodendo com tudo.

Eu também não quero foder com tudo.

— Beleza. Vou dar um jeito de conversar com ele. E aí bolar algum plano diabólico para que ele me beije. Se tiver alguma ideia brilhante, por favor, me diga.

Ouço o *clique-clique-clique* da seta de Kiersten. Me lembra um relógio. Como se o universo estivesse me enviando um sinal de que estou perdendo tempo.

— Você me disse que esse cara é o seu melhor amigo — Kiersten diz. — Você deve saber muito sobre ele. Explora isso. Seja a Gemma que você sabe que ele gosta.

É exatamente o que tenho feito, e não está funcionando muito bem.

— Mas, se isso não funcionar, mostra os peitos. Ele vai te beijar com certeza.

Minha irmã desliga o telefone. Não tenho certeza se foi de propósito. Ela raramente se dá ao trabalho de se despedir, mas também sempre confunde o botão do rádio com o de desligar.

Eu enfio o celular na bolsa e passo pela porta da Wilde Beauty, girando a plaquinha com os dizeres FECHADO para ABERTO.

É estranho trabalhar na loja, tendo em vista que ela surgiu do nada. Mas não deixa de ser uma forma de testar meu trabalho dos sonhos. Cuidados com a pele é o meu forte. Eu sei muito sobre isso, mesmo porque passei anos comprando produtos para a Eaton's Drug Mart. Além disso, tenho uma boa visão de negócios. Administrar a Wilde Beauty vai ser moleza.

Narrador: Não era moleza.

Às quinze para as dez, exatamente quarenta e cinco minutos depois de começar minha nova aventura, uma cliente entra na loja. Uma mulher branca de meia-idade, camiseta cinza, cabelo curto.

Imediatamente, os olhos dela me encaram e se estreitam.

— Gostaria de falar com o gerente.

A loja tem trinta metros quadrados. Eu não sei onde ela acha que eu estaria escondendo minha equipe de gerentes.

— Ficarei feliz em te ajudar.

Ela faz uma careta e pega um pote de hidratante.

— Não gostei do cheiro disso. Gostaria de devolver.

Eu conheço a marca, é de uma linha sem fragrância. Então, é meio esquisito. Mas tudo bem.

— Sem problema — digo. — Posso te oferecer uma troca ou reembolso. O que funcionar melhor.

Ela marcha até a prateleira da mesma linha de produtos, pega um pote idêntico ao que ela não gostou e retorna, batendo com ele no balcão. Já estou sentindo que vou ligar para Kiersten assim que essa interação acabar.

— Hum... — Seguro o pote devolvido. — O produto que você escolheu é o mesmo que você quer devolver.

Ela me encara como se eu fosse estúpida por dizer o óbvio.

— Sim, e?

Respiro fundo.

— O motivo da devolução é que você não gostou do cheiro, e esse não vai ter um cheiro diferente.

O jeito que ela revira os olhos é tão exagerado que tenho medo de que eles fiquem assim para sempre.

— Talvez tenha algo de errado com o que eu comprei. Talvez esteja estragado.

Eu tenho um pote desse mesmo hidratante na outra linha do tempo, em uma caixa de sapatos que fica embaixo da pia. Eu o uso sempre que o meu hidratante favorito acaba. É meu creme reserva e deve ter, fácil, uns dois anos. O cheiro continua o mesmo.

Eu desrosqueio a tampa.

— Vamos ver o que pode estar acontecendo.

Ah. Bom, tem mesmo um problema. Mas não é o que ela descreveu.

— O pote está quase vazio.

Mostro o pote para ela, caso ela tenha se confundido. Ela cruza os braços na frente do peito.

— E?

Invoco minha melhor voz de atendimento ao cliente e tento formular palavras gentis, mas o que sai da minha boca é:

— Você não pode devolver um pote vazio.

Ela me encara.

— Você está me dizendo que não garante os produtos que vende. Eu tenho a nota fiscal.

A mulher joga um pedaço de papel branco em cima do balcão. Uma rápida olhadela para ele me faz morder o lábio tanto para abafar a gargalhada quanto para evitar que os palavrões que passam pela minha cabeça escapem pela boca. O recibo é um e-mail de uma dessas lojas de varejo on-line.

— Você nem comprou esse hidratante aqui.

Ela debocha.

— Isso não importa. Você vende o mesmo produto. Deveria ter garantia.

Eu conto até dez e peço, de forma educada, que ela vá embora. Ela responde com uma ameaça de me destruir com uma resenha negativa no Tripadvisor. Eu digo a ela que ninguém com menos de quarenta anos usa o Tripadvisor, e que ela deveria ir em frente.

Não são nem dez horas da manhã e o dia já poderia terminar.

Meu próximo grupo de clientes chega cerca de quinze minutos depois. Três adolescentes, todas vestidas com suéter azul com gola em V e saia azul e cinza combinando. Pergunto se precisam de ajuda, mas elas me ignoram por completo até que, por fim, uma delas se afasta do grupo e vem falar comigo no balcão.

— Uau, você é tão linda. Você precisa me contar o que usa pra pele.

Veja bem, eu não me considero uma pessoa vaidosa, mas depois de passar a noite com a Sunny, minha confiança está precisando de uma ajudinha. Eu repasso a minha rotina de cuidados com a pele com minha nova amiga, mostrando os produtos, e até deixando que ela experimente alguns. Tenho certeza de que vou fazer a venda, mas quando pergunto se ela quer comprar alguma coisa, ela sorri e responde com um "não, obrigada", e então se vira e sai com as duas amigas pela porta da frente. Só depois que retorno para o balcão percebo que tem algo faltando. O sabonete que mostrei para a garota quando ela elogiou meus poros. Assim como um tônico, dois gloss e um pote de creme para as mãos.

— Ah, que piranhas!

Ou será que sou eu a piranha? Fui enganada. Me deixei levar pela falsa sensação de segurança que os elogios descarados me deram. Meu único consolo é que aquelas estúpidas levaram o pote de hidratante quase vazio.

Esse dia realmente já poderia terminar.

Meus olhos se enchem de lágrimas, e quando elas ameaçam cair, fecho bem apertado até que a sensação passe. Quando os abro novamente, ele surge como uma aparição. Caminhando apressadamente pela calçada, passando pela minha vitrine, com uma cerveja escura da Brewski nas mãos.

— Dax.

Eu apenas sussurro o nome dele, mas é como se ele tivesse ouvido. Ele se vira e levanta a mão em um aceno, e nossos olhos se encontram pela vitrine da frente. Eu aceno de volta, enviando mensagens subliminares pelos meus olhos. *Dax, se tem alguma parte de você que reconhece o quão ótimos éramos juntos, me dê um sinal.* Ele sorri. Meu coração se enche como um balão de hélio.

Porque aquele é um sorriso genuíno do Daxon McGuire.

Capítulo 9

O DIA CHOCHO, CAPENGA, anêmico, frágil e inconsistente termina com uma energia de irritação e um desejo muito forte de evitar passar o tempo no meu apartamento escuro e sombrio. A pilha considerável de tênis de corrida meio gastos no meu armário indica que eu não tenho um aparelho de ginástica da Peloton nessa realidade (quem sou eu?), e que me exercito correndo na rua. Depois de questionar as escolhas da Outra Gemma, aceito o meu destino e calço um par de Nike.

Assim que alcanço o final da rua, sinto falta dos instrutores do programa Peloton. Das frases motivacionais do Cody. De observar o tanquinho da Olivia. Até da srta. Bombada, a cretina dos "toca aqui!". Mais do que isso, sinto falta de saber a exata resistência e cadência que preciso para queimar minha meta de 405 calorias por treino.

Por outro lado, o barulho suave dos tênis contra o asfalto é quase tão bom quanto uma terapia. Na segunda volta ao redor da margem do lago, sinto o ar fresco da noite atingir minha pele encharcada de suor, e paro de me estressar com a confusão que é a minha vida. Nada como ficar chapadinha de endorfina.

E nada como a irritação de pura fome que aparece exatos trinta minutos depois que volto para casa.

Abro a geladeira com um rosnado e grandes esperanças de que meu amor por produtos de beleza naturais se traduza em uma alimentação saudável. Mas, além de uma caixa de bicarbonato de sódio e meu filtro

Britawater pela metade, a geladeira está completamente vazia. Assim como os armários.

Meu chuveiro, no entanto, está ocupado por uma pequena aranha preta. Dou a ela o nome de Frank. Ele me perdoa por ter esmagado acidentalmente seu primo e combinamos que, se eu sair do apartamento por quarenta e cinco minutos, ele vai retornar para sua teia e poupar a nós dois do trauma de uma tentativa de homicídio com um lenço de papel.

Eu coloco minha calça de moletom da Roots, prendo o cabelo suado e pego o blusão cor-de-rosa desbotado da Abercrombie.

Eu amo esse blusão. É exageradamente rosa, e incrivelmente confortável. Mesmo assim, na minha linha do tempo eu o doei porque Stuart disse que o fazia lembrar a embalagem de um remédio para diarreia chamado Pepto-Bismol.

Bom, você que se foda, Stuart.

Eu o visto com um sorriso, pego meu celular e dou um Google nos mercados próximos.

Na minha outra vida, eu fazia compras principalmente na feira do centro da cidade, realizada todos os sábados na Praça Jackson. Ou recebia em casa através de delivery, uma vez que o meu emprego bem remunerado exigia uma carga horária que não me permitia ter tempo para passear pelos corredores dos mercados. Às vezes eu ia ao No Frills, na rua principal, mas parei de ir dois anos atrás, quando Dax e eu tivemos um pequeno incidente no corredor cinco que resultou na nossa proibição de frequentar o local para sempre.

Estávamos voltando de uma partida de curling. Tínhamos tomado algumas jarras de cerveja a mais. Admito que estávamos um pouco bêbados, naquele estado de embriaguez que faz tudo parecer engraçado.

Precisávamos de ketchup, batatas fritas e leite (o que na teoria pode parecer nojento, mas eu juro que pode mudar vidas). Nosso carrinho estava vazio, então pedi que Dax entrasse nele (ou talvez ele tenha entrado por vontade própria). De qualquer jeito, terminou comigo tentando empurrá-lo pelo corredor, a toda velocidade.

Tudo o que eu lembro é de Dax gritar "cuidado com as bananas desgovernadas" e de ter visto uma abandonada, comida pela metade, no chão do corredor. Eu não escorreguei nela (teria sido clichê demais), mas, na tentativa de desviar, fiz uma curva muito fechada, fazendo com que Dax e o carrinho batessem contra a torre de papel-toalha. Foi papel-toalha para todos os lados. O gerente da loja, Manny Paletta, veio correndo. Dax disse que foi um dos top cinco melhores momentos de sua vida. Nos disseram para nunca, jamais, voltarmos ao No Frills. Para ser justa, foi uma punição adequada.

Nunca mais cogitei voltar lá.

Até agora.

Pois, enquanto caminho em uma noite de final de julho, me ocorre que, nessa vida, Dax e Gemma, a dupla dinâmica, ainda não existe. Sendo assim, a proibição também não existe.

Uma brecha fortuita.

Apesar disso, meu coração apegado a regras palpita quando atravesso as portas automáticas. Ainda sinto meu coração bater fora do ritmo quando chego no corredor cinco e olho para as prateleiras de batatas e refrigerantes.

O corredor está vazio, salvo alguns packs de refrigerante arrumados no centro.

Solto um suspiro de alívio.

— Posso te ajudar, senhorita?

Imediatamente reconheço a voz masculina atrás de mim.

Manny Paletta.

Supostamente, ele é sobrinho de Giovanni Paletta. Giovanni, o dono da No Frills. Embora seja possível que Dax tenha inventado isso para me sacanear.

Ele está igual ao que é na minha linha do tempo. Corpo franzino. Cabelo escuro e encaracolado. Um rosto jovial que faz parecer que ainda falta um ano para se formar no ensino médio. Olhos que indicam que ele já viveu muito.

— Está procurando por alguma coisa em específico? — Manny pergunta novamente.

— Não? — respondo, observando-o me observar. Quero saber se a nossa inimizade ultrapassa o espaço-tempo.

Parece que não, mas estou tentada a continuar insistindo.

— Onde fica o papel-toalha? — pergunto.

Ele aponta para uma pilha, a alguns metros de distância.

— Tá vendo aquela pirâmide de papel-toalha?

— Sim.

— É lá que fica o papel-toalha.

Ele se vira e me deixa sozinha. Sei que está tudo bem.

Uma pequena dor surge no meu peito enquanto encaro a pilha perfeita de papel-toalha. Outra pequena lembrança que faz com que eu sinta ainda mais a falta de Dax.

— Você já teve vontade de mergulhar bem no meio dessa pirâmide?

Em um primeiro momento, acho que ele é uma alucinação causada por viagem no tempo e fome.

Mas ele é real. Dax em carne e osso. Parado com os braços cruzados. Encarando o cenário de um dos melhores momentos da nossa amizade.

— Posso te dizer, com autoridade no assunto, que não é uma boa ideia se você planeja continuar fazendo compras aqui no futuro.

E então eu me lembro. Dax é um pouco obcecado por coisas saudáveis. Ele insiste em comprar em uma loja orgânica bem mais cara que o normal, na rua Locke.

— O que você está fazendo aqui? Você não faz compras aqui.

Dax olha em volta da loja.

— Não faço?

Merda. Eu preciso parar de deixar as palavras saírem da minha boca antes que tenha a chance de filtrá-las.

— Quero dizer... é que eu nunca vi você aqui antes.

Dax me olha com curiosidade.

— Bom, eu posso dizer, com autoridade no assunto, que já tem alguns anos que faço compras aqui com certa frequência. Estou quase virando amigo do gerente.

Manny passa por nós, nos observando e observando a pirâmide de papel-toalha, quase como se ele pudesse sentir que estamos falando dele.

— Claro. Manny. O sobrinho do Giovanni.

Dax levanta as sobrancelhas, impressionado.

— Esse é um fato interessante. Vou guardar em caso de necessidade.

Há uma pausa desconfortável na nossa conversa, que se prolonga por um tempo, fazendo com que eu procure pelas palavras certas para dizer em seguida. É uma reviravolta do destino nós dois estarmos aqui. Embora eu preferisse uma iluminação menos fosforescente e estar usando uma calça mais apresentável, meu corpo anseia por Dax. Não de uma forma sexual, mas de um jeito que me faz querer ir para casa com ele. Quero me encolher no seu minúsculo sofá de dois lugares, roubar seu cobertor quentinho favorito e assistir a reality shows até nossos olhos começarem a doer.

Eu olho seu carrinho.

— Essas bananas estão ótimas. Maduras, mas não tão maduras que você será obrigado a fazer bolo de banana amanhã.

Dax assente.

— É o que espero.

Deveria haver milhares de conversas na ponta da minha língua. Nunca tive dificuldade em conversar com Dax. Mas o único pensamento que parece vir à tona é comentar o tamanho das ameixas que ele escolheu. Pelo menos tenho consciência de que isso é bem estranho, e não combina em nada com a amiga divertida e amorosa que estou tentando ser.

Então eu fico parada lá. Sem jeito. Sem dizer nada. Encarando as frutas do carrinho dele de forma assustadora, até que ele faz uma manobra e passa do meu lado.

— Boa noite, Gemma.

— Te vejo por aí — digo para a nuca dele.

Meus Deus! Tudo bem. Respira fundo. A terceira interação com Dax foi um pouco melhor do que a primeira, quase no mesmo nível que o meu desempenho no clube de curling. Nesse ritmo, vai demorar uns quatro anos até que sejamos amigos novamente. Talvez Kiersten esteja certa. Não sobre toda a coisa de mostrar os peitos. Mas talvez eu devesse mudar de tática. Não sei quando terei outra oportunidade de ter Dax quase de bandeja.

Termino minhas compras e vou até o caixa, onde fico grata pela Outra Gemma também usar a mesma senha do cartão de débito que escolheu aos treze anos.

Quando chego do lado de fora da loja meus braços estão queimando, e o peso das sacolas amarelas de plástico machucam a palma das minhas mãos, um lembrete doloroso para nunca mais fazer compras quando estiver com fome. Começo a descer a rua em direção ao meu porão, mas um carro chama a minha atenção. É um velho Toyota Avalon — posso jurar por um instante que é o antigo carro de Dax. O carro que quase desintegrou antes de ele por fim desistir e trocar por um Jeep. Eu me viro para dar uma olhada melhor. Meu corpo faz a rotação, mas os meus chinelos não. Meu pé escorrega para fora, e, ao invés de derrubar as compras e proteger meu rosto, como um ser humano racional, eu tento salvar as bananas de se machucarem.

Meu joelho bate na calçada com um baque forte. Isso desacelera minha queda, mas não o suficiente para conter o impulso que projeta meu torso para frente, colando meu queixo no meio-fio.

— Aaaaaah — grito, largando as compras tarde demais.

Mulher abatida.

Estou ferida.

Estou...

Viro de costas como uma tartaruga machucada, pressionando a palma da mão no queixo, que está ardendo pra caralho. Não está claro se estou lidando com um machucado superficial ou algo que requer atendimento médico, até que retiro a mão e chego à conclusão de que, mesmo com a quantia significativa de sangue, não devo precisar de um pronto-socorro.

No entanto, é grave o suficiente para justificar a aposentadoria do meu moletom remédio-para-diarreia de aparições públicas futuras. Eu puxo a manga sobre a mão e pressiono o machucado, enquanto todo o meu peito dói com uma sensação pesada e oca.

Quero ir para casa. Não a casa-porão. Quero voltar para o meu apartamento e a minha vida antiga.

E, embora o meu bom senso reconheça que uma queda pode facilmente acontecer com qualquer pessoa, meu lobo temporal culpa a Outra Gemma. O fato de ela não ter carro. O orçamento apertado, que só permite fazer compras no No Frills.

Estou me retirando da poça de autopiedade e me sentando quando um carro para ao meu lado. O ronco familiar do motor e a pintura vermelha descascada acalma a tempestade no meu peito.

A porta do lado do motorista abre e fecha. Alguns momentos depois, Daxon McGuire está ajoelhando ao meu lado, me perguntando em um tom preocupado:

— Você está bem, Gemma?

Sua mão desliza para baixo do meu queixo, inclinando-o em sua direção, embalando meu rosto como se eu fosse um bebê recém-nascido.

— Posso dar uma olhada? Você se importa?

Seus dedos cobrem os meus, e ele espera até que eu faça que sim com a cabeça. Só então, cuidadosamente, ele retira minha mão do queixo.

— Puta merda. — Ele estremece ao ver o ferimento e devolve minha mão ao rosto. — Espera um segundo. Já venho.

Ele vai até o porta-malas e o abre. Não consigo ver o que exatamente está fazendo, até que ouço o porta-malas fechar, e ele retorna com um pedaço de pano branco nas mãos.

— Aqui.

Ele me entrega o pano.

— Pode usar. Tá limpo. Juro.

Reconheço o tecido de algodão macio imediatamente. É a camiseta favorita de Dax. Bom... uma delas. Ele as comprou em um pacote com três unidades dois anos atrás, em uma promoção. Elas são macias como algodão, têm a gola V perfeita (sem mostrar muito do peito) e o comprimento ideal para o seu torso comprido, mas são finas o suficiente para ficarem justas em todos os lugares certos. Ele ama essas camisetas muito mais do que um humano deveria amar um pedaço de pano.

Ele usou tanto uma das três que ela ficou cheia de buracos e tão fina que dava para ver seus mamilos. A mãe dele ficou tão de saco cheio de vê-lo usando a camiseta que, quando foi visitá-lo, se ofereceu para lavar a roupa e "acidentalmente" a manchou (pelo menos é o que Dax conta). A camiseta número dois sofreu um acidente com uma salsicha em um jogo de beisebol. Nenhum alvejante conseguiu tirar a mancha amarela de mostarda. Dax chorou quando teve que jogar fora.

Se a mesma coisa aconteceu nessa linha do tempo, a camiseta nas minhas mãos é a última delas. A última camiseta perfeita do Dax, e ele está me dando.

— Você está sangrando de verdade. — Ele tira a camiseta das minhas mãos atordoadas e a pressiona contra meu queixo antes que eu possa dizer que não valho o sacrifício.

Dói. Porra, como dói. Mas as lágrimas nos meus olhos não são de dor.

— Você nem hesitou.

Luto contra o sentimento de gratidão que sobe pela garganta.

A outra mão dele segura a parte de trás da minha cabeça, procurando por machucados.

— Você acha que precisa ir ao hospital?

Eu nego com a cabeça.

— Só preciso ir para casa colocar gelo e um bandeide, e talvez tomar um shot de tequila, mas isso é mais para amenizar o ego ferido.

Ele sorri.

— Parece um bom plano. Acha que consegue levantar?

Espero até meu coração se estabilizar em um ritmo que não pareça que vai parar a qualquer instante, e então deixo que ele me ajude a levantar.

Ele recolhe o molho de tomate, as bananas que não se machucaram, e o restante das minhas compras espalhadas. Quando termina, ele tira alguns fios de cabelo da minha testa e mais uma vez eleva meu queixo e avalia a situação.

Eu recebo o olhar esmeralda. É todo meu. E eu o absorvo como uma planta doméstica negligenciada.

Tá. Beleza. Ele provavelmente está checando para ver se minhas pupilas estão dilatadas, mas encarar seus olhos é como estar em casa.

— Tem certeza que você está bem?

A voz dele é tão calma e firme. É tudo o que eu preciso agora. Mas, de uma só vez, o peso do dia me atinge como um soco, e meu lábio inferior começa a tremer. Consigo sentir as lágrimas se acumulando rapidamente nos olhos, sem me dar a chance de piscar para evitá-las.

Ele coloca as mãos nos meus ombros e os aperta. Antes que ele consiga se afastar, eu me jogo pra cima dele e apoio a cabeça no seu peito, sem me importar se ele vai achar esquisito ou não.

Ele cheira do mesmo jeito. Exatamente como o meu Dax. Sabonete Primavera Irlandesa. Um fundinho de perfume. E quando começo a me preocupar com a possibilidade de ter ultrapassado os limites do seu gesto de cavalheirismo, ele me envolve com os braços e me abraça, firme, mas leve o suficiente para que eu saiba que sou eu quem decide quanto tempo o abraço vai durar.

E por mais estranho que pareça — o sangue, o leite de aveia e os ovos quebrados nos meus pés —, é disso que eu preciso. Ser abraçada. Me sentir segura. Saber que Dax sempre vai estar do meu lado quando meu mundo implodir. Então eu fico ali, aconchegada naquele pequeno recanto de braços e peito, respirando-o avidamente. Me banhando em um sentimento que tanto fez falta.

— Você é um cara legal, Daxon McGuire — digo com minha voz abafada contra o peito dele.

Começo a me afastar para encará-lo, e ele mantém os braços ao redor de mim, o que aguça meus pensamentos.

Estou muito próxima de sua boca. É possível que, se eu fizer uma forcinha e ficar na ponta dos pés, meus lábios encontrem os dele facilmente. Tia Livi foi bastante clara sobre realizar a purificação na ordem correta, mas seria tão terrível se eu o beijasse agora e deixasse de reserva? Em vez de esperar pela lua correta para fazer meu pedido e meu jantar de sacrifício de galinhas?

— Parece que você está pensando muito sério sobre alguma coisa.

Dax solta os meus ombros, embora suas mãos permaneçam de ambos os lados do meu corpo, como se estivesse meio que esperando que eu fosse cair.

— Não é nada — minto. — Só estou feliz que as bananas não se machucaram.

— Ainda bem que você não vai ser obrigada a fazer bolo de banana antes do tempo.

Ele está tirando uma com a minha cara.

Mas seu sorriso é brincalhão, até que ele remove sua camiseta perfeita do meu rosto e dá mais uma olhada no meu corte.

— O sangramento diminuiu, mas não parou. Parece mais um arranhão do que um corte, então acho que você não precisa levar ponto. — Ele me olha nos olhos. — Você tem bandeide em casa?

— Não faço a menor ideia.

Seu olhar se volta para o carro.

— Acho que eu tenho um estoque. Quer uma carona?

Eu aceito e ele alcança a porta do passageiro e a abre como um manobrista. Imagino que Dax seja um cavalheiro em qualquer linha do tempo. Sempre.

Já no carro, ele se inclina pelo console, abre o porta-luvas, e fuça até puxar uma cartela de bandeides.

— Não tinha certeza se ainda tinha esses.

Ele segura a cartela com a boca e destaca um deles com um movimento rápido de cabeça.

— Parece que temos um escoteiro.

Ele retira o bandeide da embalagem, deixando o papelzinho branco no colo.

— Eu não cheguei a me tornar escoteiro. Desisti quando ainda era lobinho, então não posso prometer nada.

Ele inclina meu queixo e coloca o bandeide, pressionando com os dedos de forma gentil. Satisfeito, ele parte para o segundo bandeide. Eu o observo: ele está perdido na própria concentração, sobrancelhas baixas, mordendo o lábio. Deus, eu senti falta dele. Dessa familiaridade confortável entre nós. Só se passaram quarenta e oito horas, mas foram horas bem longas, aquelas em que ele não me conhecia pareceram vazias e erradas.

— Está pensando nas bananas de novo? — Dax olha rapidamente para cima e sorri para mim.

— Não. Pensando em um amigo. Você me lembra ele.

Dax olha para cima.

— Ah, então ele é incrivelmente lindo.

— Alguns dizem que sim.

Dax volta a encostar em seu banco e aponta satisfeito para o meu rosto.

— Acho que você está curada.

Abaixo o espelho do passageiro e me seguro para não rir. O machucado que precisava de apenas um bandeide agora está coberto por quatro.

— Te disse que não podia prometer nada. — Ele coloca a chave na ignição, dando partida no carro. — Onde te levo?

— Ah, eu moro no...

Merda.

Eu não consigo lembrar o endereço.

É na rua Catherine ou Mary. Definitivamente um nome de garota. Como eu vou explicar para ele que não sei meu endereço?

— Pode ir, eu vou te falando o caminho.

Dax retorna para a avenida, e descemos a rua King em silêncio, passando pelos sinais verdes. As luzes dos postes iluminam temporariamente seu rosto, destacando seu maxilar forte.

Não sei se é a iluminação ou se os últimos cinco minutos me marcaram de um jeito que ainda não consigo compreender, mas Dax parece diferente. Mais velho. Mais sábio também, talvez? É como se o cara brincalhão que conheci quatro anos atrás em um bar tivesse sido substituído, aos poucos, por esse homem calado e confiante. E, por alguma razão, não percebi enquanto acontecia.

Se estou tendo uma epifania, ela é interrompida por uma árvore de bordo torta que reconheço na esquina da rua.

— Esquerda! — Indico para ele entrar, e de fato se trata da rua Catherine.

Dax faz uma curva rápida.

— É a casa branca ali na direita.

Ele para na frente e desliga o carro.

— Obrigada pela carona. E pelo resgate. E pelo curativo. — Eu aponto para meu queixo coberto por bandeides.

— Você precisa de ajudar com a porta? — Dax aponta para a casa escura atrás de mim.

Eu nego com a cabeça.

— Tá de boa. Tem só uma curva meio complicada, mas dá pra ver ela chegando. Acho que vai dar tudo certo.

Ele se remexe no banco, dá a volta no carro e para do lado do passageiro tão rápido que eu mal tenho tempo de tirar o cinto de segurança antes que ele abra a porta. Ele oferece a mão e me ajuda a sair do carro com as compras, e ficamos de pé, um de frente para o outro, ambos com a mesma postura incerta, como se nenhum de nós tivesse certeza do que virá a seguir.

Dax pigarreia.

— Talvez eu devesse te dar meu número. Pra você me mandar mensagem avisando que chegou bem.

Eu sei seu número de cor, mas esse é o progresso pelo qual torci tanto.

Tiro o celular da bolsa e digito o número conforme ele vai ditando, e então envio uma mensagem dizendo "Obrigada de novo. Gemma".

Coloco o celular de volta na bolsa, e a alça escorrega pelo ombro. Dax se move rapidamente, impedindo que ela caia na calçada.

— Valeu.

Ele coloca a alça de volta no meu ombro e sinto os dedos quentes dele, mesmo através do meu blusão.

Fico com vontade de mergulhar em seus braços novamente. Me sentir segura. Me sentir eu mesma. Mas ele retira os dedos antes que eu faça algo estúpido.

— Você está bem? — pergunta.

— Ótima — respondo com honestidade. — Realmente ótima.

Mantenho minha promessa e chego ao porão sem nenhum acidente sério.

Descarrego as compras e me preparo para tomar um banho que, felizmente, agora será livre de aranhas, mas, antes de girar o registro, meu celular vibra na pia.

É uma mensagem.

Dele.

Um link para uma receita de bolo de banana e as palavras "por precaução".

Quem sabe. Com tudo o que está acontecendo, talvez eu seja ousada e prepare um bolo. Mundo novo, vida nova. Certo?

Capítulo 10

O QUE VOCÊ PENSA, você se torna.
O que você imagina, você cria.
Diga ao universo o que você quer.
Acredite que ele vai te presentear com tudo o que precisa.

O texto aparece na tela do meu celular enquanto estou abrindo a loja. Atiro minha bolsa no balcão e ao mesmo tempo chuto a porta para fechá-la e respondo a mensagem enigmática da minha tia.

Mais conselhos das suas folhas de chá?

Ela responde imediatamente, como se estivesse antecipando meu ceticismo.

Krystal, minha professora de ioga, disse essa mensagem nesta manhã durante a Shavásana. Suspeito que ela esteja citando Buda errado. Mas acho que é um bom mantra para o seu dia. Diga ao universo o que você quer. Ele pode te surpreender.

O que eu quero é um café com leite de aveia grande. E ter Dax de volta na minha vida. E não fazer tudo errado na loja, como fiz ontem, pois não tenho certeza de como funcionam as viagens dimensionais. Se por acaso houver outra Gemma por aí, não quero que ela retorne e encontre a loja toda ferrada. Então, mesmo que normalmente eu não dê bola para esse tipo de sugestão da minha tia, hoje estou disposta a tentar e manifestar o que quero que aconteça.

— Oi — digo em voz alta para ninguém em particular. — Aqui é a Gemma Wilde. E sou meio nova nesse negócio de manifestar, então tenha paciência comigo. Hum...

Olho ao redor da loja, que parece ter sido tirada diretamente da minha imaginação. Coisas com as quais eu só ousava sonhar na vida anterior.

Logicamente, eu deveria estar muito feliz com isso. Estou vivendo a realização de um sonho. Mas os poucos momentos de ontem com Dax me fizeram desejar uma vida em que noites como aquela fossem a norma, e não a exceção.

— Quero meu amigo de volta — falo de coração para uma mesa de sabonetes e tônicos.

Além dos raios de sol da manhã que entram pela vitrine da frente atingindo a jarra de vidro com massageadores faciais de jade e fazendo com que pequenos arco-íris se espalhem pelo teto, nada de sobrenatural acontece. No entanto, sinto o peito um pouco mais leve, o que me faz pensar se tia Livi está por trás disso.

— Ah, e por favor, afaste dessa loja as pessoas que acham que gritar comigo é legal, e que alimentam o ego postando resenhas negativas no Yelp. E também, por favor, faça com que as senhoras raivosas passem direto pela loja.

Eu posso não estar exatamente manifestando algo, mas tirar do peito esses medos e preocupações que estou carregando desde que entrei na Wilde Beauty é catártico.

— E já que estamos aqui, eu também não ia ligar se você mirasse sua ira em alguma pessoa que tentasse me distrair com elogios mequetrefes enquanto rouba meus produtos. Que seja amaldiçoada com pele escamosa e acne.

— Me lembra de ser sempre seu amigo. — Uma voz diz atrás de mim.

Giro o corpo sem sair do lugar, colocando a mão no coração, que acabou de ir parar na garganta.

— Puta merda, você me assustou.

Dax se apoia no batente da porta, parecendo calmo.

— Só vim ver como você está se recuperando.

Por instinto, encosto os dedos no queixo agora livre de bandeides.

— O rosto está melhorando. O ego ainda está um pouco machucado. Quanto tempo você ficou parado aí?

A resposta dele vem acompanhada de uma sobrancelha erguida.

— Tempo o suficiente para ter algumas perguntas.

Eu não sei como explicar isso sem parecer ridícula.

— Eu estava... — *Pedindo? Desejando? Reclamando?* — Eu estava manifestando.

— Ah, é? — Sua boca se abre em um sorriso. — E está indo bem?

A pergunta faz sentido, mas não sei a resposta.

— Acho que estou fazendo errado. Eu estava tentando mirar em coisas boas, mas acabei entrando em uma espiral de listar motivos pelos quais a carreira como empresária é uma péssima escolha para mim.

Seu sorriso se alarga, como se eu tivesse dito algo engraçado.

— Odeio ter que dizer, mas acho que está meio tarde para isso. E... — Ele olha ao redor da loja. — Acho que você está indo melhor do que pensa.

Talvez sejam as palavras, ou a maneira como ele as diz. De qualquer forma, o comentário de Dax mexe comigo. Então observo a loja com outra perspectiva.

A Outra Gemma realmente sabe o que está fazendo. Os produtos cuidadosamente selecionados. Os detalhes. Até mesmo o cheiro de limão e menta da Wilde Beauty é exatamente como eu acho que deve ser o cheiro de uma loja de produtos de beleza naturais e sustentáveis. Mas o que eu mais admiro na Outra Gemma é que ela teve a coragem de tentar.

Por meio segundo, fico com inveja. *Por que ela? Por que não eu?* Compartilhamos o mesmo DNA, certo?

Mas aí meus olhos fixam na prateleira de cremes para mão. Onde estão faltando alguns potes, resultado da farra do crime adolescente do dia anterior. E sou lembrada de forma dolorosa de que cosméticos são os itens de varejo mais roubados da América do Norte. Um pequeno fato divertido que aprendi no meu antigo trabalho. No entanto, os grandes varejistas, como meu último empregador, têm recursos para cobrir as perdas. Um grupo de crime organizado do ensino médio poderia afundar uma loja como a Wilde Beauty.

— Não sei como você consegue — digo acidentalmente em voz alta, me lembrando que Dax se preocupa com isso há anos. — Tem muita coisa que pode dar errado.

Há uma pausa mais longa do que o normal antes que Dax responda.

— Você tem razão. Ser dono de um lugar assim não é fácil.

Olho em volta novamente, comparando o encanto da loja com o aperto que se instalou no meu estômago desde que entrei aqui pela primeira vez.

— Não sei se vale a pena...

— Bom... — Dax abre a porta da minha loja e estende a mão para mim. — Como tesoureiro da Associação de Pequenos Negócios da Rua James, sinto que é meu dever contar para você todas as coisas legais que vêm com o pacote. Se você tiver alguns minutos, vou te mostrar a melhor delas.

Demoro um quarteirão inteiro para perceber aonde ele está me levando. E quando ele abre a porta, e o cheiro de grãos de café torrados invade meus sentidos, me pergunto se a euforia é apenas meu corpo antecipando a cafeína ou o fato de que talvez... apenas talvez, a ideia de tia Livi funcionou e eu manifestei esse momento.

Brewski sempre foi o nosso lugar.

— Então a melhor parte de ter um negócio é o café? — pergunto enquanto ele entra na fila e gesticula para que eu ocupe o lugar a sua frente.

— E ser o chefe. Abrir a loja com alguns minutos de atraso porque cafeína é sempre prioridade.

Com esse fato eu concordo. As minhas manhãs na outra vida são tão cheias de reuniões que meu café esfria antes que eu possa terminar de beber.

— Um bom café é uma vantagem. Mas ainda não estou convencida.

Dax pensa por um instante.

— Se não consigo te ganhar com o café, acho que estou com problemas. As únicas outras vantagens que me restam são o controle artístico completo do seu trabalho, e se beneficiar das longas horas de trabalho, em vez de deixar que sirvam de benefício para um cara engravatado em um escritório. Além disso, ninguém reclama quando você aparece de bermuda.

Dou uma risada de porquinho quando ele cita o último exemplo, mas Dax tem razão. É satisfatório saber que, quando o trabalho é longo e árduo, você está fazendo isso por si mesmo. Mas o que me assusta não é ter que trabalhar muito.

— Eu entendo o que você está dizendo, mas estou tendo dificuldade em aceitar os "e se". Tipo, e se eu acordar amanhã e algo ruim, completamente fora do meu controle, acontecer, tipo uma enchente ou um furacão, ou, por favor não me odeie por dizer isso, outra pandemia. Não só eu poderia perder a Wilde Beauty, como todo o resto. Minha poupança. Minha capacidade de pagar o aluguel.

Minha segurança.

— Você tem razão. — Dax concorda com a cabeça lentamente. — É bem difícil às vezes. É só... — Ele passa a mão pelo cabelo. — Todas as melhores coisas da minha vida aconteceram quando eu disse "foda-se" e ouvi a voz da intuição que dizia "vai dar certo". Nem sempre faz sentido na hora, mas gosto de pensar que, às vezes, é bom dar uma chance para o destino.

O sorriso dele desfaz todo peso dentro de mim. Dax sempre amou ser dono da Kicks. É seu bebê. Sua alma. E parte de mim quer o que ele tem. A habilidade de ignorar os "e se" e focar apenas nos "vai que".

A fila do café anda, e nos movimentamos para que sejamos os próximos.

A mulher na nossa frente está com um carrinho de bebê do tamanho de um carro de verdade, então, quando ela se vira, preciso dar um passo rápido para trás. O movimento me desequilibra, e quase caio, mas sinto as mãos de Dax no meu quadril, me estabilizando.

— Obrigada — digo, subitamente ciente de que a logística da fila deixa apenas um pequeno espaço entre nossos corpos. É uma sensação que se intensifica quando ele se inclina para a frente, curvando-se para que sua boca fique no nível da minha orelha, perto o suficiente para que eu possa sentir o cheiro de banho que ainda persiste em sua pele.

— Saiba que eu vou te julgar pelo café que você pedir.

Ele está brincando. Bom, talvez esteja falando sério só uns dez por cento. Mas me faz parar e considerar. Por que não tentar algo diferente? Eu faço o mesmo pedido desde que tenho dezesseis anos. Talvez a Gemma que transa casualmente e não tem medo de abrir a própria loja peça algo inusitado.

Cobra aparece no balcão.

— E aí, Gemma, vai ser o de sempre?

— Na verdade, não. — *Foda-se. Estou ouvindo minha intuição.* — Vou fazer uma maluquice e pedir um americano com leite de aveia.

Cobra não faz nenhum comentário sobre o pedido e só cobra os sete dólares e cinquenta e três centavos.

Dax, por outro lado, sorri de forma divertida.
— São dois.
Enquanto esperamos pelo café, ele me pergunta:
— Qual é o seu pedido de sempre?
— Café com leite de aveia.
Os olhos de Dax observam o barista fazendo a minha bebida, e depois a mim.
— Não é a mesma coisa, só que com mais leite?
Dou de ombros.
— Não estou pronta pra pular de um precipício. Um passo de cada vez.
Recebemos nossos cafés ao mesmo tempo. E porque a Brewski é um lugar cheio e nós dois temos lojas que precisamos abrir, saímos em direção à calçada. Eu tiro a tampa do copo e assopro um pouco antes de tomar o primeiro gole.
Dax me observa.
— Qual o veredito?
É gostoso. Um pouco diferente do que estou acostumada, mas ainda dá pra sentir um gosto suave de nozes, e o gosto do café ficou mais intenso.
— Então foi um novo passo delicioso.
Dax toma um pequeno gole da bebida dele, espera um pouco, e aí toma um segundo, maior.
— Você não parece ser um cara do café com leite. — Fico aliviada por tirar as palavras do peito.
— Ah, eu não sou. Isso é uma tentativa de te entender, entrar na cabeça de Gemma Wilde.
— E o que você acha?
Ele toma outro gole, mantendo o café na boca por um instante antes de engolir.
— No começo é um choque, mas depois de mais um pouco, eu meio que gostei.
— Você está falando de mim ou do café?
Dax olha para mim e sorri.
— Vamos de café.
Ele para de andar e seu olhar vai até algo do outro lado da rua.

— Preciso dar uma passada no banco. Mas se a sua manifestação não funcionar e você precisar de um plano B, me avisa. Sempre aceito um café.

— Obrigada por isso. — Levanto meu copo, mas estou agradecendo por muito mais que um café.

— Sempre que quiser, Gemma Wilde. — Dax brinda nossos copos e se vira para atravessar a rua James.

Caminho de volta para a Wilde Beauty me sentindo tranquila pela primeira vez nessa nova vida. Não estamos nem um pouco perto de sermos a versão de Dax e Gemma que costumávamos ser, mas parece que plantamos uma semente que, com o tempo, pode se transformar no tipo de amizade que um dia tivemos. Ou pelo menos é o que eu espero.

Quando volto para a Wilde Beauty, duas jovens mães com seus bebês em slings estão esperando na porta. Peço desculpas pelo atraso. Elas me mostram seus copos grandes da Brewski. A gente se conecta através do amor pela cafeína.

Recomendo alguns produtos para ajudar com olheiras. Elas compram o que eu recomendo, e mais algumas coisas. Compartilhamos algumas risadas antes de elas irem embora.

Em seguida, uma mulher de meia-idade com um corte pixie assimétrico aparece. Eu me preparo para um possível embate.

Mas ela é amorosa e gentil. Não entende muito de cuidados com a pele, mas parece feliz em me ouvir enquanto prego sobre os benefícios da vitamina C. Quando chega a hora de pagar, ela me entrega seu cartão com um sorriso, e eu sinto vontade de tentar algo novo. Me arriscar. Ser a Gemma que bebe americano com leite de aveia e não surta quando não há um plano concreto.

— Você estaria interessada em assinar a nossa newsletter?

A mulher, cujo nome é Karen, pausa antes de perguntar:

— É sobre os produtos e tudo o mais?

Essa newsletter surgiu do nada. Não tenho um plano. Mas tenho um monte de ideias.

— Sim. Mas também dicas, conselhos e informações sobre eventos que vamos fazer na loja.

Porque, aparentemente, vou fazer eventos na loja. *Desde quando?*

— Parece maravilhoso. Pode me adicionar.

Abro um bloco de notas no celular e pego seus contatos. A ideia de uma newsletter me faz sorrir. E esse sorriso permanece pelo restante do dia, que é bem ocupado, até que é hora de fechar as portas e o caixa.

Quando dá sete da noite, já tenho mais cinco nomes para a lista da newsletter.

Ao fechar o bloco de notas, vejo uma mensagem da minha tia. É só um emoji de beijinho que ela enviou de manhã, e que eu não tinha visto. Entretanto, eu paro para ler suas palavras novamente.

O que você pensa, você se torna. O que você imagina, você cria. Diga ao universo o que você quer. Acredite que ele vai te presentear com tudo o que precisa.

Ok, universo. Hoje foi um dia bom. Ninguém gritou ou roubou. Consegui evitar os pensamentos paralisantes de desgraça. Você fez um bom trabalho entregando o que eu desejei. Agora me diga do que eu preciso.

Oi, Gemma, é a Sunny. Temos um jogo de curling no sábado, mas fui escalada para trabalhar. Será que você pode me substituir?

Um sábado à noite com Dax? Touché, universo, touché.

Eu adoraria. Diga aos meninos que estarei lá.

Capítulo 11

JOGO TRÊS DAS MELHORES partidas da história do curling. É possível que esteja mais para três jogos um pouco acima da média em uma liga recreativa bastante medíocre, mas a sensação é incrível. Tacadas certeiras. Giros perfeitos. Não tenho nenhuma dificuldade em acertar as pedras, o que anuncio diversas vezes, cada vez mais empolgada. Vamos até a final. E aí ganhamos. Derrotamos Janice Simmertowski e seu time, o Curl Power. Nosso feito resulta em pelo menos seis rodadas de comemorações, todas envolvendo cerveja.

Está acontecendo de novo. Aquele negócio que em um minuto meu copo de cerveja está vazio e no próximo está cheio, e eu perco a conta — porque está em frações — e eu nem posso culpar a minha irmã. É cem por cento culpa do Dougie. Ele fica enchendo meu copo, e o copo de Dax, e aí o meu novamente. Em algum momento, durante minha acalorada discussão com Dax sobre se leões-da-montanha são a mesma coisa que pumas, Dougie desaparece com Brandon.

Só quando o bartender Lawrence anuncia a saideira e eu olho para o relógio, que anuncia que já são quinze para a uma da manhã, percebo que eles não vão voltar.

— Os bobões fugiram — digo para Dax, enquanto ele tenta entregar seu cartão de crédito para Lawrence, que recusa.

— A boa notícia é que eles pagaram a conta. — Dax coloca o cartão de volta na carteira, empurra a cadeira e me oferece a mão.

Aceito e aprecio a estabilidade para me levantar, e percebo que o mundo está girando um pouco. Dax continua me segurando até empurrarmos as portas do Clube Victoria e sairmos para o estacionamento, onde o Toyota Avalon de Dax é um dos dois carros restantes.

— Melhor a gente voltar a pé — diz ele.
— Verdade, estamos sem condições de dirigir.

Dax deve estar tão bêbado quanto eu. Além disso, não confio que meu jantar vai permanecer no estômago se estiver no banco de trás de um Uber.

Começamos a caminhar em direção a minha casa, o caminho completamente oposto da de Dax. Só percebo isso depois que já percorremos dois quarteirões.

— Ei, você não precisa me levar em casa. Posso ir sozinha.

Assim que termino de falar, tropeço em uma pequena rachadura na calçada, tombando para o lado, direto no peito de Dax. No peito firme de Dax. E ele me segura com os braços musculosos usando um pouco de força até que meus pés estabilizem novamente.

— Vou te levar pra casa. — Sua voz é firme. Autoritária. E eu gosto muito mais do que deveria.

— Fica muito longe da sua — insisto. — Se você me levar para casa, vai ter que andar duas vezes mais para chegar...

Ah, merda.

Mesmo no meu estado intoxicado, percebo que deixei escapar um fato que não deveria saber.

Dax, porém, parece não perceber.

— Pare de discutir comigo. Eu amo caminhar. Não dá pra ficar com uma bunda assim sem dar pelo menos dez mil passos por dia.

Ele se adianta com um rebolar exagerado de sua bunda redonda, e então para e olha por cima dos ombros.

— Vi você dando umas olhadas hoje no jogo.
— Não olhei.

É muito verdade que eu olhei.

A primeira vez foi por acaso. Ele estava falando com o outro time. Eu nem percebi que era ele quando olhei. A segunda vez, ele estava agachando, e o que eu posso dizer? Ele adora usar calça apertada, e tem uma bunda linda. Ele sabe. Eu sei. Só não admito com frequência.

Ele começa a andar de costas com uma confiança arrogante abastecida por jarras de cerveja.

— Você está me dizendo que não estava olhando? Mesmo quando eu estava fazendo isso?

Ele se vira e se agacha como se estivesse prestes a acertar a pedra de curling. A calça jeans preta fica mais apertada, e se eu não estava olhando para a bunda dele antes, agora com certeza estou.

— Ou talvez isso.

Dax começa a se impulsionar para frente, o que não é bem uma coisa que estava fazendo na pista de gelo hoje à noite. E mesmo que eu saiba que ele está tentando ser engraçado, eu acho bem sensual, o que me faz pensar em Dax fazendo todo tipo de movimentação sexual, ao que meu corpo reage com um formigamento.

Em lugares bem privados.

Lugares que não deveriam estar formigando por causa do meu melhor amigo.

— Eu nego tudo — digo, suspeitando que minhas bochechas coradas estejam indicando o oposto.

Dax para de fazer movimentos de investida e joga os braços no ar, como se estivesse desistindo.

— Beleza. Negue o quanto quiser. Mas você precisa saber que eu dei uma olhada na sua.

Não sei o que dizer.

O que eu quero fazer é perguntar *por quê*. Mas essa pergunta tem uma probabilidade muito grande de levar a uma resposta que não sei se estou cem por cento pronta para lidar nesse momento. Eu. Dax. Todas as consequências possíveis se dermos mais um passo. Então só continuo andando.

— Ótimo — digo por cima do ombro. — Ainda bem que esclarecemos isso. Vamos lá.

Caminhamos mais metade de um quarteirão até que um de nós tente começar uma conversa.

É Dax quem o faz. Estamos parados em um cruzamento, tão próximos que consigo sentir o cheiro do sabonete de sândalo e baunilha dos banheiros do Clube Victoria.

— Me conta alguma coisa — pede ele, e parece mais uma instrução que um pedido.

— O que você quer saber?

Ele pensa por um momento.

— Alguma coisa pessoal. Sua cor favorita. Alguma coisa que te irrita. Você já se apaixonou?

O sinal do cruzamento muda da mãozinha vermelha para o transeunte branco.

— Verde-menta, pessoas que falam "ao passo que", e uma vez achei que estivesse apaixonada, mas quanto mais penso nisso, mais vejo que eu não estava nem perto. E você? — Eu o cutuco no braço. — Você não pode lançar uma pergunta dessas e não ter que responder também.

Ele pega o dedo com que estou cutucando e o segura.

— Amarelo-banana. Todo tipo de fila. E não, não cheguei nem perto.

Eu acho que o Dax da minha linha do tempo talvez respondesse a essas perguntas da mesma forma. Curiosamente, não é um assunto que já tivemos antes.

— Padrões muito altos? — Tento adivinhar.

Ele dá de ombros.

— Pode ser. Acho que demorei para amadurecer.

Minha resposta é um soluço. Não é nem um soluço fofinho. É alto e detestável, seguido por mais dois rápidos.

— Você está bêbada — diz ele, rindo.

— Estou bastante bêbada, e você está segurando o meu dedo.

Nós dois olhamos para baixo e encaramos a sua mão, que, de alguma forma, se entrelaçou a minha.

— Pessoas bêbadas meio que tomam decisões ruins.

Ele deve estar brincando. Palavras ao vento. Mas ele está certo. Meu histórico de decisões-tomadas-quando-bêbada não é exatamente o melhor. Por exemplo: concordar com um ritual antigo que virou minha vida de cabeça para baixo.

— E agora, de novo, parece que você está pensando em alguma coisa. — Dax aperta a minha mão, que ele ainda não soltou.

— Apenas lembrando da minha última péssima decisão bêbada.

Dax solta minha mão, mas não se afasta.

— Você matou alguém?

Não sei se é o timbre rouco da voz, ou a maneira como ele me encara sem desviar os olhos, ou talvez seja apenas algum sinal invisível que ele esteja emitindo. Ainda assim, tenho a sensação de que Dax me quer nesse momento.

E eu... não sei como me sinto. A pequena parte do meu cérebro que não está inundada em cerveja grita "pense nas consequências". O restante de mim está embalado em uma névoa causada pela profundidade da voz dele e pelo cheiro do maldito sabonete. Cada célula do meu corpo parece estar sintonizada na frequência mais alta.

Eu paro de andar.

Para recuperar o fôlego. Ou acalmar a mente. Ou fazer meu corpo parar de vibrar. Eu não sei.

Ele para também, e, em seguida, caminha lentamente na minha direção até que seus dedos dos pés estejam a centímetros dos meus, e eu posso sentir o calor de sua respiração, e ele provavelmente pode ouvir as batidas do meu coração, que está se lançando contra minha caixa torácica.

— Você está prestes a confessar um assassinato, Gems?

Ele está me chamando de Gems. Ainda assim, parece tão diferente nessa maldita voz.

Eu olho para cima.

— Se eu confessasse, você me ajudaria a esconder o corpo?

Seu sorriso se espalha.

— Esse é um grande comprometimento. Acha que já chegamos nesse lugar, emocionalmente falando?

Eu nego com a cabeça.

— Acho que não.

Ele se inclina e, por um instante, penso que vai me beijar. Mas ele apenas sussurra:

— Eu te ajudaria a se livrar do carro.

Eu poderia virar minha cabeça e beijá-lo.

Ele está se demorando.

Eu sei disso. E embora meu plano sempre tenha sido fazer com que ele me beijasse, não deveria acontecer aqui, ou agora, e, mesmo assim, eu quero que aconteça.

Quer ele tenha percebido minha hesitação ou não, ele recua. Minha mente volta a funcionar, e eu percebo o quão próximos ficamos de fazer algo irreversível.

Começo a andar antes que um de nós mude de ideia.

É preciso um quarteirão inteiro para que meu coração pare de bater como uma britadeira, e um segundo para que eu racionalize que o quase beijo foi só coisa da minha cabeça. Talvez. É provável. Não. Com certeza, foi coisa da minha cabeça.

Quando volto a me sentir normal, estamos subindo a rua Catherine, e consigo ver minha casa.

— Obrigada por me trazer em casa. Eu fico aqui — aponto para a varanda da frente, que está completamente escura.

Dax dá uma olhada na casa.

— Eu me lembro. Parece um lugar agradável.

Eu dou de ombros.

— Eu e Frank gostamos.

Seus olhos ficam turvos.

— Quem é Frank?

— Minha aranha. Dividimos o chuveiro. Eu moro no porão. A entrada é pelos fundos.

Dax olha para o quintal.

— Certo. Descendo aquela escada escura e assustadora.

— Não é assustadora — digo, na defensiva. E então olho novamente. — É, é um pouco assustadora.

Ele concorda e fica em um silêncio incômodo que se estende por um minuto a mais.

— Me manda mensagem quando entrar? — diz ele depois de um tempo.

— Consigo fazer isso.

Ele aponta para as escadas.

Capítulo 12

FUI A TANTAS FESTAS de Dougie e Brandon na outra linha do tempo que suspeito se tratar de uma festa estilo república estudantil, só que com copos melhorzinhos.

A mensagem que aparece na tela do meu celular na quarta-feira confirma essa teoria.

Dax: E aí, coisa linda. A festa na sexta-feira é temática, vilão/herói. Venha vestida para matar. Algemas são bem-vindas (sete emojis de beijinho).

Uma segunda mensagem chega logo depois.

Dax: Caso não tenha ficado claro. Dougie roubou meu celular, mas estou ansioso para sexta... Coisa linda (um emoji piscando).

Ano passado, na minha linha do tempo, Dougie e Brandon fizeram uma festa herói/vilão. Eu convidei Stuart, mas ele não curtia lugares lotados e tinha opiniões contrárias sobre usar fantasias depois do ensino fundamental, então cancelei nosso encontro de sexta-feira à noite e fui com Dax. Passamos duas semanas inteiras fuçando as lojas baratinhas na rua James até encontrarmos fantasias de Batman e Robin no estilo da série em que Adam West era o Batman. Elas tinham um ar de que tinham sido feitas em casa que faziam delas fantasias incríveis. Fomos a sensação da festa.

Por algum motivo, não consigo esquecer aquela noite. E embora eu não tenha semanas para procurar pelas peças perfeitas para a minha fantasia, encontro uma meia-calça bege e um colete de lã vermelho, e pego uma capa amarela e uma máscara preta do meu sobrinho Riley. Não fica incrível, mas bom o suficiente para fazer justiça a Burt Ward.

— Eu te acompanharia, mas... — Sua voz desaparece.
— Mas o quê?
Agora sou eu que quero saber o que ele está pensando.
Demora tanto para que ele responda que fico em dúvida se ele vai dizer algo.
— Você acabou de dizer que faz péssimas escolhas quando está bêbada, então é melhor eu ficar aqui na calçada, e deixar as coisas do jeito que estão.
Há muitas maneiras de interpretar isso que ele disse. E a mais óbvia delas tem implicações perigosas.
— Boa noite, Daxon McGuire.
— Boa noite, Gemma McGuire.
— É Gemma Wilde, seu bêbado.
Ele dá de ombros, sorrindo.
— Ato falho.
Eu me viro e saio andando, antes que mude de ideia e faça algo estúpido. Quando passo pelo portão, ele chama:
— Ei, Gemma, que tal uma decisão ruim hoje à noite?
Olho para ele pronta para concordar com tudo que ele sugerir.
— Sempre.
— Sexta. Dougie e Brandon vão dar uma festa. Você deveria aparecer.
Eu assinto.
— Vou dizer pro Frank não me esperar acordado.

A festa fica a apenas vinte minutos de caminhada do meu porão. Eu consigo ouvir Beyoncé estourando no som antes mesmo de chegar no quarteirão de Dougie e Brandon. Alguns convidados fantasiados estão espalhados pelo gramado, com copos plásticos rosê-dourado nas mãos, jogando o que parece ser *críquete*.

A música está tão alta que consigo sentir o baixo reverberar no peito quando subo os degraus da varanda e abro a porta pintada de azul brilhante. Ela dá para a sala de estar e a sala de jantar de Dougie e Brandon, ambas lotadas por corpos suados vestidos com uma variedade de elastano em cores vivas.

Observo a multidão, procurando por algum rosto familiar. Um rosto familiar em específico. Mas em vez de encontrar Dax, vejo Sunny sozinha no canto, balançando os ombros fora do ritmo da música, sem perceber que está sendo observada por metade dos cromossomos Y da sala.

Ela está vestida de Mulher Maravilha. A versão da DC que dispensa o shortinho minúsculo, substituído por uma calça legging azul mais modesta. No entanto, Sunny é só pernas, bunda e peitos. Tudo isso fica incrível no elastano, e me deixa bastante consciente de que, por baixo da meia-calça, estou usando calcinhas verdes de algodão.

Enquanto ela se movimenta no meio da multidão em minha direção, com seus cachos pretos balançando atrás de si, percebo que não são apenas os cromossomos Y que a estão encarando, e me considero uma das culpadas.

— Estou tão feliz em ver você. — Ela me envolve em um abraço, me puxando em direção aos seus peitos incríveis. — Eu estava naquele canto me sentindo totalmente deslocada porque o Dougie e o Brandon estão ocupados, e eu não conheço ninguém nessa festa.

Eu me detenho na ideia de que alguém que se parece com Sunny possa se sentir deslocada, antes de processar a segunda parte de seu comentário.

— Então o Dax ainda não chegou?

Ela dá de ombros e fica na ponta dos pés para olhar por cima da multidão na sala de estar.

— Não vi, mas cheguei faz uns vinte minutos.

Entro em pânico por um momento, pensando que talvez ele tenha feito outros planos para essa noite, até que me viro e o vejo, a cabeça acima da multidão, abrindo caminho pela movimentada sala de estar em nossa direção. Seus olhos verdes encontram os meus, e por mais que eu fique tentada a focar apenas neles, meus olhos descem por vontade própria.

Ele está usando uma meia-calça cinza.

Elas abraçam suas pernas como uma segunda pele. Cada músculo, cada canto, cada curva. E apesar de ter consciência de que ele está me observando observá-lo, eu me concentro em uma curva em particular, e descubro que estou igualmente encantada e decepcionada ao vê-la coberta por uma cueca preta.

Volto a olhar para o rosto dele bem quando ele levanta a mão.

— Robin.

Minha mão o encontra para um "toca aqui", que, para o meu deleite e surpresa, se transforma em um abraço.

Seus olhos estão um pouco desfocados, e seu hálito tem um leve cheiro de uísque, mas aqui, na pequena curva de sua axila, tudo o que consigo pensar é *isso*. *Isso* é exatamente o que estava sentindo falta. Por um segundo inteiro, ele é o meu Dax.

— Vocês planejaram vir assim? — Sunny aponta para as fantasias combinando por acidente, enquanto Dax me solta e repete o "toca aqui" seguido de um abraço nela.

— Pior que não. — Dax não tenta esconder o jeito como me olha de cima a baixo. — Mentes brilhantes pensam parecido.

Sunny pesca um celular de algum lugar do elastano e tira uma foto espontânea. Ela vira a tela, nos mostrando.

— Bom, vocês dois estão fabulosos.

Nós estamos. Sorrindo. Olhos cravados um no outro. Sem nos importar que estamos completamente ridículos. Essa foto poderia ter sido tirada na minha linha do tempo.

— Suas mãos estão vazias, senhoritas. Vamos colocar algumas bebidas nelas. — Dax ergue os braços para nos conduzir até a cozinha, mas Sunny sai do fluxo.

— Foi mal, gente, não posso. Estou de sobreaviso, mas se divirtam.

Dax me oferece o antebraço.

— Vamos lá?

Eu o alcanço, meu sangue zumbindo com a expectativa de que vou conseguir exatamente o que quero esta noite, um tempo sozinha com Dax. No entanto, não consigo deixar de me sentir um pouco culpada por abandonar Sunny na festa.

— Tem certeza que não quer vir junto?

Ela nega com a cabeça.

— Não, valeu. Acabei de ver um amigo do hospital. A gente se fala mais tarde.

Posso jurar que ela me dá uma piscadinha conforme Dax solta o meu braço e posiciona a mão na minha lombar. Navegamos pelos corpos suados e chegamos na cozinha, nos fundos da casa. Tem um barril de chope no canto, próximo a um jogo turbulento de "vira copo" acontecendo na mesa.

Dax enche um copo rosê-dourado de cerveja, me entrega e enche outro.

— Não vai beber Guinness hoje? — pergunto entre goles.

Ele segura seu copo de cerveja contra a luz.

— Na verdade, eu estava bebendo uísque antes de vir para cá, mas não dá pra jogar "vira copo" com uísque. Quer dizer, na verdade dá, mas aí você vai desmaiar atrás do sofá do Dougie e assustar ele pra cacete quando acordar no dia seguinte enquanto ele estiver vendo algum canal de esporte... não que eu esteja falando por experiência própria.

— Você quer jogar "vira copo"?

Dax nunca foi o tipo de cara que gostava de jogar "vira copo". Na verdade, normalmente ficamos juntos nas festas de Dougie e Brandon, zoando os amigos de Dougie que tentam usar "vira copo" como uma desculpa para deixar suas *dates* bêbadas.

— Eu ia sugerir que *a gente* jogasse. — Ele ergue o copo para brindarmos.

Dax está fazendo uma cara que não consigo decifrar. Além disso, não tenho ideia do que ele está querendo sugerindo esse jogo. Mas eu brindo de volta com um "bora lá" entusiasmado, decidida que o objetivo da noite é mostrar a ele que sou a Gemma descontraída e divertida. E essa noite a Gemma descontraída e divertida joga "vira copo".

Quando a próxima rodada começa, tomamos nossos lugares na mesa. É cinco contra cinco. O time rival é composto pelos caras que jogavam rúgbi com Dougie nos tempos de escola.

No nosso time estão as gêmeas Miranda e Mariah, que estão namorando dois dos jogadores de rúgbi, e que afirmam nunca terem jogado "vira copo" na vida. Também temos o irmão mais novo de Brandon, Peter. Depois vem Dax, e então eu, no final da fila.

Meu palpite é que não vamos mandar bem.

Cantamos o "olé" obrigatório para dar início ao jogo e, em seguida, temos uma sequência do que vou considerar sorte de principiante, pois as gêmeas bebem e viram seus copos na primeira tentativa. Estamos com uma vantagem espetacular sobre os caras do rúgbi, até que Peter se empolga demais e vira o copo com tanta força que o objeto rosê-dourado dá duas voltas completas, bate na mesa, ricocheteia e rola para baixo. Quando Peter o recupera e consegue virar, nossos adversários já estão no último jogador, ainda faltando eu e Dax.

Mas nossa sorte continua.

Nosso oponente, Jessie, cujo nome descobri pela torcida agressiva de seus colegas jogadores, parece estar nervoso. Ele não consegue virar o copo. E, embora ele seja extremamente rápido nas tentativas, nenhuma funciona.

Do nosso lado da mesa, porém, Dax vira seu copo na primeira tentativa, e, de repente, estamos empatados.

Agora está comigo. A única pessoa entre a derrota e a doce vitória e, embora sejam situações como essa que me fazem odiar ser a última, consigo beber a cerveja em um único gole.

Coloco o copo sobre a mesa e me concentro em bater de levinho. Ele completa uma rotação de noventa graus e cai na mesa com um baque.

Minhas mãos se erguem em um "V" e, de repente, meus pés deixam o chão e sou puxada para o maior e mais apertado abraço de urso, sendo girada em círculos.

O teto gira sobre mim. A cerveja do "vira copo" chega na corrente sanguínea, combinando-se com a minha euforia da vitória.

As coisas estão perfeitas.

Exatamente como deveriam estar.

Eu ganhei, e não só no jogo.

Mas então Dax para e me desce lentamente. Meus pensamentos se voltam para a sensação de seu corpo firme contra o meu.

E em como consigo sentir seu cheiro.

Ele é todo uísque, suor e feromônios. E mesmo sabendo que eu deveria estar emocionada por finalmente ter recebido o abraço de urso de Dax McGuire que meu corpo estava desejando, tudo em que consigo pensar em como os olhos dele são de um tom tão lindo de verde. E que nossos rostos estão estranhamente próximos. E que tudo nesse momento é perigoso.

Não. Espera. Não é assim que as coisas acontecem.

A gente não tem momentos sensuais como esse. A gente troca vários "toca aqui". Fazemos comentários imbecis em meio a risadas. Não ficamos hipnotizados pelos olhos um do outro, e pelo tons de verde-floresta que nunca notamos, apesar de quatro longos anos de profunda amizade envolvendo amplo contato visual.

— A gente deveria ver como a Sunny está. — Quebro o contato visual, com medo do que quer que esteja acontecendo.

Dax desgruda de mim, deixando entrar bastante ar sem feromônios entre nós.

— Ela me mandou mensagem enquanto você estava jogando. Foi chamada no hospital e precisou ir embora.

— Ah. — É a melhor resposta que consigo formular.

Tá bom. Está tudo bem. Somos apenas eu e Dax. Dax e eu. Já fizemos isso mais vezes do que conseguimos contar. Não é nada de mais. Nada para se preocupar...

— Ei, Dax — uma voz masculina chama.

Graças a Deus.

Fico feliz por ver mais um dos amigos de rúgbi do Dougie.

— Temos um problema lá fora. — Ele inclina a cabeça em direção à porta dos fundos.

— A gente precisa ir achar o Dougie? — Dax pergunta.

— *É* o Dougie.

Seguimos o Cara do Rúgbi até o quintal, onde há uma escada de madeira encostada no telhado da garagem, e um Homem-Aranha plus-size sentado lá em cima, com a cabeça apoiada nas mãos.

— Mas que porra ele tá fazendo ali? — Dax pergunta, ecoando meus pensamentos.

O Cara do Rúgbi dá de ombros.

— A gente achou que ia dar uma foto boa pro Instagram. Dougie esqueceu de dizer que morre de medo de altura. As coisas foram bem na subida, mas ele paralisou quando chegou a hora de descer.

Dax me encara por um longo momento, então se agarra nos degraus da escada e sobe no telhado. Ele se senta ao lado de Dougie, que está encolhido, tremendo como vara verde.

— Qual é, Dougie — Dax tenta convencê-lo. — Não é tão alto. Mesmo que você caia, é provável que fique bem.

Dougie estremece de forma visível. Está na cara que aquele não era o discurso animador que ele queria ouvir. E ele é seguido por um grito tão alto que o cachorro do vizinho começa a latir.

Subo na escada antes que consiga pensar em algum motivo para não o fazer. Ao me acomodar ao lado de Dougie, me dou conta de que o local é bem mais alto do que parecia, e olho para a grama lá embaixo.

— Oi, carinha — passo a mão em círculos pelas suas costas. — Eu sei que você está morrendo de medo, mas a gente está aqui para garantir que você desça em segurança. Tá bom?

Dougie assente.

— Então — continuo —, quando você estiver pronto, quero que olhe para cima, mas quando o fizer, quero que olhe para o meu rosto. Bem nos meus olhos. Para nenhum outro lugar, tá bom?

Mais um gesto afirmativo com a cabeça.

Passam-se cinco minutos inteiros até que haja outro movimento. Por fim, Dougie levanta a cabeça, e quando o faz, olha direto nos meus olhos, exatamente como pedi.

— Você está se sentindo bem?

Ele faz que sim, apesar de estar suando tanto que parece que ficou sentado na chuva.

— Quero que você estenda as pernas bem devagar e fique de barriga para a escada. Depois, o Dax vai guiar seus pés até a escada. A gente não vai te soltar, e vamos estar com você o tempo todo.

Dougie fecha os olhos e os mantém fechados. E quando acho que voltamos à estaca zero, ele começa a seguir minhas instruções perfeitamente. Pé esquerdo. Pé direito. Arrasta a barriga até a escada.

Dax guia seus pés até os degraus, conforme prometi. Algumas respirações trêmulas depois, o Homem-Aranha está em terra firme, e a cidade, ou pelo menos aquela festa, está a salvo.

— Mandou bem. — Dax estende a mão para tocar na minha. Depois do abraço de urso, é a forma mais elevada que ele usa para comemorar.

— Minha irmã tem três filhos — explico. — Também sou especialista em "negociação na hora de dormir" e em "comer brócolis é legal".

Achei que ele fosse para a escada, ou que fizesse algum tipo de gesto de "vai você primeiro". Mas ele só estica as pernas, cruza os braços atrás da cabeça e deita no telhado, olhando para o céu.

Não sei se é o ar fresco da noite se misturando com o calor do telhado, ou a maneira como as luzes do pátio abaixo de nós meio que se confundem no crepúsculo, fazendo com que tudo pareça surreal, mas sinto que é um momento perfeito. Como se o universo finalmente tivesse acertado uma.

Eu me estico ao lado dele em uma pose semelhante. Cúmplices. Exatamente como fomos feitos para ser. Observamos o céu escurecer devagar, completamente à vontade com o silêncio, até que as cores rosa e azul do céu de verão dão lugar à escuridão, e um milhão de luzes cintilantes nos cobrem como um cobertor.

— Amo quando dá pra ver todas as estrelas — diz Dax, mais para o céu do que para mim.

Ele está certo. O céu noturno está tão limpo que dá para ver a Via Láctea, a Ursa Maior e Cassiopeia. Um fenômeno atípico para a cidade. Algo que marca essa noite como especial.

— Quando eu era criança, pensava que cada estrela tinha seu próprio mundo, quase igual ao nosso. — Dax olha para mim, antes de se voltar para o céu. — Só uma coisa ou outra era diferente. Tipo, em um mundo, todo mundo usava sapatos nas mãos, ou comia panquecas no jantar e carne de panela no café da manhã. A ideia era um pouco estranha, mas eu estava convencido de que sabia o segredo do universo.

— Não acho nem um pouco estranha.

Inclino a cabeça na direção de Dax no exato momento que ele vira o rosto para me encarar. Nossos olhos fazem aquela coisa de novo, se fixam, e nenhum de nós desvia o olhar. Pelo jeito tem mesmo alguma coisa rolando entre nós. Uma energia estranha, ou uma carga. Eu acho que gosto. Com certeza não odeio. Só é diferente. Algo a que preciso me acostumar.

Mas aí ele vibra.

Não Dax.

O celular dele está enfiado na cueca. E ele está tão próximo de mim que consigo sentir a vibração pelas telhas, que também vibram.

Ele pega o celular e o desbloqueia.

— Sunny. — Ele vira a tela para mim. — Chegou no hospital em segurança.

Parei de me preocupar com Sunny e Dax em algum momento entre a primeira cerveja e o jogo de "vira copo", mas agora volto a me perguntar se deveria me preocupar com alguma coisa.

— Vocês parecem bem próximos.

É a forma menos ciumenta que consigo pensar para perguntar "o que rola entre vocês dois?".

Dax volta a deitar no telhado.

— Eu não diria próximo. A Sunny é ótima e tal, mas a gente não se vê muito fora do curling. Ela é bem mais amiga do Brandon.

Um doce alívio toma conta do meu corpo. Eu precisava ouvir isso. Eu sei, nova linha do tempo, novas regras. Mas, no fundo, uma parte de mim esperava que a minha conexão com Dax fosse especial. Que, de alguma forma, transcendesse tempo e espaço. Que existe um fio estranho e inquebrável que conecta nossas almas.

— Não estou saindo com ela, se é isso que você está perguntando. Não estou saindo com ninguém.

O calor toma conta do meu rosto.

— Não. Hum... Não era o que eu estava perguntando de forma alguma, eu... — Estou envergonhada. — Achei que ela fosse sua melhor amiga.

Há um momento de silêncio entre nós. Um silêncio esquisito. Por fim, Dax limpa a garganta.

— Você tem um melhor amigo na sua vida?

Não tem uma forma fácil de responder a essa pergunta.

— Eu tive um melhor amigo por bastante tempo.

— Parece que tem um "mas" no final dessa frase.

Sempre tem.

— Mas a gente... Não sei. Acho que o nosso relacionamento mudou.

Dax vira o rosto para me encarar.

— Quem se apaixonou por quem?

Espera. Não. Ele entendeu tudo errado.

— Ninguém se apaixonou. Por que você acha isso? A gente só mudou.

Dax se levanta, apoiando a parte superior do corpo com os antebraços.

— Não sei, Gemma. Eu tive algumas amigas próximas na vida, e sempre terminou do mesmo jeito. Alguém se apaixona, e tentamos a coisa do relacionamento, ou a amizade meio que acaba quando a pessoa que está apaixonada finalmente percebe que nunca será correspondida.

— Você está errado.

Ele está.

E eu odeio não poder dar minha melhor evidência como prova.

Seus olhos se estreitam um pouco.

— Você nunca pensou nesse cara como mais que um amigo?

É uma pergunta tão complexa. Talvez? Brevemente. Bem no começo. Mas aí tudo rolou com Stuart, e as coisas mudaram. Além disso, esse não é o ponto.

— Não. Os pensamentos sempre foram de amor de amigos.

É a verdade, mas soa meio errado conforme vou falando. Dax volta a deitar. O argumento foi vencido. O silêncio está de volta, mas de forma confortável. E justo quando penso que estávamos de volta ao lugar onde deveríamos estar, ele respira fundo.

— Bom, então acho que era ele quem estava apaixonado por você.

Capítulo 13

A MANCHA DE INFILTRAÇÃO no teto acima da minha cama parece a Mona Lisa. Mesma atitude blasé. Mesmo sorriso relaxado. Como se seu maior problema fosse decidir o que ela vai comer no almoço, e não tentar descobrir se seu melhor amigo no mundo inteiro passou os últimos quatro anos secretamente apaixonado por ela.

Dizer que andei pensando no que Dax disse quando estávamos no telhado ontem à noite é um eufemismo. Estou obcecada. Seu sorriso preguiçoso e descontraído se infiltrou nos meus sonhos a noite toda. Fez com que eu questionasse as motivações dele. As minhas motivações. E todas as decisões que tomei nos últimos quatro anos.

Enfim consigo juntar energia para rolar para fora da cama, visto uma calça de moletom apresentável e saio para o sol forte-demais-para-uma--manhã-de-sábado.

Caminho pela rua James sem me questionar se quero tequila ou donuts. Mas além da loja de bebidas não abrir antes das dez da manhã, estou com uma pequena ressaca da festa da noite anterior.

— Meia dúzia de donuts clássicos, por favor — peço ao atendente da Nana, mas aí, depois de um momento de espontaneidade incomum, repenso meu pedido. — Na verdade, pensando bem, quero meia dúzia de qualquer um que você recomendar.

Não sei o que deu em mim. Talvez minha irmã tenha me influenciado depois de todos esses anos, ou talvez exista algo nessa realidade que tenha me deixado fora de controle.

Depois que pago pelos donuts, vou encontrar minha tia na livraria. Ela recebeu uma grande doação de um antigo cliente e perguntou se Kierst e eu poderíamos ir até lá para ajudá-la a examinar e catalogar os livros novos. Como tenho uma funcionária que trabalha meio período na Wilde Beauty aos sábados, e os filhos da minha irmã têm natação na ACM, combinamos de nos encontrar com minha tia às oito da madrugada.

— Bom dia.

Vou falando e abrindo a porta do apartamento da minha tia e encontro ela e minha irmã já sentadas no chão, com uma pilha de livros entre elas, e uma bandeja de café da Brewski ainda nos copos de papel reciclável.

— Você leu minha mente. — Aponto para o copo com o meu nome. — Só tive tempo para uma parada e escolhi trazer os donuts, desejando em segredo que você tivesse recebido minha mensagem telepática. Preciso desesperadamente de cafeína.

Kiersten pega a caixa de donuts das minhas mãos e abre a tampa.

— Tia Livi mandou uma mensagem dizendo que você ia pegar os donuts, então fiquei encarregada do café.

Olho para minha tia em busca de uma explicação, já que não falo com ela desde anteontem e não tínhamos combinado nada. No entanto, ela parece estar lendo a primeira página de um dos livros doados, absorta demais na tarefa para dar alguma explicação e, com toda sinceridade, não estou tão a fim de ficar perguntando. Só estico minhas pernas e encosto a cabeça, que continua latejando, no sofá.

— Você tá meio acabada, Gemmie, foi dormir tarde? — Kierst se aproxima e tenta abaixar o frizz dos fios de cabelo que escaparam da minha tentativa de prendê-los em um rabo de cavalo.

Não fui embora da festa tarde. Era só meia-noite quando cheguei em casa. Mas depois que Dax sugeriu como quem não quer nada que meu melhor amigo talvez estivesse nutrindo sentimentos secretos por mim, não consegui parar de pensar nisso. Ironicamente, ficamos no telhado conversando sobre mil assuntos, menos esse, até que ficamos com frio e resolvemos entrar. Nem dez minutos depois, Dougie resolveu subir mais uma vez no telhado para uma encenação de *Homem-Aranha: Sem volta para casa*. Foram três tentativas até que conseguimos tirá-lo de lá, e Brandon pediu a Dax para ficar de olho em Dougie pelo resto da noite. Dax concordou e eu voltei para casa, para o meu apartamento, para a minha aranha e todos os meus sentimentos confusos.

Tomo um longo gole do café antes de tentar racionalizar os círculos escuros e arroxeados embaixo dos meus olhos.

— Fui a uma festa. Mas aí voltei para casa e não consegui dormir.

— O que tá rolando? — minha irmã pergunta, preocupada.

— Algum conflito interno bem sério — diz minha tia antes que eu tenha a chance de responder.

— O que você disse? — pergunto para ela, que parece ainda estar lendo o mesmo livro de antes.

Ela olha para cima e pisca duas vezes.

— Conflito interno. É o tema desse livro. — Ela o mostra para mim. Tem um belo homem parecido com um duque, montado em um cavalo, mostrando apenas um mamilo. — Esse livro pode ser uma ótima opção para o próximo encontro do clube do livro.

Ela escreve algo no caderno a sua frente e, em seguida, coloca o livro em uma pilha.

Volto o olhar para Kiersten, que me entrega a caixa de donuts com instruções claras: "coma um e depois me conte tudo".

Escolho o de cobertura cor-de-rosa e o mordo. Os morangos frescos explodem na minha boca. Sinto o gosto da felicidade.

— Meu Deus, que delícia!

Solto um gemido antes de matar o restante em três mordidas. Enquanto estou lambendo o que sobrou da cobertura em meus dedos, penso na melhor forma de abordar o assunto.

— Você acredita que homens e mulheres podem ser amigos?

Kierst pega seu café da bandeja e se senta em um lugar mais confortável no sofá.

— Sim — responde ela, e então remove a tampa do copo e assopra. — Eu me casei com o Trent porque ele era o meu melhor amigo. Ele ser um animal na cama foi só um bônus.

— Que nojo. — Pego uma almofada e a acerto em Kierst.

Por pouco não derrubo o café dela, o que faz com que eu ganhe uma cara feia, porque enquanto Dax vê seu café como uma experiência quase religiosa, minha irmã considera o dela a droga que faz ela funcionar.

— Existem coisas que eu, como sua irmã, não preciso saber. Mas a minha pergunta não é sobre ser casada com o seu melhor amigo. Gostaria de saber se você acredita que um homem e uma mulher podem ser amigos de verdade, sem a coisa do sexo entrando no cenário.

— Claro que eu acho que é possível — diz Kiersten. — Por que a pergunta?

Penso na conversa do telhado.

— Ontem à noite o Dax dessa realidade disse algo que pode dar a entender que o Dax da minha linha do tempo pode estar apaixonado por mim.

Fico esperando uma piadinha. Ou algum comentário do tipo que nem todo cara que quer passar algum tempo comigo está secretamente apaixonado por mim. Ela só apoia o café na mesa e me olha, pensativa.

— Bom, você acha que ele está?

— Não — respondo, antes que o meu cérebro tenha a chance de processar que a resposta de verdade deveria ser "talvez". — Ele nunca disse nada — explico. — Nunca deu a entender que tem outro tipo de sentimento que não amizade. A noite anterior à minha chegada aqui, eu estava muito bêbada. E não estava usando calças. E tenho quase certeza que disse que o amava e o beijei, e aí ele só foi embora. Puf. Vazou. Não tentou nada.

Kiersten estreita os olhos.

— Você não acha que isso tem mais a ver com a parte que você estava bêbada?

Ela não está entendendo.

— Ele namora outras meninas. Ele estava saindo com uma veterinária toda sexy antes que isso tudo — movimento o braço de forma enfática ao redor da sala — acontecesse.

Kiersten levanta uma sobrancelha cética e abre a tampa da caixa de donuts.

— E você não está apaixonada por ele?

— Ela está.

Novamente, tia Livi responde antes de mim.

— Não estou — digo tanto para ela quanto para Kiersten.

— Você não está o quê, querida? — Minha tia me olha com olhos grandes e inocentes.

— Não estou apaixonada pelo Dax. Ele não está apaixonado por mim. Ninguém está apaixonado por ninguém.

Tia Livi assente.

— Claro, querida. Não estamos duvidando de você.

Eu jogo os braços para o ar.

— Então por que você acabou de dizer que eu estava?

Tia Livi junta as sobrancelhas.

— Talvez eu estivesse falando com o livro. Acontece às vezes. Ignora essa velha. Devo estar ficando senil.

Minha tia está longe de estar senil.

— Eu te conheço há vinte e oito anos, Gems. — Minha irmã retoma o assunto. — E eu nunca te vi falar sobre alguém como você fala sobre esse Dax. Ou você está tentando achar um jeito de encontrar ele novamente, ou falando como foi a última vez que o encontrou. Todos os sinais apontam para paixão. Mas o que eu não consigo entender é por que você nunca namorou esse cara na sua linha do tempo. Vocês gostam das mesmas coisas, e ele é lindo. Não estou entendendo o problema.

— Ele é meu melhor amigo. Não penso nele dessa forma.

— Sim. Você disse isso. Mas ele não foi sempre seu amigo. E você está me dizendo que nunca considerou...

Eu não sei se o restante da frase é "namorar ele" ou "transar com ele". Seja o que for, me adianto e respondo:

— É complicado.

Ela tira mais um donut da caixa.

— Me explica. Eu tenho tempo.

Tenho certeza que ela tem. E tenho certeza que, depois que eu explicar tudo, ela vai entender. O problema é que eu não sei por onde começar.

— Acho que nunca tive a chance de pensar em Dax como nada além que meu amigo.

Kiersten abre a boca, que está cheia de donuts, e diz algo que soa como "não entendi".

Procuro a melhor forma de resumir os últimos quatro anos.

— Eu conheci o Dax na mesma noite em que conheci o Stu. Dax também pegou o meu número e perguntou se eu queria conhecer um bar novo com ele e alguns amigos na semana seguinte. Eu disse que sim, porque gostei do Dax, mas nosso encontro acabou sendo adiado para a semana seguinte por algum motivo que eu não consigo lembrar, e depois eu tive um evento idiota de trabalho na outra semana e precisei cancelar. Quando a gente finalmente saiu junto, eu já tinha ido a uns, sei lá, sete encontros com o Stuart. A gente estava começando um relacionamento.

— Mas não era um bom relacionamento? — pergunta Kiersten.

Tem muito mais nessa história.

— Era o começo. Stuart, por mais que me doa admitir, é um cara legal. Ele é inteligente e lê bastante. A gente ficava acordado até tarde nos finais de semana, bebendo vinho e conversando sobre a lixeira pegando fogo que é o nosso planeta. Era bem divertido no começo. Eu gostava dele. É possível que em algum momento eu o tenha amado de verdade. Mas aí as coisas caíram de ótimas para boas, e terminaram em "ok". Comecei a temer nossos encontros de sexta-feira e a desejar que, em vez de ficar em casa conversando, a gente tentasse coisas novas. Nada de terrível aconteceu entre a gente. Nós só...

— Sofreram do efeito do sapo na panela — comenta minha tia.

Aí está. Não tem cafeína o suficiente no meu sistema essa manhã para deixar esse comentário morrer.

— Você vai passar o dia todo fazendo comentários esquisitos e aleatórios?

Tia Livi coloca o livro na pilha a sua frente e olha para mim.

— Não. Estou me referindo ao seu dilema. É como o sapo na panela.

Eu troco olhares com Kiersten, que está com a mesma expressão vazia que eu imagino que também tenho no rosto.

— Bom, você vai ter que explicar essa — peço.

Minha tia revira os olhos, como se estivesse decepcionada por eu não ter entendido.

— Você já tentou ferver um sapo?

Outro olhar para Kiersten.

— Não — respondo por nós duas. — E eu espero que você também não tenha.

Tia Livi nega com a cabeça.

— Claro que não. Mas se a gente esquentasse uma panela de água e tentasse colocar um sapo dentro, ele ia pular fora imediatamente.

— Eu diria que a maioria dos organismos vivos — murmura Kiersten.

— Mas, se você colocar um sapo na água fria e ir esquentando aos poucos, as mudanças são tão sutis que o sapo não percebe, até que morre cozido.

— Eis uma analogia perturbadora — comenta Kiersten.

Minha tia assente.

— Sim, me arrependi de usar esse exemplo, mas a ideia é essa.

— Tá, beleza. O relacionamento morreu de forma lenta e dolorosa. Mas vamos voltar ao Dax McGostoso. Claro, o *timing* foi ruim. Acontece. Mas o universo fez uma magia esquisita e te deu uma chance de fazer tudo de novo. Por que não tentar? Pelo menos um test-drive.

Kiersten não entende. Não é que eu não ache que Dax daria um bom namorado. Ele daria. Mas outro dia tive um gostinho de como seria a vida sem ele. Foram sem dúvida as piores doze horas da minha existência, bem pior do que levar o fora do Stuart, então não quero sentir isso novamente. Se eu e o Dax ficássemos e depois terminássemos, nunca poderíamos voltar a ser o que éramos. Uma vez eu tive um sonho erótico com ele e posso jurar que senti uma tensão esquisita entre nós por quase um mês. Se alguma coisa acontecer com a gente aqui, como eu posso voltar para casa e não pensar nisso? Como não vai impactar na relação perfeita que a gente tem? É essa ideia que faz com que eu construa um muro na minha mente — uma friendzone mental, se assim posso chamar —, com o Dax de um lado e o meu coração do outro.

— Você não vai atender? — Minha tia aponta com o queixo meu celular silencioso.

— Responder o qu... — antes que consiga completar a frase, a tela se acende com uma mensagem.

É de Dax.

É uma foto de Dougie agachado no telhado, com a roupa do Homem-Aranha. Provavelmente tirada minutos antes de ele perceber o quão longe estava do chão. E então a mensagem.

Desculpa ter sumido ontem à noite. O Homem-Aranha não quis aposentar a fantasia até as quatro da manhã. Quer tentar de novo? Drinques? Sexta?

— Mensagem do Dax? — pergunta minha irmã.

Eu bloqueio a tela e coloco o celular na mesa.

— Talvez.

Ela balança a cabeça, com um sorriso estúpido e presunçoso.

— Você está sorrindo que nem uma idiota. Você gosta dele. — Ela toma um longo gole do café. — E quanto antes você admitir isso pra você mesma, menos sexualmente frustrada você vai ficar. Você pode transar com quantos pintos grandes quiser, mas nada é melhor do que sexo com seu melhor amigo. Pensa em como o Dax conhece você. Isso vai se traduzir no quão bem ele conhece o seu corpo. Orgasmos por muitos dias, cara amiga. Dias e dias.

Capítulo 14

MINHA SEMANA SE ARRASTA como uma lesma. Com a cabeça mais calma, sem cerveja, não tenho certeza se Dax me convidou para um encontro na sexta-feira à noite ou se é só uma saidinha normal entre amigos. Dois colegas. Empreendedores da Associação de Pequenos Negócios da Rua James.

Não sou de ficar obcecada por um cara. Para ser honesta, passei quatro anos namorando Stuart, que era tão previsível quanto a configuração dois da minha torradeira. Ele me ligava toda manhã para fornecer uma previsão completa do tempo e dar recomendações sobre o que eu deveria vestir, e mandava mensagens quando chegava em casa do trabalho para me dar um resumo rápido do dia e desejar boa noite. Nunca duvidei do nosso relacionamento. Claro, eu não percebi o nosso término se aproximando, mas isso é uma outra história.

Hoje meu problema é o Dax.

E nosso encontro ou não encontro desta noite.

E como eu sei que deveríamos manter as coisas sem envolvimento amoroso. Mesmo assim, levo mais de quarenta e cinco minutos para escolher uma roupa: calça jeans preta, blusa branca simples com renda e botas, me convencendo que a escolha é porque estou tentando transmitir uma imagem específica para a minha clientela, não porque o Dax uma vez disse que uma mulher vestida de renda é a criptonita dele.

O celular toca enquanto estou andando para o trabalho. Meu coração quase para quando vejo o nome na tela.

— Oi, tia Livi.

Ela não responde de imediato, mas consigo ouvir o som da voz no fundo, e parece que está falando com um cliente.

— Ah, querida, só queria dar um oizinho. O sr. Zogaib ligou para dizer que sua loja ainda não estava aberta, e eu queria checar se você não voltou para sua outra dimensão ou algo do tipo.

Estou ao mesmo tempo impressionada com a maneira tranquila com que ela fez essa afirmação, e ligeiramente irritada pelo fato do meu vizinho de porta sentir a necessidade de dedurar toda vez que estou alguns minutos atrasada.

São apenas nove e quinze da manhã, e eu precisei de alguns minutos extras para secar o cabelo.

— Tá tudo ótimo. Estou quase chegando na loja e vou ficar nessa dimensão por pelo menos mais algumas semanas.

Aceno para o sr. Zogaib enquanto passo por sua floricultura, e destranco a porta da minha loja ainda falando com minha tia.

— Você conversou com sua irmã essa semana? — pergunta tia Livi.

— Não desde sábado. Estive ocupada. — E a evitando.

Embora normalmente eu escolha Kiersten para analisar coisas importantes, como se Dax me convidou mesmo para um encontro. Mas eu já sei a opinião dela, e não estou mentalmente preparada para ver a presunção em seu rosto quando admitir que ela pode estar certa.

— Bom, dê uma ligada para ela mais tarde — diz minha tia. — Acho que ela anda um pouco estressada.

Eu solto uma risada pelo nariz, o que, ironicamente, é a atitude típica de Kiersten.

— Kierst é a Mulher Maravilha. Ela é a esposa perfeita. Mãe incrível. Provavelmente seria presidente da Associação de Pais e Filhos se tivesse um filtro ou não fosse uma idiota. Eu sou um caos quando se trata de um dia bom. O que ela poderia precisar de mim?

— Eis uma boa pergunta...

Ela limpa a garganta, mas não diz mais nada. É o sinal que ela dá quando está preocupada com algo, embora eu não tenha certeza se o que está deixando ela angustiada é Kiersten ou se ela está concordando com o estado em que a minha vida está.

— Vou ligar pra ela mais tarde — prometo.

— Obrigada, querida. Fico preocupada com ela. — E, mesmo que ela não fale, posso ouvi-la dizendo "e me preocupo com você também".

Termino a ligação com a promessa de ligar para minha irmã amanhã, viro a plaquinha da porta de "FECHADOS, MAS AINDA MARAVILHOSOS" para "ABERTOS E MARAVILHOSOS", e imediatamente cumprimento minha primeira cliente: a mãe idosa do sr. Zogaib. Ela adora os cremes de mão com cheiro de limão.

O pequeno milagre do meu dia é que a loja está cheia. Não tenho nenhuma chance de ficar no celular ou me estressar por causa de Dax, porque toda vez que passo o pedido de um cliente, um novo aparece. Então às sete e dez da noite, quando o pequeno sino da porta da frente toca, sou pega de surpresa ao ver Dax parado lá, com uma calça jeans preta justa e uma camisa branca de botões feita especialmente para mostrar todas as curvas de seu corpo.

Merda. Isso é mesmo um encontro.

Dax nunca usa camisa de botão. Ele tem três tipos de partes de cima no armário, que escolhe baseado na temperatura do dia: blusas de lã quando está frio, camisetas quando está quente, e regatas quando há uma pequena chance de me encontrar, porque eu sou bem enfática quanto aos meus sentimentos no que se refere a regatas em homens adultos.

Nunca vi Dax usando uma camisa de botões, e isso me assusta. Parece que estou entrando em águas desconhecidas, sem saber se algo abaixo da superfície morde. Sem ter certeza se eu quero que isso aconteça.

— Você está bonito — consigo dizer.

Percebo que seus olhos se demoram no decote da minha blusa de renda.

— Era o que eu ia dizer. Podemos ir?

A loja está uma bagunça. Não fiz o fechamento do caixa nem olhei para ver se tem algum cachinho solto ao redor das minhas têmporas por ter corrido o dia todo. Mas, mesmo assim, eu concordo.

— Deixa só eu pegar minha bolsa. — A Gemma do futuro pode lidar com tudo isso amanhã.

Estamos indo para a Hess Village, que é menos uma vila e mais uma interseção de duas ruas de paralelepípedos com muitos pubs e bares na extremidade oeste do centro de Hamilton. É uma caminhada de vinte minutos da rua James, mas a temperatura está agradável, e eu tenho ansiedade para queimar e um melhor amigo de camisa social para analisar, então optamos por andar e economizar nossos suados dólares para usá-los mais tarde em uma corrida de Uber de volta para casa.

— Como foi seu dia?

Começo a conversa, me odiando por fazer uma pergunta tão sem graça, mas a camisa de botões me deixou tão confusa que estou questionando tudo.

Dax dá de ombros, passando os dedos pelo cabelo ondulado, enviando um pouquinho do aroma de seu shampoo com cheiro de oceano em minha direção.

— Não foi tão cheio quanto gostaria. — Ele suspira. — Não sei se as pessoas não estão mais caminhando tanto, ou se não é um bom ano para tênis customizados, mas não tem sido um bom mês. E o seu?

Agora não tenho certeza se quero contar para ele que, embora eu só tenha dado uma olhada na previsão da Outra Gemma, acredito que tenha dobrado minhas vendas do mês. Dou outra resposta honesta:

— Tive alguns clientes bem falantes hoje. Mal pisquei e você apareceu na minha porta.

Hess Village está agitada, lotada com uma mistura de pessoas que acabaram de sair do trabalho, ainda com as roupas sociais, comemorando o fim de mais uma semana, e o público festeiro, com roupas justas e tops curtos, começando cedo o fim de semana.

— Qual a nossa *vibe* de hoje? — Dax aponta para os pubs lotados. — O Pauper? Ou o Duck?

O The Prince And Pauper é um pub bem iluminado. Está lotado e barulhento, com música ao vivo, e a varanda que dá para a rua, já cheia.

Já o The Laughing Duck é bem mais tranquilo. Meia-luz, mesas grandes. Quieto. Romântico. Saxofone ao fundo.

— Vamos no Pauper. Quero uma cerveja gelada.

Estou em pânico. A camisa de botões me deixou desatinada. Tem uma bola de feno de sentimentos inteira rolando dentro de mim, e tudo está emaranhado demais para ser resolvido nesse momento.

Percebo a breve sombra de desapontamento que passa pelo rosto de Dax antes que ele concorde.

— Vamos lá então.

Ele vai até a varanda, e a recepcionista diz que tem uma fila de espera de vinte minutos por uma mesa, mas que dentro é livre. Se conseguirmos achar uma mesa vazia, é nossa.

Entramos e descobrimos que o lado de dentro está tão cheio quanto o de fora. Sem mesas vazias, muito menos cadeiras no balcão. Percebo que Dax sente vontade de dizer "por que não vamos para o Duck?".

Em pânico absoluto, examino o salão, torcendo para encontrar alguém com cara de que está se preparando para sair. Mas aí encontro duas pessoas fazendo contato visual e acenando para mim.

Não faço ideia de quem sejam.

— Seus amigos? — Dax se inclina, e fico temporariamente distraída pelo seu hálito morno em meu pescoço, de repente muito consciente da nossa proximidade.

— Hum... Acho que sim? — Cerro os olhos, procurando por pistas ou alguma ideia de quem sejam, mas não consigo me lembrar. — E parece que tem lugar na mesa.

— Você quer se juntar a eles ou tentar outra coisa?

Antes que eu responda, uma festa de despedida de solteira passa por mim. A última mulher, que veste um boá rosa, subestima o espaço que precisa atravessar e tropeça um pouco, me empurrando, e eu bato com as costas no peito de Dax. Por um breve momento, sinto os músculos firmes do peito dele e o calor de suas mãos segurando meu quadril.

— Você está bem? — pergunta ele, virando meus ombros para que eu possa encará-lo.

— Sem dano permanente.

O espaço entre nós são meros centímetros. Estamos tão perto que consigo sentir o cheiro de menta. Seja de chiclete ou da pasta de dente, tudo o que consigo pensar é *"isso é hálito de beijo"*. E então *"o Dax está planejando me beijar?"*.

Merda.

Meu coração está batendo tão rápido que fico com medo de ele se deslocar. Pressiono as mãos no coração só para segurá-lo.

Acho que quero que ele me beije.

Quero dizer, esse era o meu plano desde o início. Mas tia Livi insistiu bastante que mantivéssemos a ordem correta para a purificação. Sem mencionar que isso pode estragar quatro anos de uma linda amizade. A decisão inteligente seria sair desse trem com destino para um coração partido antes que ele saia da estação. Mesmo assim, ainda estou passando a língua pelos dentes, me culpando por não ter tirado alguns momentos para fazer o mínimo e dar uma atenção maior ao meu hálito.

— No que você está pensando? — A voz grave de Dax me tira dos pensamentos.

Penso na resposta, até que percebo que a pergunta é sobre a mesa.

— Vamos ficar aqui. — Eu dou um passo para trás, usando uma voz uma oitava acima do normal. — Não vejo eles há tempos. — Talvez nunca tenha os visto.

— Tá bom. — É o que a boca de Dax diz, mas seus olhos o traem. E o meu estômago se revira, porque, apesar de ter sido minha escolha, também estou decepcionada. — Então vamos?

Dax estende o braço, permitindo que eu guie o caminho. Não deixo de perceber que, enquanto vou andando, ele coloca os dedos levemente na minha lombar.

Caminho entre as pessoas até chegar na mesa, muito preocupada com o calor dos dedos dele e com a forma como esse calor penetra pelo algodão da minha blusa para saber de que jeito vou apresentar aquelas pessoas.

Se eu ainda tinha alguma dúvida de que o contato visual e o convite para sentarmos era para mim, ela some conforme nos aproximamos da mesa. A mulher fica em pé com um pulo, abrindo os braços para um abraço.

— Meu Deus, Gemma, é tão bom ver você!

Estendo as mãos e recebo seu abraço, olhando dela para o homem, conforme ela me aperta. Ela é pequena e asiática, com o cabelo preto e curtinho e uma jaqueta de couro estilosa. O homem é branco e muito alto, com cabelo cor de areia e uma camisa polo azul.

Tenho cem por cento de certeza que nunca vi essas pessoas antes na minha vida.

Mas *nessa* vida, nós nos cumprimentamos com abraços.

— Esse é o Dax. — Tento o velho truque de apresentar primeiro a pessoa que eu sei o nome, esperando que as partes não identificadas se apresentem em seguida. Funciona. Conforme apertam a mão de Dax, ela se apresenta como Lux, e ele como Leo.

— Então, como vocês conhecem a Gemma? — pergunta Dax, e estou ansiosa para ouvir a resposta, assim como ele.

— A gente velejava juntos — Lux explica. — O Leo e a Gemma faziam aulas às segundas, eu e a Gemma fazíamos às quartas. Ela achou que a gente se daria bem e nos apresentou.

Leo coloca o braço nos ombros de Lux e a puxa para perto. Ela olha para ele de um jeito adorável. Quase dá para ver os desenhos de corações flutuando ao redor deles.

— A gente perdeu o contato com você depois que as aulas acabaram — lamenta Lux. — Mas estamos felizes de ter te encontrado, porque... — Ela levanta a mão esquerda. Há um lindo anel de esmeralda em seu dedo anelar. É quase tão grande quanto o sorriso estampado no rosto dela. — Vamos nos casar em agosto. Claro que você precisa ir, Gemma. Você também, Dax.

Eu dou um gritinho porque eles estão noivos, e é muito óbvio que se amam de verdade. E também é um pouco desconcertante saber de algo que eu vivi, mas sem estar presente.

Eu me lembro que, anos atrás, quis fazer aulas de vela. Foi logo depois que me formei. Eu estava no limite da vida adulta, pensando de um jeito bem *mundo novo, vida nova*, e que talvez fosse hora de dar um passo fora da minha zona de conforto. Velejar parecia uma atitude possível. Mas aí eu conheci o Stuart. Ele não era muito fã de água, então nunca fui atrás. Ao longo dos anos, houve momentos em que me arrependi de não ter me inscrito nas aulas. E, sentada aqui, ouvindo as lembranças do que a Outra Gemma viveu com Lux e Leo, estou me arrependendo mais ainda.

— A gente tem que comemorar esse encontro. — Leo se levanta da cadeira. — Deixa eu pagar uma rodada. — Ele vai até o bar e retorna minutos depois com as bebidas.

— Então... — Lux aponta para mim e Dax. — Como vocês se conheceram?

Meu estômago se aperta de pânico, porque a última coisa que eu quero essa noite é reviver nosso desastroso primeiro encontro. Mas antes que eu possa formular uma boa maneira de explicar que tive um colapso nervoso e entrei na loja de Dax, ele pressiona o joelho contra o meu, em uma troca silenciosa que diz "não se preocupa, eu te livro dessa", e sorri para Lux.

— Nossas lojas ficam próximas uma da outra. A gente vive se esbarrando.

Lux assente e segue para um novo tópico. Estou ouvindo pela metade, muito focada no calor da perna de Dax encostada na minha, e no sentimento familiar no meu peito de saber que, não importa como, esse homem sempre estará ao meu lado.

— Mas me digam... — O súbito tom elevado da voz de Lux me traz de volta à conversa. — Há quanto tempo vocês estão namorando?

Minhas bochechas esquentam.

— A gente é só amigo — respondo automaticamente.

— Ah, não percebi. — As bochechas de Lux ficam coradas. — Vocês parecem tão... Só pensei... Leo está sempre me dizendo que eu amo tirar conclusões precipitadas.

Seus olhos focam em meus ombros. É só aí que eu percebo que o braço de Dax está repousado de leve no encosto da cadeira. Em algum momento entre sairmos da minha loja e agora, ele arregaçou as mangas, mostrando um pouco de seus antebraços musculosos. Ele tira o braço do encosto, abaixando a mão para o lado do corpo, como se de repente minha cadeira tivesse pegado fogo. Imediatamente sinto falta daquela proximidade.

O momento de constrangimento se dissipa quando a conversa volta a ser a rua James e uma análise de todos os novos restaurantes que surgiram no último ano.

A hora seguinte é repleta de mais conversas. Mais risadas. Mais lembranças dessa vida que não me lembro de ter vivido.

Consigo entender como a Outra Gemma se deu tão bem com Lux e Leo. Entendo perfeitamente por que ela — eu — achava que eles eram uma combinação perfeita.

Lux começa a contar outra história de vela, sobre uma vez em que quase viramos nosso barco no lago.

Dax inclina a cabeça para perto da minha.

— Você está se divertindo? — sussurra de um jeito que apenas eu possa ouvir.

— Estou, bastante — sussurro de volta.

Ele sorri.

— Dá para perceber. Você parece feliz. E muito bonita.

A última parte parece assustá-lo tanto quanto a mim. Como se ele não quisesse ter dito aquilo em voz alta. Mas, agora que ele disse, as palavras pairam entre nós. Uma confissão. Uma oferta de "e se?".

E eu estou tentada.

Tentada a mover minha mão cinco centímetros para a esquerda e colocá-la em sua coxa. Sentir o músculo duro por baixo, pensando que se eu fizesse as coisas direito essa noite, poderia tocar em muito mais. Não vou negar que a ideia parece boa. Que mesmo que sejamos perfeitos como amigos, poderíamos ser ótimos em algo mais, se ao menos eu me permitisse tentar.

Mas aí meu cérebro assume o comando.

Faz com que eu me lembre da minha amizade com Dax, e tudo o que estou arriscando perder. Relacionamentos dão errado bem mais do que dão certo. As pessoas mudam. Se distanciam. Existem milhões de maneiras de uma relação morrer. Nós funcionamos como amigos. Satisfação garantida. Não se brinca com a perfeição. A não ser que se esteja disposto a arriscar destruir algo que nunca poderá ser consertado, e, honestamente, não estou disposta.

— Ei, galera. E aí? Porra, tá cheio aqui.

Um cara se intromete na nossa conversa. Ele é alto, bonito, e está usando um terno. Ele exala aquela vibração de roupa chique, que não me impressiona muito racionalmente, mas tem a tendência de agradar a minha calcinha.

— Oi, Elliott. — Lux abraça o estranho e se afasta para que ele se sente

Pedimos outra rodada e nos apresentamos.

O recém-chegado Elliott é gerente de um fundo de investimentos. Ele é amigo do irmão mais velho de Lux, e está em Hamilton para visitar um amigo.

Lux me apresenta como "sua antiga amiga de vela, Gemma", e Dax como "o bom amigo de Gemma, Dax". Ao ouvir a palavra "amigo", Elliott deixa escapar um olhar demorado na gola de renda da minha blusa. Seja porque percebeu ou por mera coincidência, Dax enrijece ao meu lado.

A conversa logo volta para um ritmo familiar e amigável, embora, dessa vez, eu me pegue distraída e olhando para o nosso novo amigo. Não porque Elliott seja atraente de um jeito convencional (daria para esculpir Davi com aquela mandíbula), mas porque tenho certeza de que o conheço, mas não consigo me lembrar de onde. Isto é, até que ele me pega olhando e dá uma piscadinha, e aí me dou conta.

Ele é igualzinho ao Stuart.

Bom, não igualzinho. Enquanto Stuart tem olhos claros e cabelo loiro, esse cara tem cabelo escuro e é possivelmente perigoso. Mas eles têm a mesma energia. A confiança arrogante que diz "eu sei o que quero da vida, e vou fazer o que for necessário para conseguir".

E pela forma que pressiona a coxa na minha, e como ele se inclina um pouco perto demais para perguntar se eu quero outra bebida, tenho a sensação de que fui adicionada a sua lista de desejos.

— Então, você trabalha com o quê? — Ele fala em voz alta, mas os olhos deixam claro que a pergunta foi direcionada a mim, e somente a mim.

Quase digo a ele que sou uma compradora da Eaton's Drug Mart, mas me corrijo logo que abro a boca.

— Tenho uma loja de produtos de beleza na rua James — falo com bastante orgulho. — O Dax também. Bom, não de produtos de beleza, mas de tênis. Você deveria conhecer.

Os olhos de Elliott passam momentaneamente de mim para onde Dax está sentado, encarando sua caneca de cerveja. Seus olhos descem para olhar os tênis que Dax está usando, e depois sobem novamente.

— Acho que não vou a uma loja de sapatos há anos — Elliott exclama. — Nunca tenho tempo. Compro tudo on-line. Deve ter sido um ano de merda para o varejo, hein, cara?

Dax, percebo, força um sorriso.

— Não posso dizer que foi fácil.

Um momento de constrangimento se instala até que Elliott volta a atenção para a cerveja. E mesmo que eu queira continuar e me gabar do incrível talento do meu amigo, Dax parece tão animado para falar sobre seu trabalho quanto Elliott parece animado para ouvir, então deixo a conversa mudar para outro tópico: viagens.

Lux e Leo vão para a Islândia na lua de mel. Caminhadas. Gêiseres. Eles vão fazer o pacote completo, e parece emocionante, maravilhoso e romântico.

— Já foram para a Islândia? — Lux pergunta para mim e Dax.

Eu nego com a cabeça.

— Nunca fui para a Europa.

Pelo menos é o que eu acho. Stuart estava sempre muito ocupado com o trabalho para viajar. Kierst tinha filhos pequenos que precisavam dela em casa. Eu tinha medo de viajar sozinha. Viajar para destinos internacionais se limitavam às noites de sexta-feira assistindo a *Em busca da casa perfeita: Internacional*.

Mas aqui, agora, ouvindo Lux e Leo falarem sobre observar baleias e afundar na Lagoa Azul, me deixo sonhar um pouco com ver o mundo. Argentina. Croácia. Minha lista de desejos aumenta exponencialmente a cada minuto. E me vejo conhecendo todos os lugares, e imagino Dax ao meu lado.

— Eu tenho um amigo que tem uma casa no sul da França. — Elliott me tira do devaneio. — Ele aluga para amigos. Perto da praia em Saint-Tropez. Se quiser, posso te passar o contato.

Eu e Dax no sul da França.

— Meu Deus, isso seria incrível.

Meu sonho se transforma e passa a incluir água azul cristalina, vinho e piqueniques sob o sol, até que é encerrado abruptamente por um barulho de cadeira arrastando, conforme Dax se levanta.

— Alguém precisa de alguma coisa?

Ainda tenho três quartos da minha cerveja, assim como o restante dos meus amigos. Depois de alguns "não, obrigado", Dax pede licença e vai até o banheiro masculino. Sinto uma *vibe* estranha conforme ele se afasta. Nada em específico aciona o gatilho (Dax tem direito de fazer xixi), mas conforme ele desaparece na multidão, tenho a sensação estranha de que há algo errado com ele.

Entretanto, Lux me distrai, contando uma história da última viagem que eles fizeram ao México. Rapidamente a história vira uma sucessão de piadas internas que faz com que ela e Leo caiam na risada e olhem um para o outro como se estivessem sozinhos na mesa.

Estou observando os dois, sentindo um pouco de ciúme, ou saudades de casa, ou a boa e velha inveja, quando Elliott se inclina.

— Sei que você está aqui com o seu amigo, mas a gente devia fazer alguma coisa mais tarde.

Suas palavras causam um arrepio nas minhas costas, como um *déjà-vu*. Elliott não é Stuart; isso já está óbvio. Mas a abordagem me lembra da noite em que o conheci.

Volto para algumas semanas atrás, quando eu estava entupida de margaritas e sofrendo. Desejei voltar no tempo para a noite em que conheci Stuart e fazer tudo diferente. Entrar em um táxi e voltar sozinha para casa. De um jeito estranho e distorcido, parece que vou conseguir realizar esse desejo.

— Valeu, mas eu tô de boa.

Elliott dá de ombros, parecendo longe de estar triste.

— Não custava tentar. Pelo menos me dá o endereço da sua loja. A namorada do meu amigo adora essas bobagens. Vou dizer a ela para dar uma passada.

— Me dá seu celular — digo a Elliott, que me entrega um iPhone que eu jurava ainda não ter chegado às lojas. Abro seus contatos e adiciono o endereço, site e telefone da Wilde Beauty.

Estou devolvendo o telefone para Elliott quando sinto uma dor estranha no peito, uma sensação avassaladora de que tem algo errado. Olho para cima e vejo Dax no bar, me encarando.

Nossos olhos se encontram por um instante, antes que ele quebre o contato visual para olhar para Elliott, e então para a porta.

Dax e eu sempre compartilhamos um tipo esquisito de telepatia. A habilidade de se comunicar através de pensamentos com apenas um levantar de sobrancelha ou revirar de olhos. Embora esse Dax em particular seja tecnicamente um estranho, não tenho dificuldade em entender o que ele acha que viu.

Não. Espera! Nãooooo. Eu luto com a necessidade de gritar, *isso não é o que parece.*

E quando Dax se vira em direção à porta, é como se o bar inteiro congelasse, e eu me teletransporto para quatro anos atrás. Porque foi aqui, nesse mesmo bar, que eu conheci Daxon McGuire.

Começou com uma confusão de Guinness, aí se transformou em um flerte charmoso. Eu estava longe de estar apaixonada, mas com certeza estava intrigada. Dax era exatamente como eu naquela época. Tentando encontrar investidores para abrir a Kicks, e incerto quanto ao futuro e ao que iria jantar naquela noite. Um homem sem um plano.

Então teve o lance das bebidas derrubadas.

E aí entrou o Stuart.

Depois de um flerte nada fora do normal, ele me perguntou:

— Onde você se vê daqui dez anos, Gemma?

Eu não tinha uma boa resposta. Mas ele tinha.

— Todo mundo pode fazer um plano de cinco anos. Eu posso te dizer onde vou estar em dez anos, e exatamente como vou chegar lá.

Ele estava falando a minha linguagem do amor.

Uma posição de vice-presidente no banco Godrich and Dundas. Uma casa geminada em Cabbagetown. Um cachorro, de preferência um labradoodle.

Eu tinha vivido a maior parte da minha vida com muitas incertezas, então eu me apaixonei com força, desejando a segurança de um relacionamento estável.

Eu fiz uma besteira. Escolhi o cara errado.

Ou talvez ele fosse o cara certo, na hora certa, mas aqui, hoje, sentada nesse bar, as coisas são diferentes. Eu estou diferente.

Essa é minha segunda chance. De estar com Dax. Não apenas como amigos. Como algo a mais. Muito mais.

Mas está dando tudo errado. Indo na direção errada.

Mesmo quando ele se senta, consigo sentir que as coisas entre nós mudaram.

Seu joelho não está mais encostado no meu. E ele afastou a cadeira um pouco, deixando um espaço gigantesco entre nós.

A mão que antes estava apoiada no encosto da minha cadeira agora segura uma cerveja, e ela se recusa a se mexer, não importa o quanto eu queira que volte.

Durante toda a noite, Dax estava me dizendo, sem palavras, que estava a fim de mim, e eu ignorei.

O que mais eu ignorei nos últimos quatro anos?
— A gente precisa ir.
Lux se levanta. Nossa última rodada de cerveja agora são copos vazios. Ela me abraça e sussurra no meu ouvido:
— Vamos manter contato. Não quero que mais um ano se passe sem ver você de novo.
Eu a aperto, porque também não quero que isso aconteça. Quero muitas outras noites como essa.
— Eu também preciso ir.
Dax não olha para mim quando fala.
— Estou pronta — digo a ele, ignorando que o *eu* não foi um *nós*.
Alheio aos acontecimentos, Elliott abraça Lux, depois mostra o celular para mim.
— Talvez eu te veja por aí.
Viro para Dax para... não sei, explicar? Mas ele está olhando de propósito para trás, para a porta.
Tenho a sensação de que estraguei tudo antes mesmo de começar.
Caminhamos em direção à saída. Sua mão está notavelmente longe da minha lombar. Como se antes eu fosse dele, mas agora estivesse tudo incerto.
Nos despedimos de Lux e Leo na calçada. Eles descem a rua. Nós subimos em direção a um Ford Focus azul e um motorista chamado Ahmed, que coloca Tiesto para tocar tão alto que nenhum de nós diz uma palavra até que ele para na frente da minha casa.
— Eu me diverti hoje — digo, porque não tenho certeza por onde começar.
— Eu também — responde ele.
— Você quer entrar?
Ele pensa por um segundo. Posso ver nos seus olhos, mas aí ele abre a boca.
— Acho que é melhor eu ir pra casa.
— Tá bom — diz a minha voz.
Mas que merda?, diz a minha cabeça. Não era assim que as coisas deveriam acontecer. Eu percebo agora. *Eu entendi, Dax. Eu deveria estar com você.*
Mas o que eu digo é:

— A gente deveria fazer isso outra vez.

Ele assente, e então abre a porta e me ajuda a sair.

Eu espero que ele abra os braços, que me puxe para um abraço, como fez todas as noites que passamos juntos, mas sua mão fica firme na porta do Uber, que aguarda.

— Me manda mensagem quando entrar. — Ele aponta para o caminho escuro. — Me avisa que está bem.

Eu não estou bem. Mas eu concordo e caminho em direção à casa, fechando o portão atrás de mim, pegando as chaves da bolsa, abrindo a porta e a trancando com um clique silencioso. Eu pego o meu celular e o encaro.

Minha cabeça está tão bagunçada. Ainda estou me acostumando com a ideia de que quero estar com Dax. Mas se eu disser a ele como me sinto — especialmente depois do final desastroso dessa noite —, há uma grande possibilidade de ele não sentir o mesmo.

É um risco.

E eu nunca fui boa em correr riscos.

Minhas mãos pegam o celular.

Estou em casa, segura.

Eu não envio. Porque, por mais que não queira arriscar perder Dax, eu também estou preocupada que, se não disser nada hoje, amanhã pode ser tarde demais. Posso acordar e racionalizar todos esses sentimentos, ou, pior, ele pode acordar e perceber que eu não valho a pena.

Eu deleto a mensagem e digito:

Acho que estraguei tudo essa noite. Eu quero ser mais que só uma amiga.

Envio.

O barulho de mensagem enviada é seguido imediatamente por batidas na porta. O som tira o ar dos meus pulmões.

Pernas trêmulas como as de um bebê-cervo me levam até a porta.

Eu abro a fechadura. Sou uma mistura de ansiedade e esperança que se colidem para formar uma chuva de alívio quando o vejo, parado ali, com o celular nas mãos, lendo.

Ele olha para cima.

— Eu não gostei da forma que a gente terminou essa noite.

Eu dou um passo para trás, para deixá-lo entrar, mas ele permanece enraizado no batente.

— Eu vi você com aquele cara e fiquei com ciúme, e aí pensei que exagerei, porque nós nunca falamos nada sobre... — Ele levanta o celular. — Acho que precisamos conversar.

Meu coração está batendo tanto que eu consigo senti-lo na garganta.

— Quer entrar?

Ele abaixa a cabeça e entra na minha cozinha. A luz da pequena luminária perto da porta deixa a maior parte do seu rosto nas sombras.

Ele mostra o celular novamente.

— Você tá falando sério?

Assinto.

— Deve ser a mensagem mais direta e honesta que eu já enviei.

— Você vai ter que elaborar mais um pouquinho pra mim — ele diz, gentilmente. — Estou sofrendo de um pouco de desconfiança emocional essa noite.

Respiro fundo e afasto todas as desculpas que me impediram de dizer isto para Dax antes:

— Eu acho que eu e você podemos ser ótimos juntos.

Ele engole em seco.

— Por que estou pressentindo um "mas" no final dessa frase?

Porque tem um. Um bem grande. E acho que foi o que sempre me impediu de considerar a ideia de nós dois juntos.

— E se a gente não der certo? E se acordarmos um dia de manhã e um de nós decidir que não está feliz? Eu não acho que poderíamos voltar a ser amigos.

Dessa vez, é Dax que respira de forma trêmula.

— Eu não sei pra você, mas, pra mim, nunca fomos só amigos. Eu não sei muito bem como descrever, mas a gente se encaixa. E eu acho que as coisas vão ser muito boas, antes de ficarem ruins, se é que vão ficar ruins. Então você está certa. Se fizermos isso, pode acontecer uma das duas coisas.

Sinto que estou parada num precipício. Meus dedos estão curvados bem na borda, e eu quero muito pular, mas não consigo ver o que tem embaixo.

— Você poderia ser? — pergunto. — Se a gente parar por aqui, você poderia ser só meu amigo?

Dax fecha os olhos por um longo momento, e fico preocupada que ele vá dizer que não. Finalmente, ele os abre.

— Sim, consigo. Mas, para ser bem honesto, eu não quero.

— Eu também não quero.

As palavras pulam da minha boca, e elas são tão dolorosamente verdadeiras que eu levanto os braços, fecho os olhos e vou em frente.

Capítulo 15

ELE VEM EM MINHA direção ao mesmo tempo que vou até ele. Minhas mãos encontram seu rosto. As mãos dele encontram o meu quadril, e nossos lábios se encaixam em algum lugar no meio do caminho.

Metade de mim achava que o beijo seria gentil e doce, como Dax. A outra metade esperava algo de outro mundo, como naquela noite no meu apartamento, quando o mundo inteiro desapareceu por um instante.

Esse beijo é completamente diferente. É faminto, e quente. Como se dias, semanas ou mesmo anos de palavras não ditas e sentimentos adormecidos estivessem explodindo. Um campo de batalha de lábios e línguas e toques de mãos tentando compensar o tempo perdido.

Meus dedos se entrelaçam no cabelo da sua nuca, e ele me pressiona contra o balcão da cozinha. Sua boca traça uma linha de beijos do meu queixo até a clavícula, e depois de volta à boca.

Minhas mãos coçam para tocá-lo, explorar os músculos firmes do seu peito, encontrar os lugares onde sente cócegas, ou que o fazem respirar mais rápido. Ao mesmo tempo, quero memorizar como as mãos dele tocam minha pele, a forma confiante que passeiam pelas minhas costas e seguram minha bunda, como se ele já soubesse como gosto de ser tocada. Ele aperta. Eu dou risada, porque Dax McGuire acaba de pegar na minha bunda. Ele aperta novamente. Dessa vez, nós dois rimos, e temos que parar nossa sessão de pegação na cozinha para recuperar o fôlego.

Meu corpo inteiro implora por mais — mais pegação, mais carícias, mais língua — enquanto minha mente procura uma forma de termos menos. Menos roupas, menos espera.

Nós deveríamos ficar pelados.

Nossa telepatia funciona novamente. Dax desliza as mãos por baixo da minha blusa, beijando meu pescoço enquanto os dedões passeiam pela pele abaixo do sutiã. Ele pressiona o quadril no meu, e posso senti-lo duro e grosso embaixo da calça jeans.

Definitivamente, deveríamos ficar pelados.

Agarro sua camiseta com uma mão e deslizo a outra por baixo, sentindo a pele quente e o abdômen firme. Eu já vi Dax sem camiseta mais vezes do que posso contar, mas nunca com a ideia de que poderia tocá-lo, ou mesmo prová-lo. E com este pensamento em mente, "qual será o gosto de Dax McGuire?", passo a língua pela curva do pescoço dele, e então brinco com a orelha.

— O que foi isso? — pergunta ele entre os beijos.

— Não tenho certeza.

— Faz de novo.

A voz dele é tão baixa e áspera. Eu gosto disso. Um Dax firme, sexy, que sabe o que quer. Dessa vez, quando passo a língua pela sua orelha, é ele que está gemendo e pressionando o quadril contra o meu. Pressionando sua ereção exatamente onde estou pulsando.

Por um instante, meu cérebro se perde no significado desse momento. E eu penso que estou prestes a transar com Dax. E, apesar de ter pensado em fazer milhões de coisas com Dax, sexo nunca tinha entrado na lista de possibilidades até essa noite. Eu não me preparei mentalmente para isso, e porque agora eu tenho certeza de que eu e Dax temos poderes telepáticos, ele para no meio do beijo.

— Ainda quer fazer isso, Gems?

Meu corpo vota "sim" para a pergunta, e meu coração também está a bordo, mas meu cérebro ainda está fazendo perguntas do tipo "o que tudo isso significa?", "a gente pensou mesmo em todas as consequências?", ou ainda "eu tenho camisinha?".

Foda-se o meu cérebro.

— Sim. Com certeza. A gente deveria tirar nossas camisas. E eu estou em total acordo com o que vai acontecer.

Puxo seu rosto em minha direção, e quando sua língua encontra a minha, é tão, tão bom. Quase como se essa breve pausa tivesse me feito esquecer o quão bem Dax beija. Como nosso encaixe é perfeito. E como todos os sinais apontam para a ideia de que estamos prestes a tirar nossas roupas.

Puta merda, estou quase transando com meu melhor amigo.

Dax pausa nosso beijo e se afasta.

— Por que estamos parando? — pergunto. — Essa é a parte que a gente tira a roupa. É a melhor parte.

Mas Dax enfia as mãos nos bolsos da calça. É como se elas tivessem vontade própria, e ele estivesse tentando controlá-las.

— Não acredito que estou dizendo isso. Não acredito até que estou pensando nisso, mas e se a gente der uma parada nisso... só por essa noite?

Ele esfrega a mão no rosto. As linhas de expressão na sua testa sugerem que o que ele está dizendo e o que ele está pensando podem não ser a mesma coisa.

— Nós deveríamos ir para a cama — continua ele. — Separados. Aí amanhã eu te ligo, e a gente marca um encontro. Com sorte, vamos fazer tudo isso de novo, e talvez outras coisas que eu não posso pensar muito agora, enquanto estou tentando me convencer de que ir para casa hoje é o melhor a fazer.

— Mas por quê? — falo quase gritando, sexualmente frustrada.

— Porque eu gosto de você, Gemma. E acho que aconteceram muitas coisas hoje, e quero ter certeza de que é isso o que você quer.

— Eu quero! — Tá, agora eu estou gritando.

— Porra! — dispara ele. — Eu também quero. Mas, por favor, concorda comigo antes que eu mude de ideia. Amanhã. A gente sai num encontro. Te levo pra algum lugar legal. Se você ainda quiser, nós podemos..

— Ah, eu vou querer.

Dax fecha os olhos bem apertados, parecendo ferido.

— Sei que vou me arrepender no instante que atravessar a porta. Mas vou embora mesmo assim.

Ele passa a ponta dos dedos pelo meu braço, até que eles encontram minha mão, que ele segura, me puxando para perto. Ele se inclina e deposita em meus lábios o beijo mais doce, suave e leve como uma pluma, e isso me mata porque sei que é o último que vou receber esta noite.

— Você concorda com esse plano? — pergunta ele conforme se afasta.

— Não, mas você deve ter razão. Eu odeio ser responsável.

Ele ri e me puxa para um abraço, que acaba se transformando em um longo abraço, e que eu interrompo, porque se Dax ficar por perto por mais tempo, há uma chance bem alta de que eu comece a implorar por sexo. Então eu o levo até a porta. Ele sobre os degraus de dois em dois, e para no topo da escada para se despedir.

— Boa noite, Dax McGuire — digo.

— Boa noite, Gemma McGuire.

— Ato falho?

Ele dá de ombros e sorri.

— Algo do tipo.

NO SÁBADO DE MANHÃ, mais exatamente às 7h36, estou na porta de Kiersten, com dois cafés com leite de aveia, uma dúzia de donuts da Nana e o coração pesado.

Depois que Dax foi embora, me deitei na cama e comecei a pensar. O que me levou a analisar. O que me levou a fazer novos planos e questionar minhas decisões.

— Ah, Deus. O que aconteceu?

Kierst está meio acabada. Há uma mancha verde misteriosa no ombro do suéter branco, e metade de seu cabelo está saindo do coque, e eu suspeito que não seja intencional. Ela está com Lucy no colo, encaixada em seu quadril, e Riley passa debaixo do seu braço e vai até a minivan parada na garagem.

— Não aconteceu nada — minto.

Kiersten não responde, mas levanta uma única sobrancelha quando fecha a porta da frente e me entrega o bebê-conforto com Jan.

Deixamos a bebê na casa da sogra de Kiersten, Lucy na aula de natação e estamos no caminho para deixar o mais velho, Riley, na casa de um amiguinho, quando eu fico impaciente e pergunto:

— Seria tão ruim assim se eu não voltasse para casa?

Minha irmã me olha, e então verifica o espelho retrovisor. Suspeito que é menos para olhar o trânsito e mais para ter certeza que seu filho de onze anos está tão envolvido no videogame quanto os barulinhos do jogo fazem parecer.

— Você está falando de morar com a tia Livi ou, tipo, toda a coisa do universo paralelo?

Agora quem checa o espelho para garantir que não tem ninguém ouvindo sou eu.

— A última.

Kiersten não diz nenhuma palavra. Mas ela faz um "hum".

Espero três segundos antes de cutucá-la nas costelas.

— Ai! Desculpa, é que eu estava pensando...

— Pensando em quê?

— Em como eu queria que você caísse em si e admitisse que inventou toda essa merda de universo paralelo, mas parece que você quer continuar com essa história.

Eu a encaro.

— Kierst, eu estou falando a verdade.

— É, é, eu sei. — Ela dá de ombros e dirige por um quarteirão e meio inteiro antes de continuar. — Bom, de uma perspectiva pessoal, eu prefiro que você continue aqui, porque tive uma pequena, mas significante crise existencial tentando entender se eu deixo de existir quando você voltar pro seu mundo. Mas estou curiosa, o que fez você mudar de ideia?

Sinto minhas bochechas esquentarem.

— Saí com o Dax ontem à noite, e a gente...

Eu não termino a frase. Não preciso. Ela joga o carro para o acostamento e freia com tanta força que é tipo um teste de eficácia do cinto de segurança.

— Você transou! Como foi? Quero saber todos os detalhes. Nem pense que precisa pular alguns só porque sou sua irmã.

— Kiersten! — Eu aponto para o espelho retrovisor. Ela se vira e olha para Riley, que ainda está concentrado no joguinho de celular.

Ela se volta para mim, revira os olhos, e acena com a mão como se não fosse um problema.

— Ele está no sétimo ano. Sabe mais de sexo do que eu, e a gente fala abertamente do assunto. — Ela levanta o tom de voz. — Não é, Ry? Sexo é lindo e não há nada para se envergonhar quando acontece entre dois indivíduos que consentiram e entendem completamente as consequências.

Riley nem olha para cima.

— Você é nojenta.

Kiersten dá de ombros.

— Viu?

— A gente não transou — esclareço.

Kiersten mais uma vez levanta sua sobrancelha de forma cética.

— A gente não transou — repito mais alto para que Riley consiga ouvir, e aí abaixo minha voz. — Só se pegou um pouco.

Kiersten me olha por um longo momento.

— Parece que foi uma pegação maravilhosa.

— Foi.

Kiersten revira os olhos com uma zombaria exagerada, mas depois deixa de lado todo o drama e seu rosto fica sério como o de uma irmã mais velha.

— Então, piadas à parte, você está mesmo pensando em desistir do seu plano?

Eu me permito pensar nas consequências dessa afirmação por um instante.

— Meio que sim.

Ela assente.

— Ele deve ser um cara incrível.

Ele é. E embora eu saiba disso há bastante tempo, parece que acordei e estou vendo Dax com outros olhos.

Paramos em um bangalô de tijolos vermelhos e Riley salta do carro. Percebo um revirar de olhos angustiado que deixa meu rosto ainda mais corado, e rezo para que eu não seja o tema de suas futuras sessões de terapia.

Minha irmã permanece em silêncio até virarmos na Discovery Drive, que leva à orla. Sei que ela está olhando para mim e abrindo a boca como se estivesse prestes a falar, depois fechando-a porque mudou de ideia no último segundo. Ela estaciona em uma vaga do outro lado da rua, em frente à trilha à beira do lago na qual planejamos caminhar. Antes que ela possa despejar o discurso que passou os últimos cinco minutos pensando, eu me antecipo.

— Não é só o Dax. É tudo.
Ela tira o cinto de segurança.
— Defina *tudo* para mim.
Eu nem preciso pensar.
— Estou começando a amar a minha loja. É tão linda, e cheira tão bem. Além disso, eu fiz algumas contas e descobri que subestimei significativamente o número de hamiltonianos que curtem produtos de beleza natural. É o trabalho dos sonhos, e estou sendo paga por ele.
Ela assente.
— Beleza, estou entendendo, e se você não é dona da Wilde Beauty na sua linha do tempo, significa que a coitada da Outra Gemma está pagando por hidratante facial. Eu consigo compreender esse motivo. Tem mais?
O resto eu não consigo identificar com precisão.
— É que eu acordei tão feliz. Eu me peguei saltitando ontem, Kierst. Você sabe bem que nós, os Wilde, não saltitamos.
Ela pensa antes de responder.
— Bom, estou feliz que você está feliz.
Posso ver em seus olhos que há uma ressalva para essa afirmação.
— Mas?
— Mas eu quero que você adie um pouco sua decisão final.
Eu não digo nada, mas meu rosto deve mostrar que estou longe de estar encantada com esse pedido.
Ela pega a minha mão e a aperta.
— Tudo é perfeito e feliz e maravilhoso quando tudo o que estamos fazendo é transar. Mas sempre chega a hora que você se cansa de transar que nem coelho e a realidade bate na porta.
— Kiersten!
Ela acena com as mãos no ar.
— Só faça o que eu estou pedindo e tenha certeza absoluta de que é isso o que você quer. Decisões impulsivas podem levar a casamentos apressados, e um dia você acorda com três crianças e sem saber mais quem você é.
Um silêncio se instala na van.
— Hum, ainda estamos falando sobre mim?
Minha irmã pisca duas vezes.

— Claro que estamos. O que me lembra: você pode ficar com as crianças amanhã à noite? Estou em uma situação difícil. O Trent está sempre pescando nos finais de semana, e a minha babá de sempre tem aula.

Eu sei que estou livre, mesmo sem olhar na agenda.

— Noite de Mães Indo à Loucura?

— Você nunca foi a uma festa até ter ido a uma festa na Associação de Pais e Mestres — afirma ela com uma expressão neutra perfeita.

— É. Claro. Seus filhos gostam de filmes, né? Eu vi que tem *Jogos mortais 3* na Netflix.

Ela me encara.

— Brincadeirinha. Você não é a única comediante da família.

Sua carranca se intensifica.

— Posso não ser, mas a diferença é que eu sou engraçada.

Ficamos em silêncio quando um grupo de mulheres com leggings coloridas passa pelo nosso carro em direção à trilha.

— Vamos fazer isso?

Aponto para as mulheres, que estão andando duas vezes mais rápido do que Kierst e eu andamos quando estamos nos esforçando.

Kierst olha para a caixa de donuts.

— Se você não voltar para casa, não vai acidentalmente causar uma fissura no universo ou algo do tipo, certo?

Preciso pensar por um instante.

— Sinceramente, não tenho certeza.

Ela xinga baixinho, me deixando perdida.

— O que foi?

Ela mostra a caixa dos donuts.

— Eu ia pular a caminhada e comer essa caixa inteira, agora eu não posso.

Não estou entendendo nada.

— Por que não?

— Bom, se você vai ficar por aqui, vou precisar lidar com as consequências. E açúcar vai direto para a minha bunda.

Nós nos comprometemos, e cada uma come um donut inteiro. Depois dividimos mais um com a promessa de que vamos caminhar um quilômetro a mais dos cinco que estávamos planejando.

Nós paramos depois de três.

Culpando as nuvens de aspecto ameaçador que chegam do Leste, e os cafés com leite de aveia grandes que acompanharam os donuts da manhã, voltamos para a minivan e vamos até a minha casa, para fazer xixi.

— Eu vou primeiro — digo assim que estacionamos na calçada. Kiersten tranca o carro enquanto tento abrir minha porta.

— A etiqueta do banheiro sempre dá preferência para a pessoa que mais empurrou seres humanos pela pepeca.

Eu abro a tranca e empurro a porta.

— Se eu correr, você não vai conseguir me alcançar sem se mijar.

Saio correndo pela calçada e passo pelo portão, pronta para descer os degraus, quando sou forçada a parar para evitar um obstáculo no meu caminho.

Ouço a respiração ofegante de Kiersten antes que ela me alcance e veja o que me fez parar.

— Retiro o que disse. Fica aqui. Casa com esse homem. Acaba com as chances de qualquer outra. Você achou um partidão.

É apenas um pequeno vaso com flores silvestres. E, a julgar pelas urzes, madressilvas e centáureas — a mesma variedade que cresce perto do lago —, as flores foram colhidas por ele. Mas eu sei que Daxon McGuire nunca, em seus trinta e um anos de vida, enviou flores a uma mulher, com exceção da minha tia Livi, quando ela ficou internada no ano passado, depois de uma cirurgia de quadril. Ele tinha se gabado ao entregar o buquê, também colhido por ele, contando a ela que sua mãe era florista e lhe ensinara o significado de todas as flores, e que o fato de ele a estar presenteando com um buquê era para ser levado a sério. Tia Livi ganhou anêmonas, botões-de-ouro e íris, para proteção, humildade e sabedoria.

Pego o celular e pesquiso. De acordo com o Google e o Almanaque das Flores, Dax me mandou *admiração*, *afeto devoto* e *seja gentil comigo*.

— Trent me deu flores uma vez. — Minha irmã pega o vaso e inspira profundamente. — Ele ainda estava me conquistando. Apareceu em um encontro com um buquê de supermercado, e eu me apaixonei mais ainda. — Ela me entrega o vaso. — Esse ano, pro nosso aniversário de onze anos, ele me comprou um esfregão a vapor. Acredita em mim quando digo isso, aproveita essa fase enquanto dura.

Eu levo as flores para dentro e coloco em cima do balcão. Com as flores e a luz do final da manhã entrando pelas janelas, meu pequeno espaço até parece alegre. Kiersten se lembra que precisa ir ao banheiro, me dando alguns preciosos minutos para ler o bilhete que está entre os caules.

Está escrito em um pedaço de papel de caderno, com caneta Bic azul e a letra quase ilegível de Dax.

Esse sou eu tentando fazer a coisa certa. Te pego às 19h — Dax

Puta merda. Eu me apoio no balcão, porque minhas pernas esquecem momentaneamente como funcionam. Meu estômago parece um balão subindo para o meu peito. Como se estivesse cheio de felicidade e esperança. Eu nunca, nunca me senti dessa forma, na minha vida inteira.

Alguns momentos depois, a porta do banheiro se abre, e uma Kiersten aliviada emerge.

— E aí, aonde ele vai te levar pro grande encontro essa noite?

Levanto as mãos.

— Não faço a menor ideia.

Ela pega a bolsa de onde a jogou e tira algo da carteira.

É uma foto de Riley. Uma foto tirada na escola, do ano passado.

— Um garotinho lindo, um doce, né?

Ela coloca a mão dentro da bolsa novamente, e pressiona algo contra a palma da minha mão.

— Não importa o quão sexy ele fique naquela calça justinha. Nunca confie no coito interrompido.

Capítulo 16

OUÇO UMA BATIDA SUAVE na minha porta, exatamente às 6h58. Isso agita o enxame de borboletas que se instalaram no meu estômago. Eu abro a porta e ali está Dax, usando uma calça jeans preta e uma camisa branca diferente, com as mangas dobradas o suficiente para mostrar a parte inferior da tatuagem no antebraço esquerdo — um relógio. Sempre achei que era uma tatuagem ousada, mas agora é só um lembrete irônico de que estou correndo contra o tempo.

— Você está linda. — Dax abaixa a cabeça e entra na minha cozinha, e tenho que me conter para não o atacar. Estou quase com medo de beijá-lo, porque os beijos vão levar a carícias, as carícias vão levar à pegação, e aí, antes que possamos nos dar conta, estaremos pelados no piso de linóleo, e não é disso que se trata essa noite. Então fico na ponta dos pés e beijo sua bochecha com a barba por fazer. Seu cheiro é exatamente como eu esperava — sabonete Primavera Irlandesa e um fundinho de loção pós-barba.

— Então, qual o plano para hoje? — pergunto.

Mesmo que ele tenha me enviado mensagens com perguntas o dia todo, Dax tem sido vago quanto ao que exatamente vamos fazer em nosso grande encontro, apesar de que agora esse Dax sabe qual é meu queijo favorito, as músicas que escuto para relaxar e o tamanho do meu pé: um pequeno trinta e cinco.

— Eu fiz uma cesta de piquenique — diz ele. — Pensei que a gente poderia ir para o porto. Comer queijo. Ver o pôr do sol. Funciona pra você?

Quando Stuart me levou em nosso primeiro encontro, fomos a um restaurante em Toronto, cujo chef ele conhecia. A comida estava maravilhosa, mas o ambiente era meio pretensioso. Eu ao mesmo tempo amei e me senti deslocada. O piquenique com Dax parece confortável. Como calçar sapatos que já foram usados muitas vezes.

Falando em sapatos...

— Então por que você perguntou quanto eu calço?

Dax abre a porta e fica com o braço para cima, esperando que eu saia na frente dele.

— Foi para te confundir. Queria que o nosso encontro tivesse um quê de mistério.

Estranhamente, tem. Surpresas de um homem de quem pensei que sabia tudo.

Entramos no carro de Dax e vamos até o Parque Bayfront, no lago. Eu amo esse parque porque noventa por cento dele é rodeado por água, então só é acessível a pé.

Estacionamos o carro perto da marina, pegamos a cesta de piquenique do porta-malas e atravessamos a pequena trilha pavimentada que corta o meio do parque.

Bayfront é um lugar bem tranquilo e sereno da cidade. Além da trilha, o parque tem também uma área verde no meio e uma pequena faixa de praia no lado oeste.

É uma caminhada um pouco longa do carro até a areia, mas como é uma noite fresca de agosto, chegamos e encontramos a praia deserta. Embora eu não seja fã de demonstrações públicas de afeto (nem de assistir, nem de participar), com a praia vazia e Dax todo elegante e bonito na sua camisa, estou mais do que disposta a abrir uma exceção caso a oportunidade apareça.

— Eu trouxe uma colcha. — Dax abre um pouco da cesta. — Quer ficar por aqui? Tem também um gazebo ali atrás. — Ele aponta para a área verde, onde há um pequeno gazebo moderno e coberto.

— Aqui na praia tá ótimo.

Encontramos um lugar na areia perto de algumas pedras grandes, que proporcionam abrigo da brisa, que aumentou desde que chegamos. Dax estende uma das colchas de retalhos da mãe (sorrio porque sei que ele acumulou uma coleção e tanto desde que ela começou um curso no centro comunitário), depois tira da cesta uma garrafa de vinho branco, uma baguete francesa, uma variedade de azeitonas, homus e um camembert inteiro e grande.

— Mandei bem? — Ele segura o queijo no alto.

— Você encontrou meu ponto fraco. Tem pouca coisa que eu não faria por um pedaço de queijo cremoso.

O Dax da minha linha do tempo não me deixaria em paz depois de um comentário como esse. Ele exigiria esclarecimentos com insinuações implícitas. E assim falaríamos sobre sexo sem falar sobre sexo, de um jeito seguro e distante, que nunca implicaria que nós poderíamos de fato transar.

Mesmo com esse Dax, percebo que ele se retrai. Está na forma como ele morde o lábio e evita meus olhos enquanto pergunta:

— Quer um pedaço?

Estou em uma situação estranha. Porque parte de mim sente falta da intimidade fácil que vem com quatro anos de amizade. Como conseguíamos comunicar pensamentos inteiros através de olhares ou de sobrancelhas arqueadas. Mas, nas últimas duas semanas, vi um novo lado de Dax. Eu o amo porque sempre o amei, mas também estou me apaixonando por ele ao mesmo tempo — se é que isso faz sentido.

— Você parece estar pensando muito sobre o queijo.

Ele me passa um pequeno prato com dois pedaços de camembert, fatias da baguete e o que eu espero ser geleia de pimenta.

— Me perdi em pensamentos por um instante. Mas está tudo bem. Está tudo ótimo, na verdade.

Ele abre a cesta, pega duas taças de vinho, e oferece uma para mim.

— E agora vamos ficar bêbados. — Eu pego a taça. — Meu tipo de noite.

Dax abre a garrafa e enche a minha taça.

— Não exatamente bêbados. Eu estava querendo que a gente ficasse alegrinhos o suficiente para tomar decisões questionáveis, mas sóbrios o suficiente para saber que somos nós que estamos tomando.

Ele com certeza está falando de sexo. Pelo menos eu estou pensando em sexo desde que ele apareceu, todo sexy e adorável. E com certeza tenho pensado em sexo desde a nossa breve e tórrida pegação na cozinha, quando eu estava pronta para transar em cima do balcão. Porém, enquanto estamos sentados aqui, um pensamento me ocorre. *Eu realmente quero transar com Dax?*

Eu nunca fui uma pessoa de aferir muito significado ao sexual. A Gemma dessa linha do tempo parece compartilhar do mesmo princípio. Entretanto, ao contrário dela, faz quatro anos que não penso em transar com outra pessoa que não fosse Stuart. Mesmo assim, as minhas regras não mudaram: faça com segurança, se entregue, mas não precisa ser um grande gesto significativo. Sexo pode ser só sexo.

Mas é diferente com Dax. Primeiro, vai significar algo. O sexo vai ser mais do que só sexo. Além disso, se eu voltar para a minha realidade, nunca conseguirei esquecer que nós fizemos. Eu não vou conseguir "desver" o pênis de Dax.

Meu Deus, se a gente transar, eu vou ver o pênis do Dax.

Dax me olha, preocupado.

— Você está muito pensativa.

Imagino que ele não quer ouvir que estou contemplando as futuras consequências de ter visto o seu pênis.

— Essas nuvens. — Aponto para os algodões escuros se encontrando perto da água. — São um pouco assustadoras.

Dax segue o meu olhar e suspira.

— Acho que você está certa. Achei que desse para segurar por uma hora, mas a cara não está boa mesmo.

E, como se o céu estivesse esperando pelo sinal perfeito, ouvimos um trovão baixo e demorado.

— Merda — diz Dax. — Não é uma boa ideia ficar num lugar aberto e na praia, né?

— Acho que não. — Minha resposta é cortada por um trovão tão alto que parece que o céu acima de nós está se desmanchando. Eu olho para cima a tempo de ver milhares de gotas enormes vindo em nossa direção.

— Vamos correr? — pergunta Dax.

Eu olho em volta rapidamente, e aponto.

— Gazebo?

Dax olha em volta e oferece a mão, a outra ainda segurando a garrafa de vinho.

Nos levantamos e começamos a correr, mas eu paro no meio do caminho.
— O queijo!
Dax solta a minha mão e me passa a garrafa de vinho.
— Aqui. — Ele se vira e corre de volta para a colcha.
Mas ele não pega apenas o queijo.
Seus braços se esticam para as quatro pontas do pano. Juntando-as, ele joga o embrulho por cima do ombro, pega a cesta com a outra mão e corre de volta para me encontrar. Conseguimos chegar no gazebo quando o próximo barulho de trovão retumba acima de nós.

Estou encharcada até a calcinha. Dax está tão molhado que algumas gotas pingam da ponta do nariz dele. Ele abre a toalha no meio do gazebo. Nosso pobre piquenique... destruído pela chuva.

— Obrigada por salvar o queijo — digo com uma expressão séria.
Dax segura a metade embrulhada do queijo, também encharcado.
A chuva cai forte em volta de nós.
— Desculpa, o nosso piquenique foi arruinado — diz ele, e eu posso dizer, pela forma como seu peito esvazia e os ombros caem, que ele está falando sério.

— Acho que é até melhor. — Eu me agacho ao lado dele, em cima da colcha molhada. — Estamos em um gazebo, no meio de uma tempestade. Essa é uma das minhas top três fantasias românticas.

Dax levanta uma sobrancelha cética.
— Ah, é? Quais são as outras duas?
— Encontrar um bonitão desconhecido em um baile de máscaras. E ser levantada no ar como em *Ritmo quente*. A gente pode tentar essa segunda depois que terminarmos o vinho. Fazer essa noite valer por duas.

Dax sorri, relaxando um pouco.
— Eu tinha planejado tudo.
— Me conta.
Dax olha para o nosso piquenique, esperançoso.
— Nós íamos comer, talvez subir em uma montanha e olhar as luzes da cidade, e aí a gente ia voltar para minha casa, e encontrar mais vinho.
— Onde faríamos sexo em cima de um tapete de pele de urso na frente de uma lareira? Porque esse é o número quatro na minha lista.

Dax ri.

— Meu tapete é da Ikea, e a minha lareira não funciona.

— Eu tenho uma imaginação muito boa.

Dax olha ao redor do gazebo. A chuva cai como uma cortina ao redor de nós, fazendo um som no telhado.

— Isso aqui é bem romântico. — Eu me aproximo um pouco, colocando a mão no peito dele. — E a sua camisa está meio transparente.

Os olhos de Dax descem para o meu peito.

— A sua também.

Ele coloca o dedo indicador embaixo do meu queixo e levanta minha cabeça só o suficiente para que eu olhe para ele, depositando o beijo mais gentil e casto nos meus lábios. O efeito que causa no meu corpo não é casto. Muito pelo contrário. Sinto uma onda de calor descer da minha boca até a ponta dos dedos dos pés.

Eu o beijo novamente, mas dessa vez envolvo os braços em seu pescoço e puxo seu corpo para perto do meu. Nossas línguas se intercalam, e ele deixa escapar um pequeno rugido que vem diretamente do seu peito e que faz com que eu me pergunte se seria tão terrível arrancar as nossas roupas e transar ali mesmo. O chão de cimento não parece ser muito confortável, mas com a chuva caindo ao redor, transformando tudo do lado de fora da nossa pequena bolha em uma massa acinzentada, é bastante idílico.

— Você está tremendo. — Ele passa a ponta dos dedos pelos meus braços, me deixando arrepiada.

— Normalmente prefiro uma pegação mais caseira. Não estou acostumada com os elementos da natureza.

Dax me abraça apertado, me puxando para mais perto do calor de seu peito.

— Então acho que já estou em desvantagem. Melhor eu me esforçar se quiser fazer com que essa noite seja memorável.

Ele leva a boca até a minha e faz uma pressão leve e demorada, que se aprofunda conforme sua língua abre meus lábios. Por um momento, eu esqueço tudo. A chuva. O frio. Todos os beijos que vieram antes desse. Como se nada mais importasse, a não ser ele, eu e esse momento.

Quando ele se afasta, imediatamente sinto uma espécie de perda. Meio que fico de luto e essa sensação envia um arrepio pela minha espinha.

— Ok, você está batendo os dentes agora. Eu tiraria a camisa pra você vestir, mas não acho que ajudaria.

— Ah, ia ajudar sim.

Ele me puxa para mais um abraço. Para me aconchegar naquela curvinha embaixo do queixo, onde me encaixo perfeitamente. Como se ele fosse feito para mim. E ele passa a mão pelo meu braço. Mais rápido dessa vez.

— O que você acha de a gente correr até o carro?

A fricção causa calor o suficiente para que eu admita que estou congelando. Parte de mim quer ignorar o frio e ficar nessa bolha perfeita e romântica na qual não estou correndo contra o tempo. A outra parte está bem ciente de que a camisa de Dax não está mais deixando nada para a imaginação. E que quanto mais rápido sairmos daqui, mais rápido poderemos tirar essas roupas molhadas.

— Você leva a cesta. Eu levo o queijo.

Dax joga toda a nossa parafernália de piquenique encharcada de volta na cesta e pega a minha mão.

— Vamos no três?

Eu concordo, observando a chuva.

— Um.

Dax aperta minha mão.

— Dois.

Ele entrelaça os nossos dedos.

— Três.

Corremos pela grama até o estacionamento. Quando chegamos no carro, estou tão molhada que dá pena de entrar.

O Toyota de Dax pode estar na ativa há anos, mas é meticulosamente limpo. Ele segura a porta aberta com uma calma e uma tranquilidade que ignoram a chuva caindo ao redor. Entro no carro tentando ao máximo não encostar em nada, enquanto Dax dá a volta para o lado do motorista e senta ao meu lado.

— Desculpa, estou molhada e bagunçando tudo.

Uma verdadeira poça de água se formou abaixo dos meus pés.

Ele se aproxima e tira uma mecha de cabelo molhado da minha testa.

— Desculpa que a nossa noite ficou uma merda.

— O piquenique pode ter dado um pouco errado, mas dá pra salvar a noite. Eu ainda estou me divertindo muito.

— Eu também. — Dax se inclina e recebo mais um beijo casto. *Deus amado.* Se esses beijinhos estão me fazendo perder a cabeça assim, terei problemas mais tarde.

Colocando a mão no bolso do jeans, ele tira a chave e a coloca na ignição, mas quando a vira, tudo o que ouvimos é o som de um carro não conseguindo pegar.

Ele tenta uma segunda vez, e aí uma terceira, e como nada acontece, ele incentiva a ignição com um "vamos lá, benzinho", esfregando gentilmente o painel de couro.

Por um momento, estou convencida de que vai funcionar. Se Dax me esfregasse assim e sussurrasse essas palavras doces, eu ficaria excitada e daria partida em um instante. Mas nada acontece.

— Merda. — Ele apoia a cabeça no volante de couro, fechando os olhos bem apertados.

— Eu sempre pensei que Toyotas Avalons fossem imortais, mas acho que tudo tem o seu limite.

Dax não ri. Nem mesmo sorri. E eu posso jurar que o ouço sussurrar "era tudo o que eu não precisava agora".

Eu me aproximo e aperto seus ombros. É o mesmo gesto de consolo que ele me deu na noite do resgate do supermercado.

Dax vira a cabeça em minha direção, com a têmpora ainda no volante. Ele inclina a mão sobre o console, pega a minha e entrelaça os nossos dedos.

— Alguma chance de você ter seguro? — pergunto.

Dax deixa escapar um longo suspiro.

— Eu tinha, até um mês atrás, quando venceu. — Ele levanta a cabeça e alcança o bolso de trás, puxando o celular. — Vou mandar mensagem pro Dougie. Ele conhece um cara que, com sorte, não vai me passar a perna.

Dez minutos e duas ligações depois, temos um guincho vindo nos buscar.

— Desculpa de novo, Gemma, eu realmente...

— Ei. — Coloco o dedo de forma brincalhona nos seus lábios. — Chega de desculpas. Você não pode controlar o tempo, ou se o seu carro vai morrer. E, se você pudesse, eu teria um problema muito maior que precisaria da sua ajuda. Eu não menti quando disse que estava me divertindo. E eu ainda estou. Eu gosto de ficar com você.

Dax leva a mão até a minha bochecha, e então encosta a testa na minha.

— Qual é a posição de "ficar de pegação no carro" na sua lista?

Penso no quão honesta eu deveria ser nesse momento.

— Está nos top cinquenta, porque carros foram meio que oitenta por cento da minha experiência de pegação na escola. Mas eu ainda super aceitaria, se você está oferecendo.

Dax se inclina para mais um beijo, e porque estou esperando que seja doce como o anterior, sou surpreendida positivamente quando sua mão desliza pelo meu cabelo e sua língua abre a minha boca com uma urgência que me diz que ele está tão ansioso quanto eu para retomar de onde paramos ontem.

Eu correspondo com a mesma intensidade, e dou uma aumentada. Ele pode querer isso, mas eu estou querendo há muito mais tempo.

Ele movimenta as mãos da parte de trás da minha cabeça até a cintura, e me puxa até seu colo. Ele acaricia minhas costas, meu cabelo, minha nuca, conforme nos beijamos mais e mais. Posso senti-lo ficar duro embaixo de mim, e tudo o que eu quero fazer é abaixar a mão e abrir sua calça, mas minhas costas estão pressionadas contra o volante, o que está deixando a logística impossível.

— Você está pensando em alguma coisa de novo — murmura ele entre os beijos.

— Estou tentando descobrir como posso tirar sua calça. Toyotas Avalons não foram montados pensando no conforto da pegação.

— Não subestime a minha bebê. Ela tem alguns truques na manga.

Dax se estica, e ouvimos um barulho alto conforme o assento se deita, nos levando junto.

— Isso não foi sensual como imaginei.

— Talvez não, mas agora pelo menos eu posso fazer *isso*.

O espaço a mais me permite colocar um joelho entre Dax e o console, e passar o outro por cima, para ficar de frente para ele.

Retomamos de onde paramos, com os beijos acalorados, mas essa posição permite que Dax passe as mãos pelas minhas pernas nuas, por debaixo do meu vestido e pela minha bunda, que ele aperta de forma brincalhona.

— Pensei que o plano fosse tirar a *sua* calça...

Pressiono meu quadril nele, me esfregando no volume da calça jeans.

— Esse era o *seu* plano — diz ele, enganchando o dedo no elástico da minha calcinha. — O *meu* plano era diferente. — Ele se afasta, com as sobrancelhas levantadas. — Sim?

Eu não sei exatamente o que ele está propondo, mas não importa.

— Sim.

Diria "sim" para tudo que envolvesse minha calcinha e as mãos dele.

Ele desliza o dedo pelo elástico, indo em direção ao espaço entre as minhas pernas, mas, antes de chegar a um local interessante, ele volta para a minha bunda. Ele faz uma segunda viagem, e aí uma terceira, e estou tão excitada com seus dedos na minha pele que estou praticamente vibrando antes que sua mão faça uma última viagem, para um pouco abaixo do osso do meu quadril. Então ele dedilha o limite da minha calcinha e desce mais e mais até encontrar o local pelo qual estou ansiando.

Ele desliza os dedos e começa a esfregar com uma pressão perfeita.

— Você está tão molhada... — O hálito dele aquece meu pescoço, e sua voz está tão grave e rouca que eu juro que me deixa mais molhada.

Então ele desliza a mão inteira para dentro da calcinha. Ele começa a fazer movimentos circulares no meu clitóris com o dedão, enquanto os outros dedos permanecem na minha entrada.

— Continuo? — pergunta ele naquela voz.

— Por favor, sim — consigo dizer, enquanto toda a minha concentração está voltada para a sensação gostosa do polegar se movimentando e o quanto quero mexer os quadris e cavalgar na sua mão. Mas me seguro enquanto ele introduz lentamente um dedo e faz movimentos de vai e vem até ficar escorregadio. Ele coloca um segundo dedo, enquanto seu outro dedão encontra o meu mamilo. Estou dividida entre duas sensações maravilhosas, ambas causadas pelos dedos talentosos de Dax. Quando ele adiciona sua boca no meu pescoço, quase é demais. Estou perdida em uma névoa. Um mar de dedos e dedões e línguas. Tudo girando e virando no tempo. Mas aí ele mordisca minha clavícula, e mesmo que seja uma mordidinha brincalhona, a dorzinha na minha pele me leva ao ápice. A sensação entre minhas pernas explode como um canhão de confete, enviando ondas de prazer pelo meu corpo. Minha mente desliza para aquela névoa de um bom orgasmo, onde tudo é perfeito, maravilhoso e certo. E eu fico ali, toda feliz e flutuante, até que vejo as luzes do nirvana no horizonte.

Só que o nirvana é uma antiga picape da Ford, com as palavras "Benny: Guinchar e Levar" estampadas em azul na lateral.

Capítulo 17

— PUTA MERDA — diz Dax assim que as luzes do guincho atingem o retrovisor. Ele me puxa para o seu peito, envolvendo-me com os braços, como se isso fosse proteger o que fizemos do motorista, que provavelmente ainda não consegue ver nada. — Você está bem, Gems?

Eu faço que sim, aproveitando a sensação de estar aninhada em seu pescoço.

— Muito mais que bem.

Sua risada silenciosa faz seu peito balançar.

— Eu realmente odeio interromper, mas...

Ouvimos o mesmo som de estalo enquanto o assento volta à posição vertical. Ele deposita um beijo suave no topo da minha cabeça antes de levantar meus quadris e passar por cima do console, de volta ao meu próprio assento.

— Fica aqui um pouquinho enquanto eu falo com esse cara.

Dax sai do carro e vai conversar com o motorista do guincho, que é exatamente como eu imaginaria o Benny da Benny: Guinchar e Levar — um homem branco, de barriga redonda, cabelo castanho-claro e cheio e um cavanhaque para finalizar. Não consigo ouvir o que ele diz para Dax, mas é bem fácil acompanhar os acenos de cabeça enquanto conversam, e depois as caretas quando eles abrem o capô do carro e dão uma olhada. Não fico nem um pouco surpresa quando Benny fecha o capô, volta para o caminhão, e o manobra para ficar de frente para o Avalon.

Dax vem para o meu lado do carro e abre a porta.

— O Benny vai guinchar o carro para a oficina. Podemos ir no guincho com ele.

Ele estende a mão e me ajuda a sair. No momento que nossos dedos se encontram novamente, sinto uma faísca. Pode ser inteiramente coisa da minha cabeça. Ou o fato de o meu corpo ainda estar se acalmando, depois do que esses dedos fizeram apenas minutos atrás. Seja o que for, nossa noite está longe de terminar, se eu puder decidir. Esse interlúdio com Benny e o guincho é apenas um intervalo.

Uma vez que o Avalon está seguro no guincho, Benny abre a porta do passageiro.

— Desculpa, crianças, o assento do guincho é só para um passageiro. Vocês vão ter que se apertar.

Eu seguro um sorriso, porque Benny acabou de nos chamar de crianças, apesar de ser talvez pouco mais que cinco anos mais velho que Dax, e não estou nem um pouco chateada com esse arranjo.

Dax entra na cabine primeiro, e então me oferece a mão. Nós rapidamente percebemos que nossos quadris não vão caber no assento um ao lado do outro, portanto, o melhor arranjo é que eu vá no colo de Dax. O cinto de segurança não consegue prender os dois corpos, então, conforme Benny liga o motor e o guincho ganha vida, Dax passa os braços ao redor da minha cintura, novamente me puxando para perto de seu peito.

Meu Deus, eu amo o cheiro dele. O sabonete. O perfume com um pouco de suor e sexo. Eu lamberia seu pescoço se Benny não estivesse a meio metro de distância. E porque a telepatia de Dax e Gemma continua existindo, o dedão de Dax encontra um recorte do meu vestido. Ele acaricia lentamente o pequeno triângulo de pele, para frente e para trás. É um movimento muito pequeno, mas me deixa morrendo de vontade, e pensando nos seus dedos na bainha da minha calcinha pouco tempo atrás.

Eu mexo os quadris, mais porque todas as minhas regiões inferiores estão se animando novamente, e quando o faço, percebo que não sou a única nesse guincho que está excitada.

Dax está duro. Muito duro. Como uma haste de metal coberta por jeans duro. E da forma que estou posicionada em seu colo, eu diria que se esse jeans fosse removido, estaríamos a meio caminho do sexo. A situação atual, embora estejamos vestidos, é bem prazerosa. Eu mexo meu quadril lentamente, para frente e para trás, proporcionando uma fricção deliciosa na medida certa, exatamente onde eu preciso. A sensação é boa. Boa demais. Tão boa que se eu não tomar cuidado, vou gozar no banco da frente do Benny, e pela forma que a pressão está aumentando lá embaixo, duvido que eu consiga ser discreta.

O dedão de Dax para, e seus braços me apertam com força, limitando minha capacidade de mexer os quadris. Dax abaixa a cabeça e me cutuca com o nariz, para poder sussurrar no meu ouvido:

— Você está me matando, você sabe disso, né?

O calor de sua respiração faz com que os pelos de minha nuca fiquem arrepiados. Estou tão excitada que não consigo pensar direito. Metade do meu cérebro acha que é uma excelente ideia abrir a calça dele agora mesmo para que eu possa acariciá-lo, Benny que se dane.

O guincho faz uma curva fechada à esquerda, entrando no estacionamento dos fundos da oficina e sabotando todos os meus planos.

— Só preciso entrar pelo lado e abrir a porta da garagem, aí eu volto para tomar conta disso — diz Benny, completamente alheio ao que está acontecendo no banco de passageiro. Assim que ele desaparece de vista, Dax me tira do colo e me coloca no banco conforme desliza para fora e caminha de forma desconfortável para longe do caminhão do guincho, chacoalhando uma perna, e depois a outra.

— Aonde você vai? — pergunto, sabendo exatamente o que ele está tentando fazer.

Ele se vira e me lança um olhar sério, enquanto aponta para a situação na sua calça.

— Preciso dar um jeito de controlar isso, antes que seja preso por ser um pervertido.

Dax dá uma longa volta no estacionamento. Quando Benny abre a porta da garagem, Dax e sua calça parecem normais novamente.

— Tenho boas notícias — diz Benny. — Liguei para um amigo da zona leste, ele tem a peça que você precisa. A gente pode consertar essa semana. Preciso cobrar a peça agora, o resto a gente acerta depois.

O rosto de Dax se abaixa, conforme suas mãos se movem até o bolso de trás. Ele me olha, e então para Benny.

— Sim. Sem problema. Mas preciso pensar em como vamos fazer isso. Deixei meu cartão de crédito em casa.

Há uma solução fácil para esse problema.

— A gente pode usar o meu. — Abro a bolsa e procuro pela carteira.

— Não — recusa Dax, um pouco mais alto do que eu esperava. — Não. Você não precisa fazer isso, Gemma. Eu resolvo. Eu só... — Ele pega o celular do bolso. — Vou te chamar um Uber. Odeio ver isso acontecer mais uma vez, mas acho que vamos precisar encerrar nossa noite um pouco antes. As coisas aqui ainda vão demorar.

A sensação de afundamento do meu estômago é superada apenas pelo estado de confusão na minha cabeça. Tem uma solução fácil e lógica para esse problema, que permite que a gente saia daqui rapidinho e vá transar. Mas quando Dax e eu nos olhamos nos olhos, vejo a mesma decepção esmagadora em seu rosto, e reconheço que esse Dax ainda não me conhece tão bem. Consigo entender quão constrangedor é pedir para uma pessoa com quem se está saindo pela segunda vez que ajude a consertar seu carro. Ainda estamos bem distantes desse nível de intimidade.

— Ok — digo, relutante. — E, por favor, não se preocupe com o Uber. Eu vou andando para casa.

Dax não é o único que precisa se acalmar do passeio de guincho.

— Tem certeza? — Dax mostra o celular com um mapa e vários desenhos de carrinhos circulando nas ruas ao redor.

Assinto, e ele abre os braços para um último abraço.

— Me manda mensagem quando chegar em casa? — pede ele com a boca no meu cabelo.

— Pode deixar. E você me liga depois, quando chegar em casa?

Ele continua me segurando, como se estivesse considerando um beijo, mas aí olha para Benny, que ainda está esperando, e me solta.

— Vou te compensar por isso, prometo.

Capítulo 18

ELE LIGA.

Bom, mais especificamente, é uma videochamada.

Assim que ele chega em casa depois de tratar de todas as coisas com Benny, ele se arrasta até a cama — pelo menos é assim que imagino que acontece. Quando o rosto dele aparece na minha tela, tudo o que consigo ver é a curva do seu bíceps, conforme ele apoia a nuca na palma da mão, e a brancura do travesseiro — um forte contraste com a barba por fazer. Alguma coisa nessa cena faz com que eu aperte minhas coxas uma contra a outra e me lembre da conversa que tive com Kierst não muito tempo atrás, quando ela afirmou que uma noite com Dax terminaria com uma manhã de coxas pinicando pelo atrito dessa barba.

Conversamos por algum tempo. Aí ele me dá boa-noite, e eu tento me satisfazer com o meu vibrador Lady Pro 3000. O esforço não funciona. E eu vou dormir desapontada. Na manhã seguinte, já acordo pensando em sexo.

Como se eu já não estivesse sofrendo o suficiente, ele manda uma mensagem enquanto caminho para a Wilde Beauty.

Bom dia, linda.

Espero que você tenha um ótimo dia.

O barulhinho da segunda mensagem me acerta no peito e desce até o clitóris, causando calafrios de um jeito que o meu vibrador não conseguiria. Sou como o cachorro pavloviano. O celular vibra, minhas partes íntimas vibram. Eu até preciso colocar o celular na gaveta do armário porque

Kiersten começa a me encher de mensagens fazendo um resumo de alguma briga que aconteceu no jogo de futebol de Riley. Mesmo que eu saiba que as mensagens são dela, os barulhinhos me fazem pensar em coisas que eu não deveria estar pensando enquanto converso com uma mulher de sessenta e três anos sobre sua rotina de cuidados com a pele.

E aí aparece. A mensagem que eu estava esperando. Mas não é de Dax; é Sunny.

Odeio pedir isso de última hora, mas você consegue me substituir hoje à noite? Nem acredito que estou dizendo isso, mas tenho um encontro. Vou super entender se você não puder.

Eu nem pergunto a ela sobre o cara, ou a garota. Minha libido está muito alta para pensar em alguma coisa além do fato de que agora com certeza vou ver Dax essa noite, o que me leva a pensar se vamos continuar de onde paramos — depois do jogo, claro.

Ele manda mensagem não muito depois de Sunny.

Ouvi dizer que você vai jogar essa noite. Estou pensando em você o dia todo. Tenho uma reunião no banco, mas encontro você no jogo. Mal posso esperar para te ver.

Derreto em uma poça de gosma no chão.

Depois de me recompor, consigo terminar o dia de trabalho com o mínimo de fantasias sexuais possível e vou até o ponto de ônibus para pegar o ônibus e ir ao jogo. O ônibus, porém, não está priorizando minha vida sexual. Ele atrasa, então eu atraso, e chego no rinque apenas alguns segundos antes do jogo começar. Não dá tempo de conversar a sós com Dax e confirmar as coisas que gostaria de confirmar, como a probabilidade de ver seu pênis mais tarde.

Estou com tesão. Com o tesão de uma adolescente. É que o Dax está tão bonito. Ele está usando a mesma coisa que sempre usa, mas a calça de moletom preta parece mais baixa do que o normal. E toda vez que ele se aproxima para um "toca aqui", consigo ver aquela covinha abaixo do osso do quadril, e isso está me matando.

Dax adora os "toca aqui", e eu tenho que me conter para não deslizar até ele e passar minha língua pela fina faixa de pele e morder. Desde quando eu mordo? Se eu tentasse morder Stuart, ele me enviaria o contato de um psicólogo e artigos sobre como descobrir traumas de infância.

Argh, que nojo. Não quero pensar no Stuart.

Muito menos quando Dax está de calça de moletom e bem na minha frente. Agachando. E se esticando. E mostrando um pequeno rastro de pelos logo abaixo do umbigo.

Estou com uma música na cabeça. Aquela clichê, sem letra, que todo mundo sabe que significa sexo. Está tocando de novo e de novo, como a trilha sonora de um pornô. Dax se abaixa para avaliar a tacada. Bow-chicka-wow-wow. Dax se inclina para varrer o gelo. Bow-chicka-wow-wow. Dax está parado, fazendo absolutamente nada, até que olha para cima. Embora tenha uns bons trinta metros de gelo entre nós, minhas entranhas ardem como se estivessem pegando fogo. Bow-chic...

— Gemma... Gemma!

Acho que Dougie precisa chamar minha atenção três vezes. E ou ele é bem mais perspicaz do que imaginei, ou a expressão no meu rosto é tão tarada que metade do rinque pode perceber que está rolando uma fantasia sexual elaborada na minha mente.

— Preciso que você se concentre aqui. — Ele pisca.

Certo. O jogo.

Deslizo até ele para o "tempo de estratégia", os trinta e oito minutos que cada equipe tem por jogo para criar estratégias para a próxima tacada. Normalmente, Dougie usa esse tempo para fazer piadas ou planejar os aperitivos que vai pedir depois que terminarmos, mas hoje ele quer meu conselho.

— O que você acha? — Ele aponta a vassoura para a outra extremidade da pista. Nosso adversário tem uma pedra no ringue, mas a nossa está mais atrás e mais perto do botão. — Montar uma guarda? Ou ver se eu consigo colocar uma por trás?

Não sou tão habilidosa assim no curling. Acrescente a isso o fato de que minha cabeça não está nem de longe no jogo, e eu sou basicamente inútil. Para ilustrar esse fato, assim que Dougie faz a pergunta, Dax passa por mim para conversar com ele, e seus dedos roçam no osso do meu quadril. Na grande escala dos toques entre Dax e Gemma, não é nada. Mesmo assim, o roçar daqueles dedos enviam pequenas ondas de prazer pela minha corrente sanguínea, e elas se espalham e se instalam nas fendas mais profundas do meu corpo, até que estou completamente consumida.

— Pronta? — O tom de voz grave de Dax me tira do transe sexual. Quase grito de volta "nossa, se estou", até que percebo que Dougie está agachado no gelo, pronto para jogar a pedra, e a pergunta de Dax é se estou pronta para varrer.

— Estou — digo, enquanto tento forçar todo pensamento que não seja sobre curling para fora da mente.

Dougie desliza em uma investida, soltando a pedra com um delicado movimento de punho. A pedra desliza em nossa direção. Dax se agacha, com os antebraços esticados, pronto para varrer.

Minhas defesas se mantêm por exatos catorze segundos.

O primeiro pensamento sujo volta à tona quando agarro minha vassoura com uma pegada segura e confiante. Minha mão segurando o cabo. Então, o vai e vem da vassoura no gelo se torna rítmico. Uma passada rápida e firme que me faz pensar em outras coisas que eu gostaria de segurar, o que me leva a imaginar o que exatamente encontrarei quando finalmente conseguir tirar as calças de Dax.

Tenho que fechar os olhos para não me sentir tentada a olhar para a mecha de cabelo escuro que cai sobre a testa de Dax enquanto ele varre. Ou ver a curva da calça de moletom abaixo da cintura, que fica saliente toda vez que ele se inclina sobre a vassoura, esticando a calça. Ou pensar em como ele cheira bem quando está um pouco suado. Como agora, enquanto ele varre, mordendo o lábio inferior, todo concentrado, enquanto os músculos das costas se contraem e se flexionam.

Ah, porra. Agora estou imaginando.

Dax pelado.

Dedos, lábios e línguas. Carícias, pegadas, lambidas e mordidas. Meus olhos se abrem na tentativa de interromper a narrativa sexual da minha cabeça, e procuro por alguma outra coisa para olhar na arena. Algo seguro que não me faça pensar em pênis, Dax ou sexo. Eu me concentro em um jogo que está acontecendo a duas pistas de distância. Um homem idoso com uma barriga de cerveja está esticando sua camiseta vinho enquanto mergulha em uma investida impressionantemente ágil. Sim. Eis uma visão segura.

Ou talvez não.

— Mais rápido, mais forte — grita o Senhor Elastano Vinho. Ele está falando com seus colegas de time, mas o grito se torna o meu mantra.

Rápido, forte.
Rápido, forte.
Rápido.
Forte.
Mais forte.
Mais forte.
Mais forte.
Mais...

Dax olha para mim como se eu estivesse emitindo feromônios que significam que estou a segundos de ter um orgasmo induzido pelo curling, aqui mesmo, no gelo. Seus dedos se flexionam contra a vassoura. Ah, Deus, esses dedos e todas as maravilhas mágicas de que são capazes. Estou calculando mentalmente o tamanho do armário de suprimentos e as chances de Larry resolver fazer uma inspeção noturna nos vestiários se Dax e eu escapássemos para lá, ao mesmo tempo que olho para o ponteiro do relógio analógico preto e branco pendurado em cima das janelas do bar, imaginando secretamente se, além de viajar por universos paralelos, eu também fui presenteada com a capacidade de manipular o tempo. Não fui. Na verdade, o relógio parece se mover mais devagar. Tique. Tique. Tique. Estou esperando o taque.

Eu sou o taque.

Não. O taque é o estrondo da pedra de Dougie contra a do nosso oponente. Com força e rapidez, ela vai em direção ao círculo maior, então gira lentamente até a direção oposta. Dougie errou a tacada. Ou talvez seja uma nova estratégia, e eu não peguei.

— Varre — grita Dougie, enquanto eu e Dax nos separamos para cuidarmos de nossas respectivas pedras. Passo a vassoura para frente e para trás, despejando toda minha raiva reprimida no movimento, até a pedra sair do rinque.

Quando me recomponho o suficiente para olhar para cima, Dax está deslizando para o final da pista, e a minha oponente de setenta anos está me olhando, com as sobrancelhas levantadas.

— Está um pouco corada, querida. — Ela faz questão de olhar para Dax, e depois para mim, antes de dar uma piscadinha. É uma piscadela do tipo "vai pra cima, tigresa", e eu quero dizer a ela "eu iria, se pudesse".

— Tive que me esforçar nesse. — Coloco as mãos no quadril, como se isso tornasse a mentira crível.

— Se eu fosse você, guardaria um pouco para mais tarde. — Ela passa por mim e seu olhar se volta para o placar.

Continua sendo um jogo disputado.

Acabamos empatando em quatro a quatro na décima e final tacada, com apenas uma pedra para ser lançada.

A minha.

A antiga Gemma estaria surtando nesse momento.

Mas essa Gemma não consegue tirar os olhos de Dax enquanto desliza de volta para o outro lado da pista de gelo.

Ele está falando com Dougie. Mas quando me aproximo, Dougie se afasta e vai para o outro lado, para ajudar a dar a próxima tacada.

Dax vem ao meu encontro, e a parte de mim que ainda não foi tomada por hormônio espera um discurso motivacional.

Dax odeia perder, e leva o curling muito mais a sério do que uma pessoa deveria levar um esporte dominado por cidadãos idosos. Estou preparada para instruções claras de como e onde ele quer que eu jogue a pedra, mas conforme ele diminui a velocidade para parar na minha frente, ele para um pouco perto demais. Os olhos dele deslizam pelo meu corpo, como se ele estivesse decidindo mentalmente em qual ordem pretende tirar minhas roupas mais tarde.

— Oi.

É só uma palavra. Mas o jeito que ele diz me faz ter certeza de que as próximas que sairão da sua boca não serão sobre curling.

— Eu estava pensando se, depois do jogo, a gente poderia ir pra minha casa...

— Sim — respondo antes que ele termine, e ele sorri. Minha cara de sexo me denuncia novamente.

— Você está linda — diz ele.

Estou de calça legging e um blusão enorme, porque a arena é fria pra cacete. Ainda assim, os olhos de Dax estão cravados no pequeno pedaço de clavícula onde a gola está um pouco esticada, e a maneira como seus olhos se demoram me faz pensar se amanhã de manhã precisarei usar gola alta.

Brandon limpa a garganta com impaciência, esperando em silêncio que a gente pare de transar com os olhos e jogue a última pedra. Não é uma má ideia. Quanto mais rápido o jogo acabar, mais rápido sairemos daqui. Dax se vira e desliza até onde Brandon está, esperando para varrer.

— Ei — eu o chamo, apontando para a pedra nos meus pés. — Você não me disse onde quer que eu jogue.

Ele dá de ombros, parecendo despreocupado.

— Onde for nos tirar daqui o mais rápido possível.

OS DEUSES DO CURLING estão a meu favor.

Eu jogo a minha pedra um pouco forte demais. Porém, acerto na mosca. Minha pedra tira duas pedras do nosso oponente e uma das nossas, mas fica na extremidade do círculo maior.

Acredito que o termo correto no curling é *mordedor*.

Muito apropriado.

Recebemos um ponto. O que significa que ganhamos.

A torcida vai à loucura. Ou pelo menos Dougie e Dax vão, e eu sou puxada para um abraço grupal de homens.

Dougie nos faz ficar para uma cerveja pós-jogo (que nós tomamos em tempo recorde).

Animados pela cerveja e pelo doce gosto da vitória, decidimos caminhar até a casa de Dax, uma vez que o carro ainda está no mecânico. Também suspeito que Dax está preocupado que se ficarmos confinados em um Uber, vou tentar arrancar a sua calça.

Ele tem todo direito de ficar preocupado.

O banho pós-jogo deixa o cabelo dele com uns cachinhos bem naturais nas pontas. E a camiseta que ele põe se agarra a todos os lugares certos, mostrando o suficiente para que eu mude de imaginá-lo pelado para precisar sentir suas mãos em mim imediatamente, antes que eu rasteje para fora da pele.

Dax, entretanto, não é tão feroz. Ele segura a minha mão enquanto caminhamos pela rua quase deserta, entrelaçando os dedos nos meus. E esse ato faz o meu coração disparar. Consigo ler Dax como um livro; noto o jeito como me olha de lado e ele sorri quando percebe que foi pego olhando.

— O quê? — pergunta.
— Acho que você gosta de mim.
— O que te faz dizer isso?
— Você está segurando a minha mão, para começo de conversa.
Ele olha para baixo, para os nossos dedos entrelaçados.
— E se eu estiver apenas me certificando de que você não vai parar no meio da rua? Acho que, com você, isso está dentro das possibilidades.
— Beleza. — Dou de ombros. — Vamos fingir que acreditamos nessa desculpa, se você achar melhor.

Dax para no meio da caminhada, e porque não estou esperando, continuo andando até que ele puxe meu braço, fazendo com que eu caia em seu peito, onde ele me segura em um abraço.

Eu olho para cima, e seus olhos estão tão escuros que consigo ver o reflexo das luzes dos postes. Ele movimenta os braços pelas minhas costas, até que segura minha nuca. Ele a inclina para trás e deposita um beijo demorado nos meus lábios, que me deixa sem fôlego.

— Você talvez esteja certa. Talvez eu goste um pouco de você.
Ele me beija novamente, como se gostasse muito de mim.

Nossa pegação é como colocar lenha na fogueira. Uma vez que começamos, não conseguimos parar. Levamos mais de vinte minutos para percorrer meio quarteirão. Não chegamos a andar mais de um metro e meio antes que um de nós puxe o outro para um abraço, e aí são só lábios, e mão e línguas, até que um de nós se separa dizendo "a gente deveria continuar andando".

Pegação, um pouco de caminhada, pegação. Pegação, um pouco de caminhada, pegação. Até que, por fim, Dax se afasta.

— Minha casa fica a dois quarteirões. Por mais que eu esteja curtindo cada segundo disso, eu realmente quero que a gente chegue na minha casa em algum momento dessa noite.

— Ah, sim, o tapete de pele de urso. Bom, o que você diz de a gente apostar corrida?

Dax me olha como se achasse que eu não fosse fazer isso. Saio em disparada, o mais rápido que as minhas sandálias permitem. Leva metade de um quarteirão até que suas pernas compridas me alcancem, e ele segura minha mão novamente, sem soltar até chegarmos na entrada do seu prédio.

A gente se pega no hall de entrada. Ele me encosta na parede, pressionando seu corpo firme no meu. Ele mordisca, lambe e beija meu pescoço, do maxilar até o ombro, enquanto suas mãos apertam minha bunda e pressionam meu quadril contra o dele. Ele está tão duro. Estou tão excitada e, pelo jeito, estamos fazendo barulho, e é por isso que sua vizinha idosa está parada na porta, nos olhando com certa raiva completamente compreensível.

— Desculpa. — Dax faz uma mesura com a aba de um chapéu que não está usando. Ele pega a minha mão, e nós subimos os degraus de dois em dois até que chegamos no terceiro andar. Eu puxo a camiseta do seu jeans, enquanto ele coloca a chave na fechadura. Quando ele abre a porta e acende a luz, já consegui tirá-la completamente.

Meu único objetivo é deixar Dax pelado, mas eu fico em choque ao ver o apartamento.

Já estive no apartamento de Dax umas cem vezes. É o mesmo nessa linha do tempo. Uma quitinete espaçosa com piso de taco de madeira e uma cozinha que não foi reformada desde os anos 1970. Mas esse lugar parece muito diferente.

Eu sempre brincava que a casa de Dax era decorada como se tivesse saído das páginas de um catálogo da Crate & Barrel. Na minha linha do tempo, ele tem um sofá de couro bronze, que ficou seis meses agonizando antes de comprar. Ele é tão apaixonado pelo sofá que não me deixar beber vinho tinto na sala de estar.

Essa sala é meticulosamente arrumada, como a do meu mundo. Mas o sofá está desbotado e desgastado, como se ele o tivesse comprado usado. A mobília, embora de bom gosto, mostra as marcas de muitos anos de arranhões, amassados e copos apoiados sem porta-copos. A grande TV do Dax da outra linha do tempo não está em lugar nenhum. Faltam os quadros cuidadosamente escolhidos. A sala parece meio vazia.

— Não é grande coisa, mas é meu lar.

Eu me volto para Dax, que está me observando absorver tudo.

— É ótimo — minto, sabendo que minha *poker face* é péssima, e que Dax pode enxergar através das minhas palavras.

Quero explicar que não tem nada de errado com a casa dele. Só é diferente do que eu estava esperando. Mas posso dizer, pela forma como ele está evitando me olhar, que eu estraguei tudo e o ofendi.

— Ei. — Atravesso a sala e envolvo sua cintura com os braços. — Eu sou como um gato. Demoro um minuto para me orientar em um novo ambiente. Sua casa é ótima. Mais importante que isso, você tem um sofá que parece grande o suficiente pra gente se pegar.

Pego o cinto de Dax e o tiro pelos passadores, aí aproveito que ainda está na sua cintura para puxá-lo para o sofá. Com um empurrãozinho de leve, ele se senta e afunda nas almofadas. Eu monto nele, um joelho de cada lado, e abandono o cinto para focar nos botões da camisa, me distraindo apenas quando ele se aproxima e leva meu rosto para perto do dele.

Já nos beijamos muito essa noite. De beijos doces a beijos famintos, cheios de tesão, praticamente cobrimos todos os tipos existentes. No entanto, esse beijo é lento e profundo e não tem a urgência dos anteriores. É como se derretesse o ambiente que nos rodeia, deixando apenas Dax e eu sozinhos em nosso pequeno universo.

Em algum momento, minhas mãos se lembram de como funcionam e retomam a jornada para remover a camisa dele. Com Dax nu da cintura para cima, consigo passar as mãos pela pele macia de seu peito e de seus braços, partes de Dax que nunca explorei antes.

Ele tira meu vestido pela cabeça, abre meu sutiã de um jeito impressionante com uma mão só, desliza as alças pelos meus ombros e o joga como com um estilingue pela sala de estar. Eu dou risada ao ver que ele pousa em cima de um abajur, depois suspiro quando Dax leva um mamilo à boca, suas mãos tocando um ponto sensível abaixo das costelas.

Tudo é tão bom. Os beijos. A facilidade que temos juntos. Pela milionésima vez, me pergunto por que não fizemos isso antes. Não esse Dax e eu, mas o *meu* Dax. Eu estava tão obcecada pelo Stuart que falhei em ver o que estava na minha frente? Não lembro de me sentir assim com Stuart. Como se estivesse na beira de um precipício, prestes a cair, e cem por cento ok com isso.

— Você está pensando muito de novo.

Ele abandonou o meu seio para acariciar meu colo, logo abaixo do queixo.

— Essa cabeça só está pensando em sexo. Estou tentando descobrir como tirar sua calça. Acho que é quase impossível nessa posição.

— Bom, tenho uma solução para isso.

Ele me levanta pelo quadril, me vira e me deita no sofá. Sou agraciada pela visão mais deliciosa conforme ele se levanta, tira o cinto e abaixa a calça até o chão.

Sua cueca boxer é azul-marinho com pequenas bolinhas brancas por toda parte, mas eu estou mais interessada na ereção que ela não está conseguindo conter. Ele se aproxima de mim, e alcança minha calcinha com as mãos.

— Não. — Levanto apenas um dedo. — Você primeiro. Estou muito animada para ver o que tem aí embaixo. Tira a cueca. Agora.

Dax hesita por apenas um segundo, antes de segurar o cós da cueca e remover a última camada.

— Puta merda. — Coloco a mão sobre a boca, principalmente para evitar que escape alguma baba, mas *puta merda* é a melhor frase para usar aqui. O pênis de Dax é glorioso. Grosso, duro. É o presente de Natal que eu nunca pensei que quisesse. Eu o imagino com um laço. E teria que ser um laço bem grande. — Onde você estava escondendo isso? Quero dizer, suas calças são todas meio justas.

Dax levanta uma sobrancelha. E aí faz uma segunda tentativa de tirar minha calcinha, mas eu me contorço.

— Sério, Dax, seu pênis é glorioso.

— Gemma. — Ele olha para mim fazendo uma expressão fingida de irritação, enquanto duas mechas de cachos escuros caem na frente dos olhos. — Estou tentando te deixar pelada.

Afasto as mechas e seguro seu rosto com as mãos.

— Eu sei. Desculpa. Foi só uma surpresa inesperada. — Encosto meus lábios nos dele. Ele retribui, e consigo sentir os músculos de suas costas relaxarem um pouco. Voltamos a nos beijar, dessa vez com apenas minha calcinha de renda cor-de-rosa impedindo que fiquemos completamente nus.

A mão de Dax encontra meu peito ao mesmo tempo que sua boca encontra a minha, e eu abandono todos os outros planos. Parte de mim quer ficar assim por horas, beijando, acariciando, tocando, provocando. A outra parte ainda tem a imagem do seu pênis marcada na memória, e não consegue pensar em mais nada que não seja "eu preciso disso dentro de mim". Especialmente porque toda vez que Dax se mexe, consigo senti-lo duro e pronto entre minhas pernas.

— Eu quero muito tirar *isso aqui*. — Dax desliza os dedos para baixo do elástico da minha calcinha. — Mas você me impediu antes, então quero ter certeza de que você quer que eu tire.

— Eu não me importo nem um pouco que você tire. Minha hesitação antes foi porque eu queria aproveitar o momento de te ver pelado.

Dax levanta a cabeça. Seu sorriso é todo predatório e sexy.

— Então não vou ouvir reclamações se eu também me demorar um pouco.

Ele não espera por uma resposta. Percorre todo o meu corpo, parando a cada poucos centímetros para beijar ou lamber, até chegar no elástico da cintura. Em seguida, ele se move para o lado esquerdo de meu quadril, arrastando seu hálito quente por toda a minha pele, enquanto se dedica a beijá-lo.

— Você está me matando, você sabe disso, né? — digo a mesma frase que ele usou na noite passada.

Ele me ignora e continua beijando.

— A gente vai ficar bastante tempo aqui. Não precisamos apressar as coisas. — E só para provar um ponto, ele arrasta a língua de volta para o lado esquerdo do meu quadril esquerdo.

Sexo intenso e lento com Dax a noite inteira, é exatamente tudo o que eu quero. Estou completamente a bordo dessa atividade. Mas também estou desesperada para tirar a calcinha e me reencontrar com seus dedos talentosos, tanto que meu quadril se ergue do sofá em antecipação.

Dax ri.

— Eu sei reconhecer uma deixa quando vejo uma.

Ele engancha o dedo no elástico e tira minha calcinha em um movimento rápido. Em seguida a atira pela sala, e ela se junta ao sutiã no abajur.

— Ótima mira.

Dax se inclina e dá um beijo rápido nos meus lábios.

— Sou um cara talentoso.

E para confirmar a afirmação, ele pressiona os dedos em meu clitóris dolorido de tesão. A sensação daquele toque e os redemoinhos de prazer que provoca no meu corpo são melhores do que me lembrava.

Eu gemo em sua boca. Ele responde com outra risada silenciosa enquanto mergulha um dedo na umidade entre minhas pernas. Ele circula a minha entrada.

— De novo?

Não há resposta da minha parte, apenas outro gemido, e minha melhor tentativa de dizer um "ãham". Ele coloca um dedo. E, quando começa a penetrar, raspa a barba por fazer no meu colo, até encontrar meu seio. Quando seus lábios encontram meu mamilo e o chupam, a sensação faz com que o meu quadril saia do sofá.

— Caralho.
— Gostoso?
— Melhor que gostoso.

Não tenho uma palavra para esse sentimento. É prazer e satisfação e desejo tudo embrulhado em uma única sensação intensa que emana do meu clitóris, do meu peito, e de todos os lugares entre eles. Estou tão perto de gozar que é quase embaraçoso. Um cara durando só um minuto poderia ser vergonhoso. Pelo menos nisso, há um padrão de dois pesos, duas medidas em que nós, mulheres, saímos ganhando.

Por pura força de vontade, aguento por mais um minuto, até que a sensação chegue a um ponto que o meu corpo não consegue mais conter. E o sentimento explode como uma garrafa de champanhe que foi chacoalhada. Mas ao invés de um "pop", solto um "aaaaah" satisfeito, conforme meu corpo se enche dessa descarga deliciosa.

Dax diminui a velocidade dos movimentos, mas permanece dentro de mim enquanto meu corpo retorna à Terra.

Capítulo 19

SOU COMO UM MIOJO mole. Um miojo pós-orgasmo, pós-sexo que não consegue nem encontrar alguma energia para levar a mão ao rosto de Dax enquanto ele me beija.

— A gente devia fazer isso com muito mais frequência — digo a ele.

— Você não terá nenhuma objeção da minha parte.

— Falando em você... — A visão da ereção de Dax me dá um segundo fôlego. Eu me aproximo para acariciá-lo, mas ele se levanta antes que eu tenha a chance. — Ainda não terminamos, Daxon querido.

Ele se inclina.

— Concordo. Mas acho que poderíamos esperar um pouco mais até a próxima parte.

Com isso, ele me pega nos braços e me levanta do sofá. Somos a foto da capa de um romance de banca de revistas, só que bem mais pelados. Ele me leva até o quarto, sem se importar com a luz, e me coloca em sua cama bem arrumada.

— Segunda rodada? — me aproximo dele.

Seu pênis está tão duro e grosso. Enquanto o acaricio, fico na dúvida entre querê-lo na minha boca ou entre minhas pernas. Ele decide por mim quando se inclina para a mesa de cabeceira, tira uma camisinha e a segura.

— Só para ter certeza de que você quer fazer isso.

Eu aponto para o seu pênis.

— Eu não saio daqui até ter me aproveitado disso. Duas vezes, de preferência.

Ele rasga a embalagem com o dente e coloca a camisinha em um único movimento. Tenho uma breve sensação de frio no estômago conforme ele sobe na cama e fica entre minhas pernas.

Acho que passamos de um ponto sem volta para a amizade horas atrás. Mas esse ato, de alguma forma, torna tudo oficial.

Ele coloca apenas a cabecinha, fazendo movimentos circulares, deixando seu pau molhado e eu, mais molhada ainda. Então, quando ele penetra, é em um movimento longo, suave e deslizante, e eu me perco novamente.

— É ainda melhor do que eu imaginei.

Ele ri das minhas palavras. Um único "rá" com um suspiro do peito. Aí ele abaixa a cabeça, aproxima o quadril do meu, e me beija como se tivesse passado a noite inteira pensando nesse momento.

Quando ele interrompe o beijo, seus quadris começam a se mover. Lentamente, com movimentos uniformes, que eu posso sentir até nos olhos.

Acho que talvez esteja apaixonada pelo seu pênis. Existem várias, várias coisas em Dax que eu adoro. Mas, nesse exato momento, todas elas parecem insignificantes se comparadas a isso.

Ele aumenta a velocidade, e a intensidade aumenta entre minhas pernas. Não me lembro qual foi a última vez que gozei duas vezes na mesma noite. Nem sei se já gozei duas vezes na mesma noite. Mas quando penso que vou bater o recorde de Gemma Wilde, Dax para, pairando sobre mim na metade do movimento.

— O que foi? — pergunto e tento mexer o quadril.

Ele me segura firme, com uma mão.

— Espera, só preciso de um segundo. Eu me empolguei um pouco.

Fico quieta, com a respiração presa e pronta para sair do peito, até que ele solta um longo suspiro.

— Tá tudo bem, mas talvez a gente precise mudar de posição. Não quero que acabe ainda. — E, com isso, ele se vira de costas, me puxando junto dele, revertendo nossas posições para que eu fique por cima.

Começo a mexer o quadril lentamente, aproveitando a forma como ele me preenche de uma maneira nova. Seu dedão encontra o meu clítoris, e ele acompanha o ritmo, me acariciando enquanto eu cavalgo. Porra, é tão gostoso. Jogo minha cabeça para trás e me perco no movimento.

— Você fica tão sexy fazendo isso.

Eu me inclino para beijá-lo novamente, usando o novo ângulo para me esfregar nele. Quando levanto a cabeça, ele pega um dos meus seios com a boca e o chupa. E a sensação me enlouquece. Eu fecho os olhos, arqueio as costas, e me perco no maremoto que toma conta do meu corpo. Em algum lugar distante, posso jurar que ouço Dax gemer também, mas estou muito perdida no momento para ter certeza. Quando finalmente gozo, ele está olhando para mim com o mesmo sorriso de satisfação que imagino estar no meu rosto.

— Nós somos ótimos nisso. — Dou um beijo nele e rolo para deitar ao seu lado. Dax se levanta para jogar a camisinha fora, então volta para perto de mim na cama, nos cobrindo com o lençol.

Ele mantém os braços abertos e eu me aconchego no pequeno espaço entre o pescoço e o peito dele. Acho que eu amo essa parte também. Ficar deitada aqui, respirando, ouvindo os sons noturnos das ruas da cidade abaixo de nós.

Olho para Dax. Seus olhos estão fechados, mas ele tem um sorriso doce no rosto. Faz o meu peito inflar.

— Me conta alguma coisa — sussurro. — Algo que você nunca disse pra ninguém. Nem pros seus melhores amigos.

Dax abre apenas um olho, e então o outro, e aí tira o cabelo do meu pescoço, deixando os dedos passearem pelas minhas costas.

— Meu segredo mais profundo e obscuro é que eu amo passar cotonete nas orelhas — confessa ele. — Eu sei que teoricamente é horrível, mas não me importo. Eu passo pelo menos duas vezes na semana. E você? — ele arruma o braço, me puxando para mais perto. — Que segredos você está escondendo?

Eu nem preciso pensar muito na minha resposta. É o que eu estou querendo contar para ele desde que me descobri nessa situação.

— Eu venho de um universo paralelo.

Dax beija o topo da minha cabeça.

— Bom, isso explica muita coisa. Como é o seu universo? Você come carne de panela no café da manhã?

Eu sei que ele acha que estou brincando. Não esperava que ele pensasse de outra forma, mas parece que tirei um peso imenso das costas.

— Meu universo é igual a esse aqui, mas lá nós somos melhores amigos.

Dax deixa escapar um longo bocejo.

— Bom, então eu acho que gosto mais desse universo. Você não?

Se eu tinha alguma dúvida quanto a ficar aqui, ela se foi. Esse lugar, com Dax, é muito melhor do que eu imaginei. Não há motivos para ir embora. Estou feliz aqui, tenho minha família, e tenho Dax. Estou decidida.

— Sim — respondo finalmente, mas Dax não ouve. Ele já está dormindo.

Capítulo 20

— SÉRIO, GEMS, MAS que merda, hein?
Kiersten está esperando na entrada da minha loja, olhando para mim e para o meu café com leite de aveia.
— O que foi?
Passo por ela para colocar a chave na fechadura. Ela dá um passo para o lado para me deixar virar a placa com os dizeres ABERTOS E MARAVILHOSOS, embora no fundo eu espere que ninguém apareça por pelo menos dez minutos, ou até que eu tenha terminado o meu café.
Kiersten me segue para dentro, ainda me encarando como se seus olhos fossem lasers, e eu juro que consigo sentir na minha nuca.
— Onde você estava ontem à noite? — pergunta ela. — Eu te liguei, tipo, dez vezes.
Ela não está exagerando. Tinha esquecido o celular em casa, e quando o encontrei essa manhã, tinha onze ligações perdidas e uma sequência de mensagens de texto que ficavam progressivamente mais irritadas.
— Eu não encontrava por nada o celular — explico. — O que aconteceu?
Kiersten cruza os braços na frente do peito e me encara.
— Alô? Você não apareceu ontem à noite!
Eu procuro por uma explicação no meu cérebro.
— Eu deveria?
— Você prometeu que ficaria de babá.
Tenho uma vaga lembrança de termos combinado isso. Mas não era pro domingo? Merda. Ontem foi domingo.

— Desculpa — digo de forma sincera. — Fiquei um pouco envolvida com tudo o que tem acontecido ultimamente, e esqueci completamente.

— Eu estava contando com você. — As sobrancelhas unidas de raiva se transformam em uma expressão que não estou acostumada a ver nela. — Eu tinha uma reunião muito importante ontem à noite, e eu tive que mudar tudo e fazer on-line, e é difícil parecer profissional quando se tem uma criança de dois anos sem calça no fundo da tela.

— Uma reunião? Do quê? Você não tem emprego.

No momento que as palavras saem da minha boca, sei que fodi tudo. Se antes estava recebendo o olhar de laser, agora estou recebendo os raios da morte.

— Quero dizer, além de criar três crianças lindas. — Tento consertar. — Isso é como ter dois empregos.

Kiersten continua me encarando, então lentamente alcança meu café com leite no balcão, tira a tampa e toma um longo e demorado gole.

Então ela o devolve ao balcão.

— É como ter *três* empregos. E não importa o que eu estava fazendo. Era importante para mim e você não apareceu.

Eu sei. E eu odeio tê-la decepcionado.

— Desculpa, Kierst. Mesmo. Eu fui uma babaca. Sou um ser humano horrível. Como posso compensar isso?

Ela bufa alto o suficiente para comunicar que ainda está irritada, mas balança a cabeça.

— Você não é um ser humano horrível, só ocasionalmente desnaturada, e tá tudo bem. — Suas palavras sugerem perdão, mas não estou inteiramente convencida.

Ela me olha de cima a baixo.

— Já que você me deixou na mão, me diz que pelo menos transou bastante. O fato de você estar andando como se tivesse montado a cavalo o final de semana inteiro me faz pensar que foi bom.

Eu abro minha boca para contar a ela todas as coisas selvagens e maravilhosas que aconteceram desde que descobri que meu melhor amigo tem um pênis incrível, mas sou interrompida quando a campainha em cima da porta toca, e uma cliente nova, mas familiar, entra.

— Sunny, oi.

Ela está vestindo roupas de ioga, mas parece que está indo para a aula, e não vindo. Atrás dela há outra mulher, também parecendo pronta para saudar o sol, mas em uma versão mais ousada da roupa de Sunny, com a barriga à mostra, os seios fabulosos exibidos com orgulho, e uma legging que parece desgastada de propósito.

— Gemma, que lugar lindo. — Sunny abre os braços e respira fundo. É a mesma coisa que eu faço toda manhã desde que acordei nessa vida.

— Trinta metros quadrados, certo? — A mulher atrás de Sunny dá um passo à frente. — Ótima luz natural. O ambiente é tudo. Sem muitos produtos em exibição, aí suas prateleiras não ficam bagunçadas, mas os clientes ainda podem experimentar. Com certeza um diferencial. Quanto você ganha em um mês normal? Duzentos? Trezentos? Não, não tem como. Bom, talvez durante um período de pico. O tráfego de pedestres até que é bom.

Não tenho certeza se a mulher está falando com ela mesma, com Sunny ou comigo. Sunny faz questão que eu a veja revirando os olhos enquanto pega a amiga pelos ombros e a vira para mim.

— Gemma, essa é minha querida amiga Priya.

Priya estende a mão e chacoalha a minha com um aperto firme.

— O espaço é alugado? Você guarda o estoque aqui? Se sim, quanto? Ou seus fornecedores são confiáveis o suficiente para pedir por demanda?

De novo, Priya não espera pela minha resposta. Alguma coisa na parede mais distante chama a sua atenção, e ela se afasta antes que eu possa perguntar qual a razão de todo esse interrogatório.

— Ela é uma antiga amiga da faculdade de medicina — responde Sunny, pressentindo minhas muitas perguntas. — Mas ela me abandonou depois do primeiro ano.

Priya se vira, retornando para a conversa.

— Eu não estava destinada a ser médica. Demorei um ano horrível para perceber que tenho nojo de gente doente e não sei lidar com elas, ou pelo menos é o que a Sunny acha.

Se eu estava confusa antes, estou mais agora.

— Bom, minha avaliação brutalmente honesta das suas habilidades te deu o empurrão que você precisava para sair do ninho e seguir seus sonhos, o que é parte da razão pela qual estamos aqui hoje, Gemma, além do fato de que eu queria dar uma passada na loja e nunca tinha uma folga.

Sunny volta sua atenção para Priya, que agora está percorrendo toda a extensão da loja com passos longos e regulares, como se o estivesse medindo. Olho para Kierst, para ver se ela está conseguindo acompanhar melhor do que eu. Ela encontra meu olhar com um dar de ombros suave.

Volto a olhar para Priya, que olha para cima, e então anda de forma determinada até onde eu e Sunny estamos, pegando algo da bolsa.

— Eu gostaria de conversar. — Ela me entrega um cartão de visitas. Seu nome inteiro, Priya Bhavani, e as palavras *Spa Dérive*, junto com um endereço, estão impressos na frente. Eu conheço esse lugar. É um spa luxuoso no centro de Toronto. Acho que eles têm outro em Oakville. O diferencial é que são em um estilo europeu modernizado. Uma segunda olhada no cartão me faz perceber o título embaixo do nome de Priya: fundadora e CEO.

— Priya vai abrir mais três spas nos próximos anos — explica Sunny. — Ela está visitando esse bairro para uma possível locação.

— E estou procurando alguém confiável com o mesmo estilo da marca para alugar uma pequena loja no meu spa. Não tenho nenhum interesse nessas porcarias de cuidados com a pele — sem ofensa, Gemma —, mas preciso de alguém que seja cuidadosa com os detalhes, e, a julgar por esse lugar, acho que você seria uma boa opção.

Ouço suas palavras.

Elas são processadas.

Entendo o geral do que ela está me dizendo, entretanto preciso de mais explicações.

— Você quer que eu te ajude a montar uma loja no seu spa?

Ela cruza os braços, seus olhos castanhos me olham.

— Eu quero a Wilde Beauty. Isso tudo — ela chacoalha as mãos de uma forma caótica —, eu quero assim nos meus spas. É uma ideia. Não estou fazendo uma proposta oficial ainda, claro. A gente ainda precisa conversar sobre o negócio. Você está livre para visitar o escritório em Toronto amanhã?

Eu concordo porque estou livre, ou pelo menos poderia fechar a loja por uma tarde e ficar livre.

— Acho que posso — digo a ela, ainda sem ter certeza no que estou me enfiando.

— Excelente. — Ela faz um breve aceno com a cabeça. — Agora, você precisa nos dar licença. Temos aula em meia hora e não suporto me atrasar.

Com isso, ela estende a mão, repetimos o aperto de mão firme de antes, e ela se vira, a porta batendo atrás de si antes que eu possa absorver totalmente o que aconteceu.

Sunny aperta o meu braço. Isso me tira do meu torpor e me lembra que ela e Kierst ainda estão aqui, provavelmente esperando a minha reação.

— Eu sei que ela é intensa — diz Sunny —, mas talvez seja a pessoa mais inteligente que eu conheço. Considere tudo o que ela disse como um elogio. Eu a acompanhei em algumas dessas reuniões no último ano. Geralmente ela entra, debocha de forma bem nítida, e vai embora. Se você tem algum desejo de transformar sua loja em uma franquia ou expandir, ela é a pessoa certa. Pode confiar em mim.

Só consigo assentir de leve. Expandir a Wilde Beauty? Não tenho certeza se o nó duplo no meu estômago é porque estou empolgada ou apavorada.

Em algum momento durante o meu pequeno ataque de pânico, Sunny também vai embora, mas sua saída é bem menos dramática. Ela me abandona em uma loja sem clientes, com apenas minha irmã para confirmar que os últimos dez minutos realmente aconteceram.

— Puta merda, Gems. — Kierst me bate com força no peito. — Parece que a gente tá num filme. Tipo, quando uma coisa dessas acontece na vida real? O que você vai fazer?

Isso é grande. Algo que só desejei nos meus sonhos mais malucos.

— Acho que eu preciso falar com o Dax. — Pego o celular no balcão a minha frente, mas Kiersten se movimenta como um ninja, me dando um tapa na mão.

— Não, Gemma. Você precisa ir para casa essa noite, pegar uma taça de vinho, tomar um banho de banheira bem quente, e pensar no que *você* quer.

Não gosto do tom da voz dela, ou na ênfase irritada no *você*.

— Você tem algum problema com ele? Ou ainda está brava comigo?

— Nenhum dos dois. Eu mal conheço o cara, e te perdoei depois que roubei seu café. O que eu quero é que você primeiro descubra a sua opinião.

— Por quê?

Ela abre a boca para falar, mas então para. Ela fica lá boquiaberta, sem emitir som, até que ela respira fundo, fazendo seu nariz assoviar.

— Porque você é absolutamente péssima em decidir, Gemma.
Tá certo.
— Fico feliz que você deu uma segurada pra não me magoar.
Ela dá de ombros, sem discutir comigo.
— Negue o quanto quiser, mas toda vez que você fica de frente com alguma decisão grande, você começa a fazer listas do que pode dar errado, ao invés de confiar nas próprias habilidades de fazer acontecer. E aí você escolhe a rota mais segura e chata.
— Eu não faço isso.
Não faço.
Eu tomo várias decisões arriscadas. Todos os dias. Essa manhã eu decidi que faria a calça jeans skinny voltar à moda com tudo, por conta própria. Além disso, não tem nada de errado em querer analisar decisões gigantes, que podem mudar a vida. Esse é um comportamento normal de adulto.
O olhar doce e maternal de Kiersten se foi. Seus braços estão cruzados na frente do peito. Ela não está tentando esconder o fato de que está irritada.
— Me ajude por um instante. Andei pensando sobre você e essa outra linha do tempo da qual supostamente você veio, e tenho algumas teorias. Só quero ver se alguma delas está certa.
— Tá.
— Você disse que trabalha para a Eaton's Drug Mart? Como compradora, certo?
Não tenho ideia de aonde ela quer chegar com isso.
— Sim.
— E você ama seu trabalho?
É uma armadilha.
— Não diria que *amo*. É um bom trabalho.
— Então, a Gemma que eu conheço odiaria trabalhar para outra pessoa. Ela é ambiciosa e esperta, então estou bem curiosa para saber por que você foi atrás desse trabalho.
Ela não está de fato perguntando, mas está claro na forma que ela me olha que é minha vez de preencher as lacunas. Minha irmã vai ficar desapontada quando ouvir que não teve nenhum grande drama por trás da minha decisão. Sim, quatro anos atrás, eu pensei em abrir a Wilde Beauty.

Eu tinha um pouco de dinheiro guardado, uma pequena herança que recebi depois do falecimento da irmã de tia Livi. Aí a proposta de emprego apareceu. Eu me lembro de ter ficado na dúvida. Eu só me inscrevi para a vaga porque um dos amigos de Stuart trabalhava na empresa e ofereceu para colocar meu currículo no topo da pilha. Eu fiz a entrevista, e foi tudo bem. Aí acho que, em algum momento, decidi que era uma ideia melhor do que abrir uma loja.

— Mandei meu CV, consegui o emprego, e pensei que seria um bom investimento para o futuro.

Kierst levanta as sobrancelhas meio centímetro.

— Você pensou que seria um bom investimento.

Penso mais um pouco no assunto. Foi exatamente o que aconteceu. Stuart ficou superanimado quando recebi a proposta. Fomos a um restaurante chique em Toronto. Ele achou que seria o melhor passo para o meu futuro. A empresa oferecia ótimos benefícios e uma generosa contribuição anual para a aposentadoria. Eu escrevi o e-mail aceitando o emprego enquanto estava no Uber, voltando para casa.

Eu olho para cima. As sobrancelhas de Kiersten ainda estão arqueadas. Ok, beleza. Ela tem um bom ponto. Stuart pode ter me influenciado a aceitar o trabalho, mas não era como se a ideia fosse péssima.

— Posso te contar a história da noite que você decidiu abrir a Wilde Beauty? — Kiersten pergunta.

Eu concordo, minha curiosidade é maior que o desejo de continuar a discussão.

— Estávamos na tia Livi, tomando margaritas. Você bebeu um pouco além da conta e começou a falar de seus segredos mais ocultos, e um deles era a loja. Estava na cara que você amava a ideia. Mas de um jeito bem Gemma, você estava assustada pra cacete pensando em tudo que poderia dar errado. Eu te conheço, Gems. Eu entendo que você precisa ter certeza das coisas e de um futuro bem definido. Só Deus sabe o quanto nossa infância não foi estável. Mas eu também percebi como a ideia de uma loja própria te animava. Todas as possibilidades. Eu e tia Livi conseguíamos ver que você queria abrir a loja; você só precisava de um empurrãozinho. Então, na manhã seguinte, te dei o telefone do meu corretor de imóveis. Tia Livi te passou o nome do advogado e do gerente do banco, e daí em diante você assumiu a direção. Você fez a Wilde Beauty acontecer.

A história de Kiersten desperta a lembrança daquela noite na minha linha do tempo. Quando Stuart me levou para jantar, tomei duas taças de champanhe, e, assim como as margaritas, elas agiram como soro da verdade. Contei a Stuart sobre o meu sonho de abrir minha própria loja. Não é como se ele tivesse rido de mim, ou me dito que era uma péssima ideia. Ele só apontou todos os riscos de ter um negócio. Kierst está certa. Eu odeio não saber como as coisas vão terminar. Eu converso com Dax antes de começar uma nova série na Netflix para ter certeza de que vou gostar do final. Eu leio livros românticos porque quero garantir o "felizes para sempre". Sou uma pessoa de baixo risco. Eu aprecio a previsibilidade.

Kiersten me entrega o celular.

— Liga para o Dax, se quiser. Tudo o que estou pedindo é que, primeiro, você tire um tempinho para respirar e pensar sobre o que você quer. Então olha ao redor da sua loja e lembra que você é "aulas".

— Aulas?

Kiersten revira os olhos.

— Riley diz isso o tempo todo. É uma coisa boa.

Seu celular apita alto na bolsa. Ela o pega e olha para algo na tela.

— Tenho um compromisso, mas me liga depois pra gente conversar, tá bom?

Assim que ela desaparece de vista, eu pego o celular e ligo para Dax.

Mas, infelizmente — ou talvez felizmente —, a porta se abre e minha loja se enche de clientes interessados em cuidados com a pele.

Outro dia cheio.

Um borrão de hidratantes, sabonetes e protetores solares. O mais perto que chego de contar para Dax é uma mensagem que envio dizendo "Ótimas notícias! Conversamos mais tarde?", que ele responde com um "Mal posso esperar para ouvir".

Quando dá seis da tarde meus pés estão latejando, e minhas bochechas também doem de tanto sorrir, porque os poucos momentos livres que tive no meu dia foram divididos entre pensar em Dax e contemplar a oferta de Priya de criarmos filhotes da Wilde Beauty.

Apesar das pernas cansadas, eu vou praticamente pulando pela calçada até a loja de Dax.

A All The Other Kicks ainda está bem iluminada quando chego no quarteirão de Dax, o que me faz pensar se ele ainda está com algum cliente.

Alcanço a porta da frente, mas congelo ao ouvir o som de vozes lá dentro. Bravas. De homens. Discutindo. Um deles com certeza é Dax. Acho que sinto como se eu estivesse bisbilhotando, parada ali na entrada, mas não quero entrar e atrapalhar algo que não deveria. Meu debate interno é interrompido quando a porta se abre e um desconhecido sai em disparada, quase me empurrando para a calçada.

— Desculpa, senhorita. — Ele me segura pelo ombro para me estabilizar, ou talvez a ele próprio, mantendo nossos pés no chão. — Acho que a loja fechou por hoje. Volte outra hora.

Com isso, ele dá a volta por mim e vai embora pela calçada. Eu me esforço para tentar reconhecer aquele rosto. É um homem branco de meia-idade, com cabelo castanho-claro ralo na parte de cima e uma camisa de botão branca que cobre uma barriga de cerveja pronunciada. Eu já o vi antes, mas não consigo lembrar onde.

Ignorando seu aviso, eu entro. A parte principal da loja ainda está com a luz acesa, mas vazia.

— Dax?

Ele sai do escritório quase imediatamente, dá para ver a ruguinha de preocupação entre suas sobrancelhas até mesmo de onde estou parada.

— Oi. Tá tudo bem? As coisas pareciam intensas por aqui.

Os olhos de Dax se voltam para a rua.

— Você ouviu alguma coisa?

Pode ser a iluminação, mas eu juro que ele está pálido como uma folha sulfite.

— Não muito. Só alguns gritos. Aí eu quase fui atropelada por aquele cara quando ele saiu. O que está rolando?

Dax agarra o cabelo com ambas as mãos, então o solta com um gemido de frustração.

— Sinceramente, não é nada. É só o proprietário da loja. Estamos discutindo algumas coisas há um tempo já. Eu esqueci um pagamento do seguro. Foi total por acidente. Eu ia pagar, o mês passou muito rápido, perdi o vencimento. Mas o seguro o contatou, e agora ele tá puto. Não é nada de mais. Estou resolvendo.

Ned. O proprietário da loja de Dax. Agora sei de onde o conheço. Nos conhecemos no ano passado, na festa de Natal de Dax, mas na ocasião ele estava vestido de Papai Noel e bem mais festivo do que eu acabei de ver. Pode ter sido a gemada.

O tom de voz de Dax é bem estranho, e meu sentido aranha se pergunta se há algo mais acontecendo.

— E aí? — Dax pergunta, interrompendo minha análise. — Você disse que tinha boas notícias.

Certo. A razão pela qual estou ali. Afasto todos os pensamentos estranhos e libero os pensamentos de extrema animação que reprimi o dia todo.

— A coisa mais incrível aconteceu comigo essa manhã. Você já conheceu a amiga da Sunny, a Priya?

Dax nega com a cabeça.

— O nome não me diz nada, mas talvez eu só não me lembre dela.

— Ah, você se lembraria dela, acredite em mim. Enfim, ela veio visitar a loja hoje e é dona de um monte de spas. E ela quer conversar comigo sobre a possibilidade de alugar espaços para a Wilde Beauty. Tipo, ter unidades da loja nos spas dela. Não é incrível?

Os músculos de Dax se contraem. Um enrijecimento rápido, que não dura mais que um segundo. Eu teria perdido o movimento sutil se não estivesse observando sua camiseta cinza e a forma como ela envolve o seu peito com perfeição.

— Sim. Maravilhoso. Parece uma ótima oportunidade. — Ele abre os braços e me puxa para o seu peito, me envolvendo em um clássico abraço de urso de Daxon McGuire. É exatamente a reação certa. Mas, mesmo assim, tem algo estranho.

— Você está bem? — pergunto, me afastando.

Ele franze as sobrancelhas, e eu posso jurar que é de um jeito mais intenso do que quando cheguei.

— Claro que estou bem. Por que eu não estaria bem? — Ele se inclina e deposita um beijo doce na minha testa. — É uma notícia maravilhosa. Estou animado por você.

Sua voz volta ao normal, e a ruguinha se suaviza. Faz com que eu pense que imaginei a angústia. Inventei drama onde não existe porque ainda não estou acostumada com a nova dinâmica do nosso relacionamento.

— Então, amanhã... Vamos "matar aula" juntos? A gente pode pegar o trem pra Toronto. Visitar o spa. Almoçar. Talvez até ir às compras. Podemos tirar um dia de folga.

O enrijecimento acontece novamente. E fica bem nítido que não estou imaginando.

— Acho que não consigo, Gemma. Preciso ficar aqui.

Ele não explica a razão, e embora ele esteja no direito de recusar o convite, isso me incomoda mais do que deveria.

O meu Dax teria largado tudo sem pensar duas vezes. Sua próxima pergunta seria "que horas a gente sai?". Depois brigaria comigo por causa do lugar onde iríamos almoçar, e me lembraria de não usar meus sapatos desconfortáveis, que, apesar de lindos, acabariam com meus pés até o meio-dia.

— Por favor, Dax — minha voz sai mais chorosa do que eu pretendia. — Isso é importante. Preciso de apoio moral. A oportunidade poderia mudar a minha vida, e a Priya meio que me assusta pra cacete. Preciso de você.

Ele me solta e dá um passo para trás. Ele passa as mãos novamente pelo cabelo, de forma ansiosa.

— Não consigo. Acredite em mim, eu gostaria muito de poder. Mas tenho certeza de que você vai ser maravilhosa.

Não entendo. O meu Dax abandona o trabalho o tempo todo, para coisas que são bem menos importantes que essa. Uma vez ele fechou a loja quatro horas antes para ficar comigo na chuva do lado de fora do FirstOntario Centre para comprar ingressos de cambista para um show da Taylor Swift, só porque eu prometi a ele um pedaço de pizza velho que sobrou do almoço.

— Por favor, Dax, é só um dia. Se você não conseguir ninguém para te cobrir, você pode fechar a loja. Tenho certeza de que os seus clientes vão entender.

— Não, eu não posso. — A voz dele estala. — E eu realmente odeio ter que fazer isso, mas preciso correr. Tenho alguns compromissos essa noite, e não posso me atrasar.

Ele me pega pela mão e me leva até a porta da frente. Ele é gentil, mas o tom dele é bem "Gemma, vá embora".

Eu não vou implorar para ficar, ou me oferecer para acompanhá-lo no compromisso que ele tem depois do trabalho em plena segunda-feira. Está claro que eu ultrapassei algum limite, ou pressionei um botão invisível que não deveria ser pressionado.

— Eu te mando mensagem mais tarde, tá bom? — O tom de voz suaviza um pouco. Recebo um pequeno aperto na mão antes de ele abrir a porta e esperar que eu saia.

Quando já estou na rua consigo ouvir o som de cadeado sendo fechado atrás de mim.

De pé na calçada, no crepúsculo, não tenho certeza se devo ficar puta com Dax por ter me expulsado de forma tão abrupta ou se devo pedir desculpas por um crime de relacionamento que, de alguma forma, cometi sem saber.

Confusa, caminho de volta para a rua Catherine, para o meu porão com minha cama, minha aranha e meus sentimentos confusos. Chegar mais cedo em casa talvez tenha sido algo bom. Preciso me preparar para a reunião com Priya.

Mesmo que tecnicamente eu só esteja administrando a Wilde Beauty por algumas semanas, eu sei bastante sobre a indústria de varejo graças aos quatro longos anos na Eaton's Drug Mart, que sugaram a minha alma. Mesmo assim, com a Wilde Beauty, é tudo diferente. Em primeiro lugar, a loja é minha, e eu digo isso com a confiança possessiva de um duque reivindicando sua futura noiva virgem.

Quatro outras lojas podem significar lucro quatro vezes maior, portanto quatro vezes mais sapatos lindos no meu armário.

Por outro lado, terei que gerenciar muito mais pessoas, o que significa um número exponencial de maneiras que tudo pode dar errado. Meu cérebro ignora todos os aspectos positivos e começa a imaginar todos os cenários possíveis em que as coisas podem desandar. Incêndio, enchente, fome. Uma crítica ruim que viraliza. Começo a entrar em uma espiral que me leva a um buraco profundo e escuro que diz "essa é uma péssima ideia", embora eu saiba, bem no fundo, que é uma ótima ideia.

Essa é a hora em que eu normalmente ligo para o Dax. A parte em que ele me tranquiliza e me diz para espairecer um pouco, lembrando-me de todas as coisas fabulosas que fiz na vida. Ele fica comigo até que eu me acalme e consiga enxergar direito novamente. Preciso das opiniões dele.

Meus dedos ansiosos pegam o celular. Apenas uma pequena mensagem para perguntar se ele acha que estou cometendo um erro. Se estou conduzindo o Navio Gemma na direção certa.

Mas eu hesito. Porque ele está agindo de forma estranha. Porque as coisas são diferentes nessa realidade. E ainda estou com as palavras de Kiersten na minha cabeça.

Ela atende o telefone no quarto toque.

— Eu sou capaz de tomar decisões arriscadas — digo antes que ela tenha a chance de dizer algo além de "alô".

Ouço um suspiro e um farfalhar enquanto ela ajeita o celular no ouvido.

— Eu sei que você é. E desculpa se eu fui muito dura hoje cedo. Tive uma longa conversa com a minha terapeuta depois, e ela me disse que fui estúpida.

— Ela usou a palavra *estúpida*?

— Não. Ela usou palavras mais bonitas, mas deu para entender muito bem.

Kierst e eu funcionamos assim. Nenhuma linha do tempo pode mudar isso. Mesmo quando brigamos, basta uma ligação e uma desculpa meia-boca para ficarmos bem novamente. Mas, mesmo que estejamos bem agora, sinto que preciso explicar a ela que, apesar de saber que o spa Dérive é uma coisa boa para mim, olhar para o futuro e ver um buraco escuro gigante de infinitas possibilidades é aterrorizante. Preciso de alguém que me dê segurança. Pode vir dela ou de Dax ou de outra pessoa. Não gosto de olhar para o abismo do desconhecido sozinha.

— Você lembra quando eu era pequena e vi *Mulherzinhas*, tipo, todos os dias durante um ano?

Ouço a risada baixa na respiração de Kiersten.

— Nunca mais consegui ver esse filme.

— Eu gostava de saber o que ia acontecer no final — explico. — Mesmo na parte que a Beth morria. Não me sentia tão mal porque eu sabia que ia acontecer, e me preparava psicologicamente.

— Eu entendo, Gems — diz ela. — Eu realmente entendo, mas o caminho previsível é um tédio. E você perde a chance de tentar coisas realmente incríveis.

— Na teoria, faz sentido. Mas, sei lá. Acho que é por isso que sempre te procuro, ou o Dax. Se vocês dois concordarem comigo, então não pode ser uma má ideia.

— Você não está errada. Entretanto, eu acho que existem alguns cenários em que a única resposta é acreditar na sua intuição. Você é esperta. Você toma boas decisões.

— Acho que sim.

— Então, você vai encontrar aquela mulher do spa amanhã?

— Eu acho que devo ir. Estou interessada em ouvir o que a Priya tem a dizer. Quer ir comigo e ser minha líder de torcida? Eu pago em donuts e devoção eterna.

— Eu acho que você deveria fazer isso sozinha. — Há uma longa pausa do outro lado da linha. — Mas estou muito orgulhosa de você, Gems. Independente do que decidir, eu sei que vai ser incrível.

Eu desligo com o coração mais leve e o estômago cheio de borboletas entusiasmadas. Amanhã é o primeiro dia do resto da minha vida.

Ou dessa vida, pelo menos.

Quando apago o abajur da mesa de cabeceira, me sinto pronta para encarar o que o amanhã me trará. E enquanto eu fico deitada, no escuro, encarando uma mancha no teto em que nunca reparei ou talvez seja a namorada de Frank, penso que só tem uma coisa que poderia deixar tudo mais perfeito.

Meu celular vibra. É estranhamente pontual, e, enquanto olho para o texto, parece que o universo está me mandando uma mensagem.

Dax: Ei. Desculpa por hoje. As coisas estão um pouco confusas para mim nesse momento, mas estou animado para saber como vai ser amanhã. Tenho certeza que você vai arrasar. bj

Capítulo 21

ÀS NOVE HORAS DA manhã seguinte, as borboletas animadas e esvoaçantes se transformaram em um enxame de abelhas raivosas. Passei do estado de otimismo cauteloso para pânico agitado, e fico andando de um lado para o outro no meu apartamento entoando uma espécie de mantra: *"o que deu na minha cabeça?"*.

Está muito cedo para acalmar a mente com um shot de tequila. Três canecas de café não ajudaram a situação. Minhas mãos estão tremendo, meu coração palpitando, e minha reunião é só às onze e meia.

Confirmei o horário do trem três vezes. O trem GO das nove e meia vai me levar para o centro com tempo de sobra, mesmo que haja atrasos. A estação Hamilton GO fica a três minutos de caminhada da minha casa. Não tem muito o que dar errado em apenas alguns quarteirões, mas, só de pensar nisso, fico imaginando que acabei de me amaldiçoar e decido que é melhor prevenir do que remediar, então vou sair mais cedo.

Estou colocando meus sapatos confortáveis e que não apertam quando ouço batidas na porta.

Meu primeiro pensamento é: Dax.

Ele veio, apesar de tudo.

Nosso vínculo telepático deve ter se fortalecido com todo o sexo que estamos fazendo. Dax sempre sabe quando eu estou surtando, e está aqui para me acalmar.

Porém, quando abro a porta, quem me aguarda não é o meu amigo sexy que se transformou em amante usando calças apertadas, mas minha tia em um macacão estampado, segurando uma bolsa térmica cor-de-rosa e uma bandeja de cafés da Brewski.

— Tia Livi, o que você está fazendo aqui?

Ela segura a bolsa térmica e vira a bandeja de modo que o grande copo fumegante com o meu nome fique na minha frente.

— Isso aqui é chá de camomila. Imaginei que você já estaria cheia de cafeína. E preparei um lanchinho. Pelo menos é alguma coisa para fazer no trem além de se preocupar.

Eu pego ambos os itens das suas mãos e puxo seu corpo pequeno para um abraço.

— Obrigada. Eu precisava disso. — Eu a aperto bem apertado. — E disso também. — Eu a solto e tomo um gole do chá quente.

Ela concorda e alisa as partes da minha blusa que foram amassadas pelo abraço.

— Falei com a sua irmã ontem. Nós duas estamos muito orgulhosas de você. Por que não pega sua bolsa? Vou caminhando com você até a estação.

O caminho até a estação demora cinco minutos ao invés de três, no ritmo de tia Livi, que vai cheirando as flores. Mesmo assim, às nove e dez já estou com a passagem em mãos, e a plataforma do trem a um passo de distância. Fico acomodada em um banco de ferro ao lado da minha tia, esperando.

Parece que estou de volta ao ensino fundamental, esperando o ônibus escolar chegar para me levar ao meu primeiro dia de aula. Sem saber o que vai acontecer. Sem saber se quero sorrir ou vomitar.

Tiro o celular da bolsa e, discretamente, verifico as mensagens.

— Você está verificando o horário ou outra coisa? — Os olhos de tia Livi permanecem fixos na plataforma.

— Achei que receberia uma mensagem do Dax — respondo com honestidade. — As coisas entre nós ficaram um pouco esquisitas ontem. Pedi que ele me acompanhasse hoje, mas ele não pôde vir. Acho que estamos bem agora, mas não tenho certeza.

Tia Livi não diz uma palavra, mas eu observo seus olhos seguirem um trem verde e branco que entra devagar na estação.

Então, ela se vira para mim.

— Eu sei que você acha que sabe tudo sobre Daxon. Mas você precisa se lembrar que, nessa vida, ele passou quatro anos percorrendo caminhos ligeiramente diferentes. Muita vida pode acontecer em quatro anos.

Ela se inclina e me beija no rosto. Então se levanta e estende os braços, ignorando completamente o fato de que acabou de deixar no ar uma mensagem estranhamente enigmática.

— Quebra tudo hoje, garota.

Eu a abraço, tentando absorver um pouco dessa confiança. Então aponto para o trem que aguarda.

— Vou procurar um lugar para sentar.

Pego minha bolsa e, quando me viro novamente, tia Livi está me entregando outro copo.

— Se eu tomar esse também, vou fazer xixi nas calças.

Ela o coloca na minha mão.

— Então pega um lugar perto do banheiro, querida.

Eu pego o copo porque aprendi há muito tempo a não desobedecer a minha tia. Posso dizer pelo cheiro e pelo respingo de líquido preto na tampa que é café. Um pouco contraditório em relação à camomila.

Encontro meu número e caminho até o final da plataforma. Nunca deixei de sentir a emoção infantil de andar no vagão. Os trens da GO têm dois andares, e escolho um compartimento no de baixo. Pego um lugar perto da janela e me acomodo. Uma voz feminina anuncia no sistema de som que o trem partirá em dois minutos e chegará a Toronto no horário previsto. Verifico meu celular uma última vez, esperando uma mensagem. Não há nada.

O sistema de som repete a mensagem em francês, então as portas fazem um barulho e se fecham. O trem sai lentamente da estação, e meu coração despenca no peito na mesma velocidade. Talvez eu tenha assistido a muitos filmes românticos na vida, ou, como tia Livi disse, talvez eu esteja me apoiando em um Dax diferente, que não existe nesse mundo. Mesmo assim, parte de mim esperava vê-lo correndo pela plataforma, depois de ter mudado de ideia no último minuto.

Meu celular vibra. Meu coração é estilingado para a garganta, até que eu tiro o celular da bolsa e vejo que a mensagem é de um número 0-800.

Só uma propaganda. Não é Dax. Preciso me acalmar e me focar na reunião. Tia Livi está certa. Dax e eu somos diferentes aqui. Ainda não temos a obrigação moral de dar apoio um ao outro nos momentos importantes.

Descanso a cabeça no assento. Uma coisa boa de estar sozinha é ficar com o compartimento inteiro para mim. Sem músicas irritantes vazando de fones de ouvido alheios. Ou cheiros esquisitos de um café da manhã para viagem. Ou o pior de tudo: uma pessoa que não está acostumada a viajar de trem, que ainda não aprendeu a regra mais importante do trem GO: não puxe conversa não solicitada com estranhos.

Assim que penso nisso, ouço o som familiar de pés pesados descendo as escadas.

Muito bem, Gemma. Você não aprendeu a lição? O universo está de butuca, querendo te foder a qualquer momento.

Sapatos aparecem no meu campo de visão. Nikes brancos com uma faixa em couro marrom acima da sola e o logo da marca em preto fosco.

Nikes customizados.

À medida que os tênis vão descendo os degraus, a próxima coisa que eu vejo é uma calça jeans preta. Jeans que não deixam nada para a imaginação.

Ele sorri quando me vê.

E, de repente, eu sei. Somos iguais aqui. O universo poderia nos fazer viver mil vidas diferentes, e ainda encontraríamos uma forma de nos apoiar.

— Você veio.

Ele não tem chance de responder, porque no momento que se senta ao meu lado, meus quadris estão em cima dos dele. Foda-se o que eu acho de demonstração pública de afeto. Isso é uma emergência. Eu o beijo, um beijo longo e intenso, até que fico sem ar e preciso de uma pausa para respirar.

— Consegui organizar as coisas. — Ele deposita um beijo demorado e suave nos meus lábios.

— Você conseguiu alguém pra cuidar da loja?

Ele engole em seco.

— Não. Simplesmente não abri. Você estava certa. Um dia não vai fazer muita diferença.

Ele olha para o meu café extra. Antes que eu possa explicar por que tenho dois copos comigo, entendo.

O café não era para mim.
Tia Livi, às vezes eu me pergunto quem é você.
— Precisa de cafeína? — Entrego a ele o copo intacto. — Tenho uma suspeita de que seja café preto forte.

Dax levanta uma sobrancelha, mas não discute e o pega da minha mão.

— Isso vai ser muito divertido, não vamos a Toronto juntos faz muito tempo.

Dax toma um longo gole de café, e então fecha os olhos e deixa escapar um suspiro de satisfação.

— Nunca fomos a Toronto juntos. Você deve estar pensando no seu outro namorado.

Meu coração bate tão forte que fico com medo de passar mal. Não consigo nem focar na minha cagada, porque, a não ser que meus ouvidos não estejam funcionando nesse momento, Dax acabou de usar a palavra que começa com "n".

— Sim, eu acabei de dizer "namorado" — afirma Dax, como se pudesse ler minha mente. — Não tinha planos de falar disso tão cedo, mas, agora que verbalizei, não estou arrependido. Eu gosto de você, Gemma. E não tenho nenhuma intenção ou desejo de sair com outra pessoa, e espero que você também sinta que estamos indo nessa direção, ou essa vai ser uma viagem de trem longa e desconfortável.

Eu conheço Dax bem o suficiente para saber que a piada no final da fala é minha saída. Uma chance de desviar da pergunta, fazer eu mesma uma piada, e colocar fim nessa conversa não planejada sobre relacionamento.

— Estou dentro, Daxon B. Já estou dentro há algum tempo.

Ele solta o ar, e é fácil ver o alívio em seu rosto. Seu maxilar abre, como se ele quisesse dizer algo a mais, mas ele só balança a cabeça e levanta as sobrancelhas.

— Há algum tempo, é? Foi quando a gente foi jogar curling, todas as investidas. Eu te ganhei ali.

Eu dou de ombros.

— É, pode ter sido.

O restante da viagem passa como um borrão de felicidade. Eu quase esqueço Priya e a reunião, até que paramos na Estação Exibição, e me dou conta de que o dia de hoje ditará o meu futuro de formas diferentes.

Meu coração dispara a cada passo que damos na Vila Liberdade, seguindo os pequenos pontos azuis no meu aplicativo do Google Maps, até que alcançamos a fábrica de madeira convertida em spa. É um prédio grande de tijolos vermelhos, com quatro enormes janelas com grades pintadas de preto. Simples, porém chique, o exterior faz jus aos elogios da revista *Toronto Life*, que o considera o melhor local da cidade para relaxar.

Dax aponta com o queixo para as duas grandes portas pretas de entrada.

— Você quer que eu entre com você?

— Sim. Mas acho que pode não ser tão legal aparecer para uma reunião de negócios com o meu namorado.

Dax sorri ao me ouvir usar a palavra pela primeira vez.

— Bom, então vou pegar uma bebida e esperar. — Ele mostra um pequeno bar e loja de bebidas do outro lado da rua. — Quando acabar, estarei esperando ali.

Meus nervos se inflamam, enviando um pânico gelado pelo meu peito. E como se Dax pudesse sentir, ele pega a minha mão.

— Ela vai ter sorte se ficar com você, Gemma. Pense no dia de hoje como sua chance de descobrir se ela vale o seu tempo, não o contrário.

Ele me puxa para perto e me envolve em outro abraço, me segurando firmemente contra o peito, como se pudesse sentir que os meus joelhos ficaram um pouco moles, e eu precisasse de um momento sem ter que carregar o peso de tudo.

— Tá bom — digo com o rosto colado ao seu peito. — Acho que estou bem agora.

Ele deposita um beijo rápido na minha testa e fica esperando na calçada enquanto eu subo os degraus e abro as portas.

Assim que entro, meu nariz é preenchido por um cheiro de eucalipto e algo a mais, que eu chamaria de Tempestade de Verão ou Linho Seco ao Sol. Não importa, porque sou tomada por um sentimento de nostalgia, mesmo que eu nunca tenha passado por essas portas, nessa vida ou na outra.

Parece com a Wilde Beauty. É difícil de descrever. Dérive e Wilde Beauty são bem diferentes; mesmo assim, a semelhança está em todos os pequenos toques que formam o ambiente. O relaxante cover de uma música pop tocado no violão acústico que flutua pelo sistema de som. A paleta de cores suave, flutuando entre o cinza e o marrom. O confortável uniforme dos funcionários, que são roupas de ioga bem aprumadas e elegantes. Posso ter visto Priya apenas brevemente, mas é como se eu a conhecesse.

Dou meu nome à recepcionista e sou encaminhada a um escritório todo de vidro exatamente às onze e meia.

— Gemma, bem-vinda — Priya se levanta e estende a mão.

Dessa vez estou preparada para o seu aperto de mão firme, e devolvo um igual.

— Sente-se. — Ela aponta para uma cadeira de couro creme. — Vamos conversar sobre o que nós duas podemos fazer juntas.

Passamos as próximas duas horas conversando sobre a Wilde Beauty. Os produtos que vendo, por que os vendo, e o tipo de experiência que quero que os meus clientes sintam. Priya me escuta e me faz um monte de perguntas que aguçam várias ideias na minha cabeça. Fico me sentindo inteligente, além de animada com o futuro da Wilde Beauty e com todas as possibilidades. É um futuro com o qual eu sonhei nas madrugadas, já pronta para dormir, quando fechava os olhos e me permitia alguns minutos de "e se". Sonhos com os quais o meu lado racional não conseguia lidar na realidade.

— Ainda temos muitos detalhes para resolver antes de formalizar alguma coisa, mas eu quero ser franca sobre o nível de investimento de sua parte. O que estou imaginando é que eu seria a proprietária ou alugaria o espaço principal. Você sublocaria de mim com base na metragem da loja. O estoque seria por sua conta. Corpo de funcionários, obviamente, também seria sua responsabilidade. — O tom de voz de Priya é despreocupado, mas suas palavras parecem um maremoto. — Como você pode imaginar, o comprometimento financeiro é significativo. Talvez você precise de um empréstimo. Se precisar, tenho um relacionamento bem sólido com os meus financiadores. Se fecharmos o acordo, ficaria feliz de colocar vocês em contato. Eles estão bem familiarizados com o meu negócio e as taxas são justas. Mas, é lógico, você não tem obrigação de recorrer a eles.

Ela desliza um papel pela mesa. Não é como nos filmes, em que há um número obsceno escrito no papel. São vários números, e demora um minuto e duas checadas para encontrar o valor pelo qual eu ficaria responsável.

— Vou te dar um minuto para olhar.

Priya se retira e me deixa sozinha no escritório.

É possível que ela tenha percebido minha testa suada e a respiração curta, e deduzido que estou bem perto de um infarto. Ou é apenas a forma como ela faz negócios. De qualquer jeito, fico grata de estar sozinha, para poder falar em voz alta o que está se repetindo na minha cabeça.

— Você só pode estar de palhaçada com a minha cara.

É muito dinheiro. Dinheiro que eu não tenho. O tipo de dinheiro que só passa pela minha cabeça quando vou comprar leite na loja da esquina e a loteria da rua exibe os números da semana.

Por que diabos ela achou que eu teria toda essa grana?

Eu leio o papel de novo, dando ao meu cérebro algum tempo para processar o plano inteiro. Priya quer abrir três novos spas nos próximos sete anos. Isso significa mais três lojas, cada uma com seu próprio aluguel. Talvez eu conseguisse juntar o dinheiro para uma loja, se não comer nada além de miojo e aprender a cultivar o meu próprio café. Mas três! É um montante astronômico de dinheiro.

Priya retorna. Ela me traz um copo de água gelada com infusão de pepino e hortelã, enquanto mergulha novamente em algumas propostas de próximos passos. Tenho certeza de que só processo metade do que é dito.

— Tire um tempo para pensar nisso tudo, Gemma — diz ela, me entregando uma pasta cheia de informações. — Semana que vem eu entro em contato para saber o que você decidiu.

De alguma forma, eu levanto o meu corpo da cadeira, saio do escritório e retorno para o lobby de entrada. Parece que acabei de sofrer um acidente. Estou em choque. É como se minha cabeça estivesse separada do corpo, e os dois estivessem operando separadamente. Por um pequeno milagre, consigo abrir a porta e sair.

Dax está sentado no último degrau de cima da escadaria, com os olhos fechados e rosto virado para o sol. Eu saio sem fazer barulho, mas ele abre os olhos de imediato e se vira para me olhar. Ainda estou parada na porta.

— Como foi? — pergunta ele.

Não respondo. Mas o calor nos seus olhos faz com que eu desça um degrau, onde me derreto ao lado dele.

— Você tá meio aérea, Gems.

Ele ajeita uma mecha de cabelo no meu pescoço, e então massageia meus músculos, que só agora percebo que estão tão tensos que parecem pedra.

— Só me dá um segundo. Minha vida está passando diante dos meus olhos. Espero que chegue na parte que eu vejo o seu pênis gigante pela primeira vez, pelo menos terá algo de bom nessa experiência.

Dax ri.

— Foi tão ruim assim?

Inspiro e expiro o ar longamente por três vezes antes de abrir os olhos e olhar para ele.

— Começou bem. A Priya é muito inteligente. Compreendi a visão dela perfeitamente, e como a Wilde Beauty se encaixa tão bem nesse plano. Entendo por que ela está tão animada com a ideia. Mas aí começamos a falar de dinheiro. Então, de repente, eu já estava imaginando milhares de cenários terríveis. Em um deles eu estou parada na rua, com o Frank em um pequeno pote de vidro, e eu não estou usando nada a não ser um barril, que está preso ao meu corpo por suspensórios, o que é estúpido, eu sei, porque o banco não ia tentar tomar as minhas camisetas velhas e puídas da Abercrombie. Eles com certeza me deixariam ficar com as roupas, né?

O braço de Dax me envolve por trás. Ele me puxa para aquela pequena curva embaixo da axila que sempre teve a habilidade mágica de fazer eu me sentir segura. Fico ali pelo o que parecem horas, enquanto a adrenalina na minha corrente sanguínea aos poucos começa a se dissipar.

— Acho que estou bem agora — sussurro, e ele me solta.

— Trouxe pra você.

Ele aponta para o degrau logo abaixo e me mostra um copo para viagem, que eu assumo ser café, e uma sacola de papel pardo com pequenas manchas de gordura. Eu abro e encontro um donut de cobertura de baunilha e pedacinhos de coco.

— Podem não ser tão bons quanto os da Nana, mas o Google disse que são bem gostosos.

— Obrigada — digo, minha boca já quase cheia da delícia frita.

— Já aprendi que Gemma Wilde não é sua melhor versão quando tem pouco açúcar no sangue. — Ele ri, mas com certeza não está errado. — Está pronta para me contar mais ou precisa terminar o café primeiro?

Eu seguro um dedo no ar enquanto engulo metade do café com leite. Cada gole faz eu me sentir melhor.

— Foi uma reunião muito boa, até o final — tento explicar novamente. — Eu sabia que teria muito dinheiro envolvido, mas ver os números no papel me assustou de verdade. Até acho que consigo o empréstimo. Mas, se as coisas não derem certo, estarei completamente ferrada, eu não teria mais nada, e esse pensamento é aterrorizante.

Dax não responde de imediato. Ele coloca o copo na minha boca e espera que eu termine de tomar.

— Você está certa. É aterrorizante. Trabalhar pra cacete por algo e não ver dando certo te mata um pouquinho por dentro. Mas você sabe o que acontece depois?

Faço que não com a cabeça, e pequenos pedaços de coco caem no meu colo.

Dax tira o restante do coco grudado na minha boca com o dedão.

— Você acorda na manhã seguinte e começa a trabalhar em um novo plano. E sim, tudo vai ficar uma merda por algum tempo, até que você descubra a próxima saída, mas você vai descobrir, Gemma. Você é uma mulher inteligente.

Ele move o dedão para cima no meu rosto e limpa uma única lágrima que eu não tinha percebido.

— Acho que o donut e os elogios estão funcionando — digo.

Dax puxa minha testa até sua boca e dá um beijo suave.

— Me diz uma coisa. Como você vai se sentir daqui cinco anos se nem ao menos tentar ver se consegue fazer isso?

Eu penso um pouco. A vantagem que eu tenho aqui é que, até algumas semanas atrás, eu passava noite após noite me perguntando se eu teria conseguido fazer a Wilde Beauty ser um sucesso, se ao menos tivesse tido coragem de tentar.

— Acho que eu me arrependeria de não ter ao menos visto se seria possível. Só gostaria de ter alguma certeza de que vai dar certo.

Dax se levanta.

— Eu não posso te prometer que tudo vai dar certo. O que eu posso te dizer é que você é esperta, ambiciosa e incrivelmente talentosa, e você tem tudo o que precisa para fazer isso acontecer.

— Sim, exceto um empréstimo gigantesco.

Dax estende a mão. Coloco a palma da minha na dele e o deixo me levantar.

— Você está certo — digo. — Em relação a tudo. Você é muito bom nisso. Se algum dia se encher da Kicks, deveria pensar em ser psicólogo.

Dax entrelaça os dedos nos meus.

— Vou levar isso em consideração no futuro.

Começamos a andar em direção à rua Queen.

— E já que você é tão esperto... Vou deixar você escolher onde vamos almoçar.

Dax pensa por um momento.

— Comida vietnamita?

— Você quis dizer *sushi*?

Acabamos entrando em um acordo e escolhemos a comida indiana de um pequeno restaurante familiar situado entre um restaurante de ramen e o consultório de um podólogo. Já na metade do meu *paneer tikka* estou me sentindo melhor, e penso em ligar para o meu banco na próxima segunda-feira e só depois me encontrar com os financiadores de Priya, para ver qual seria a condição de empréstimo mais vantajosa. Pode não funcionar, mas vou tentar.

Saímos do restaurante, com o estômago um pouco cheio demais e as mãos entrelaçadas, fazendo o caminho mais longo para a estação para que possamos olhar as vitrines de todas as pequenas lojas ao longo da Queen. Meu coração fica um pouco mais leve e esperançoso a cada passo que dou, até que a porta de uma das lojas se abre. Temos que parar para deixar uma mãe e seu carrinho de bebê passarem, seguida por um homem que é tão dolorosamente familiar que o meu coração para de bater por um segundo.

Ele está usando um terno Tom Ford azul-escuro.

O blazer dá uma levantada quando ele se abaixa para levantar o carrinho para passar o único degrau da frente. Ele olha diretamente para mim enquanto se endireita, e a sensação é de um chute na canela. Machuca porque não é Eric. Ou Aiden. Ou Elliott. Ou qualquer que fosse o nome do clone naquela noite no Prince And Pauper.

É ele.

Stuart Holliston em carne e osso.

A mulher com o carrinho ao lado dele se preocupa com o bebê, e então procura por algo na sua bolsa. Stuart pega as alças do carrinho e começa a conduzi-lo em torno de mim e Dax. Demoro um momento para entender que Stuart e a mulher estão juntos.

Suponho que se ele não estava me namorando pelos últimos quatro anos nessa realidade, significa que estava livre, leve e solto para sair com outra pessoa. Aparentemente, essa outra pessoa é curvilínea, deslumbrante, e a julgar pela forma amorosa que ela coloca uma chupeta na boca do bebê e pega o braço de Stuart com uma afeição que eu talvez nunca tenha demonstrado a ele, ela é feliz.

Filhos eram uma ferida no nosso relacionamento. Talvez até tenha sido a viga de suporte enfraquecida que levou ao nosso colapso. Ele queria. Eu não. Eu era muito insegura em relação a como bons pais deveriam ser para acreditar que seria uma boa mãe, então parece estranho — quase como se tivesse sido traída — vê-lo tão natural no papel de pai amoroso.

Nossos olhos se cruzam quando eles passam. Ele mantém o olhar por mais de um segundo, e acho que parte de mim espera que ele pare. Que me reconheça e se lembre dos quatro anos que passamos juntos. Mas ele continua seu caminho como se eu fosse apenas uma estranha, sem se afetar.

Não posso dizer o mesmo de mim.

— Amigo seu? — pergunta Dax, me lembrando de que ele está comigo, me observando ter um leve colapso por causa do meu ex-namorado.

— Era — respondo honestamente. — Em outra vida.

Percebo que os olhos de Dax passam por cima do meu ombro, provavelmente para olhar Stuart ainda caminhando na calçada.

— Você quer me contar sobre ele?

Ah, Deus, como responder isso?

Pego a mão de Dax e andamos algumas quadras até a extremidade sul do Trinity Bellwoods Park, onde encontramos um banco vazio sob uma árvore, ao lado de um jogo de frisbee. Dax se senta ao meu lado e espera.

— Sinto que acabei de ter um vislumbre do que o meu futuro poderia ter sido.

Ele assente, como se o que eu estivesse dizendo não fosse completamente sem sentido.

— É uma vida que você quer?
— Não.

Não há hesitação na minha resposta. Nenhuma.

— Nem mesmo o cara? — pergunta Dax, com certa vulnerabilidade na voz.

— Especialmente o cara.

Eu me viro para encarar Dax, enfiando a perna embaixo do joelho e me aproximando para tentar explicar que a minha reação não tem nem um pouco a ver com querer Stuart. Foi só um choque. E meu cérebro fazendo o encaixe final, compreendendo meus sentimentos por Dax.

— Acho que ele foi uma daquelas decisões das quais conversamos mais cedo. Do tipo que o meu coração sabia que não era a certa, mas minha cabeça tomou a frente com razões práticas para explicar por que eu deveria continuar naquele relacionamento. E eu preciso explicar uma coisa pra você. Pode não fazer sentido, mas preciso que você dê uma chance.

Dax concorda.

— Eu quero você, Dax. Todo dia se torna mais óbvio o quanto tenho sido estúpida. Eu sou melhor quando estou com você. Todo aquele colapso que eu tive antes do almoço, quando olhei para o meu futuro e perdi a cabeça, e aí você deu uma de Mestre Yoda e me fez perceber o que eu quero? Eu preciso disso na minha vida. Eu preciso de você na minha vida. Você me faz bem, e eu espero fazer o mesmo por você.

A mão de Dax segura a lateral do meu rosto. Ele não diz uma palavra, mas me puxa em sua direção, e nossas testas se encontram por alguns minutos, antes que meus lábios encontrem os dele para um longo beijo.

Então percebo duas coisas.

Esse exato momento, aqui, pode ser o mais feliz da minha vida.

E na minha outra vida, ele nunca teria acontecido.

Capítulo 22

DURMO DURANTE QUASE TODA a volta para casa, com a cabeça apoiada no ombro de Dax, satisfeita com o mundo ao meu redor.

Dax me leva da estação para casa. Nós temos uma pequena sessão de pegação na calçada antes que ele vá para o curling. Sunny, Dougie e Brandon vão jogar essa noite. Meus serviços de substituta não são necessários, então eu vou até a tia Livi para passar um tempo.

Embora a livraria já esteja fechada, há um grupo de cerca de dez mulheres reunidas em círculo, livros iguais em seus colos, cada uma segurando uma vela acesa. Esquisito para pessoas normais. Não tão esquisito para tia Livi.

Sem querer interromper, gesticulo para tia Livi informando que vou para o andar de cima. Ela entrega sua vela para uma mulher corpulenta com cachos volumosos e me encontra na entrada para o corredor dos fundos.

— Posso ver que você teve um bom dia com o Daxon.

Seu tom é mais um comentário do que uma pergunta, e mesmo que eu esteja tentada a perguntar como ela sabia que ele iria aparecer, eu a conheço bem o suficiente para saber que, mesmo que eu pergunte, não vou receber uma resposta clara.

— Foi um dia maravilhoso. — Ainda estou um pouco eufórica com tudo o que aconteceu. — Parece que a minha vida finalmente está se encaixando. Não sei como explicar.

Meu humor perfeito é temporariamente prejudicado quando os olhos de tia Livi se movem para algo atrás de mim e seu rosto nubla por um breve momento.

— Fico feliz por você, querida. Mas talvez você devesse subir. E seja rápida.

Ela me expulsa dali. Na verdade, para ser mais exata, ela me empurra para fora, na direção do corredor escuro que leva à escada que dá para seu apartamento no andar de cima da loja. Ignoro as vibrações estranhas da nossa separação e sigo seu comando até que, na metade do corredor, a porta do banheiro se abre e alguém sai.

— Desculpe, querida, me perdoe — diz ela.

A pessoa não me é familiar, mas ela se parece com a maioria das mulheres do clube do livro da minha tia: tem uns cinquenta anos, cabelo cacheado e cheio, usa muitas bijuterias e cheira a uma mistura de sálvia e rosas, apesar de que o cheiro de rosas pode ser um fundinho da essência do sabonete do banheiro da minha tia.

— Sem problemas — respondo.

Dou um passo para o lado, para deixá-la passar, mas ela para no meio do caminho. Ela se vira, me pega pelos pulsos e olha diretamente nos meus olhos, me prende contra a parede e me encara com intensidade. Eu tenho a estranha sensação de que ela está procurando pela minha alma.

— Você não é daqui.

Suas palavras me atingem como flechas perfurando o meu peito, e mesmo que eu não ache que ela tenha a intenção de me insultar, me insulta mesmo assim.

— Sou sobrinha da Livi. Não faço parte do clube do livro. Só estou indo para o apartamento dela.

Eu me movimento para seguir em frente, mas ela não solta os meus pulsos. Ela se aproxima mais ainda, estudando o meu rosto.

— Não foi o que eu quis dizer. Você não é *daqui*. Você não pertence a esse lugar.

Ela solta as minhas mãos e se afasta. Agora há espaço suficiente entre nós para que eu possa escapar. Para fugir dessa mulher e da sua encarada assustadora, e ir para o apartamento da tia Livi, onde posso acalmar essa sensação com Pinot Grigio e o estoque de sorvete de chocolate com menta que ela guarda no freezer para emergências, mas estou petrificada no lugar.

— O que você quer dizer com isso?

Ela pega minha mão, virando-a. Ela abre a palma e passa o dedo indicador do meu pulso até a ponta do dedo do meio.

— Sua aura está estranha. Não é desse mundo. Você não se encaixa aqui. Você não deveria estar aqui.

Eu puxo minha mão para longe, na defensiva.

— Por que você diria isso?

Ela inclina a cabeça para o lado, agarra uma mão cheia do que eu acredito ser ar acima da minha cabeça, abre a palma e analisa.

— Você mudou as coisas.

Resisto à vontade de revirar os olhos. Sim, claro que eu mudei as coisas. Esse era o objetivo. Eu queria mudar a minha vida para uma que não tivesse Stuart.

— Qual o problema de mudar as coisas se for pra melhor?

Ela me estuda, apertando os olhos, resmungando para si própria.

— O melhor para uma pessoa, pode não ser bom para todos. Somos todos apenas pequenos fios de um grande tapete. Se você puxa um, corre o risco de desfazer tudo.

As palavras "mas que porra é essa" estão na ponta da língua, mas eu as engulo quando somos interrompidas por outra mulher de meia-idade. Essa é baixinha e cheinha, com cachos loiros e óculos grandes. Olhos bem menos julgadores.

— Meninas, vocês estão esperando para ir ao banheiro?

Eu nego com a cabeça.

— Pode ir, Rosaline. — Minha companhia misteriosa faz um gesto para que a outra mulher entre. — Deus sabe que, com o tanto de chá que bebi, vou precisar ir de novo depois de você.

Aproveito a oportunidade para ir embora. Subo a escada dois degraus por vez, e não respiro até estar no apartamento de tia Livi, com a porta fechada atrás de mim. Aquilo foi esquisito, né? Três semanas atrás, eu não pensaria duas vezes nessa conversa. Eu faria algum tipo de piada mental sobre o que tem no chá dela e seguiria com a minha vida, mas agora não tenho certeza. Sinto algo estranho dentro de mim. Estou agitada. E realmente preciso conversar com alguém.

O celular de Kiersten cai na caixa postal, mas ela me liga de volta dois minutos depois, enquanto estou tirando o sorvete emergencial do freezer e pegando uma tigela grande o suficiente para lidar com a notícia de que as minhas escolhas de vida podem estar condenando o universo inteiro.

— Como foram as coisas hoje? — pergunta ela. — Você vai se tornar uma empresária milionária magnata e bancar sua irmã e sua família ridícula? Ah, é. A reunião com a Priya. Quase esqueci.

— A reunião foi ótima. Pode demorar uma década ou duas até que eu esteja nadando na grana, mas prometo te colocar em um ótimo asilo.

Kiersten ri.

— Eu aceito.

— Você está ocupada? — pergunto. — Estou na casa da tia Livi e preciso de um apoio moral.

Kiersten solta um longo suspiro.

— Problemas com o amante?

— Não. Na verdade, as coisas com ele estão bem boas. É o meu outro problema. Estou preocupada em estar causando uma fissura no tempo-espaço.

Há um som abafado do outro lado da linha, como se Kiersten tivesse coberto o celular e estivesse falando com outra pessoa.

— Me dá trinta minutos. Preciso ter certeza que o Riley vai terminar a lição de matemática, e aí vou te encontrar. Vamos enfrentar isso com bebida ou açúcar essa noite? Preciso parar no mercado?

Eu encaro o pote quase vazio de sorvete de tia Livi.

— Açúcar. E talvez um pote ou dois de sorvete.

Pode ser que eu precise de mais de uma tigela até que eu me sinta bem com a possibilidade de destruir o universo.

QUANDO KIERSTEN CHEGA, TIA Livi já encerrou o clube do livro. As duas entram no apartamento juntas. Suspeito que elas devem ter conversado lá fora, a julgar pela pausa de um minuto entre o barulho de passos nas escadas e o abrir de porta. O tema provável: Gemma viajou no tempo de novo; será que precisamos procurar ajuda profissional?

Kierst coloca um pote de sorvete de chocolate com menta no balcão. As duas se servem antes de se acomodarem nos lugares de sempre, tia Livi na poltrona, ao lado de uma xícara de chá, Kiersten no sofá. Dou a elas algumas colheradas de sorvete de chocolate com menta em paz, antes de me lançar na recapitulação do potencial encontro paranormal no andar de baixo. Quando termino de contar tudo, olho para as duas. Tia Livi parece estressada, com linhas profundas marcando a testa. Kiersten parece que tem um comentário sarcástico na ponta da língua, aguardando pacientemente para ser dito.

— O que você acha? — pergunto especificamente a tia Livi.

Ela troca um olhar com Kiersten antes de inspirar profundamente.

— Acho que você falou com a Miranda. Ela é nova no clube do livro, e muito versada em história.

Amo a minha tia, e como ela julga a credibilidade da pessoa pelo seu gosto na leitura.

— Ela sabe do que está falando? Devo me preocupar em causar um evento catastrófico aqui?

Tia Livi pensa por um instante.

— Acho que se o universo estivesse à beira de implodir, provavelmente receberíamos um sinal ou dois primeiro. Normalmente é assim que essas coisas funcionam, eu acho.

Ela olha para o chá, e as linhas de expressão se intensificam.

— O quê? — Um sentimento desconfortável toma conta do meu estômago. — Você está vendo alguma mensagem nas folhas de chá?

Ela enfia a mão na xícara e tira algo de dentro.

— Hum... Parece um doritos. Me pergunto como isso aconteceu.

Kiersten se engasga com o sorvete de menta. Várias tossidas e um tapa firme nas costas depois, ela se recupera o suficiente para falar.

— Acho que você está se estressando por nada, Gems. Sem ofensa, tia Livi, mas as meninas do seu clube do livro podem viajar um pouco, sem mencionar que, na maioria das vezes, estão misturando uísque nas xícaras de chá.

Tia Livi dá de ombros.

— Não me ofendo com nada disso.

Kiersten se vira para mim.

— Acho que você está perdendo a cabeça porque tem coisas grandes acontecendo na sua vida, e você está preocupada em perdê-las. Odeio ter que dizer isso, mas essa é uma reação bem Gemma.

Ela não está errada. Mesmo que eu odeie ouvir.

— Mas não era você a irmã que, alguns dias atrás, estava me dizendo para ir devagar e não decidir por impulso? Eu me lembro perfeitamente de você me falando para pensar nas consequências das minhas ações.

Kiersten coloca os pés no chão e dá um impulso para ficar sentada, grunhindo.

— Isso fui eu dando uma de irmã mais velha. Eu queria que você se desse tempo para pensar. Ter certeza de que um relacionamento com Dax é o que você quer. Eu nunca, durante todo esse tempo, pensei que você fosse alterar toda a nossa existência. Eu te amo, Gems, mas você não é tão importante. Livre arbítrio e tal.

Suas palavras fazem sentido para o meu cérebro racional. Meu estômago, por outro lado, parece ter um tijolo dentro.

— Tem certeza de que eu não estou ferrando a realidade? Uma coisa meio *Efeito borboleta*?

Ela nega com a cabeça.

— Tenho certeza. Tá tudo bem. Olha, eu estou feliz. Você está feliz. Dax, julgando apenas por todo o sexo que vocês estão fazendo, provavelmente está muito feliz. Tia Livi? — Ela chama minha tia, que olha para cima.

— Sim?

— Você está feliz?

— Ah, eu estou ótima, meninas.

Kiersten levanta os braços, como se tivesse apresentado provas irrefutáveis.

— Viu, estamos todos bem. O universo está ótimo. Para de se estressar com isso. Não vai acontecer nada.

Kiersten vai até a cozinha. Na sua opinião, a discussão acabou. Tia Livi se enterra em um livro, mas, de vez em quando, percebo ela me observando meio desconfiada. A inquietação no meu estômago é crescente. Ele se agita, e queima. Pode ser azia, ou culpa. Ou talvez sejam apenas as palavras de

Kiersten ainda pairando na minha mente, porque é de conhecimento universal que no momento que você diz "nada vai acontecer", alguma coisa acontece. E isso não é nada bom. Chame de Lei de Murphy, ou carma, ou estar convencido de que a sua vida parece perfeita. Suspeito que minha dor na barriga seja eu esperando pelo inevitável.

Às onze e meia da noite, no momento que estou me preparando para ir embora da tia Livi, meu celular toca. É uma mensagem de Brandon.

O inevitável aconteceu.

Dax sofreu um acidente.

Capítulo 23

COMEÇO A SUAR FRIO, imaginando um acidente de carro ou Dax sendo atropelado por um ônibus ou sugado para baixo de um caminhão. Há adrenalina suficiente nas minhas veias para que eu possa correr até a casa dele, ou o hospital, ou, Deus me livre, o local do acidente. Então quando os três pontinhos aparecem, sinalizando que Brandon está digitando, seguro a respiração. Ele demora tanto para escrever que quase sofro um acidente eu mesma.

Ele riu demais enquanto comia um pedaço de batata. Uma ficou alojada na sua traqueia. Dougie teve que fazer a manobra de Heimlich, e Dax acha que quebrou uma costela. Ele está fazendo um raio-x no pronto-socorro, mas, fora isso, está bem.

Um doce alívio inunda meus sentidos. Não sei se é uma reação aos hormônios que estão passando pelo meu corpo, ou a história absurda, mas meus joelhos colapsam embaixo de mim e eu me derreto no carpete da tia Livi, em uma gargalhada escandalosa.

— Cara, você batizou o sorvete sem me oferecer? — Kiersten olha para mim como se eu tivesse enlouquecido.

Entrego a ela o meu celular e observo enquanto ela lê a mensagem de Brandon.

— Admito que é um pouco engraçado, mas não o tipo de conteúdo que leva a risadas escandalosas. O que você tem?

Quando levo meus dedos às bochechas, eles saem molhados. Estou chorando. Estou rindo. Há milhares de sentimentos saindo do meu corpo, e nem todos eles fazem sentido.

— Não sei. — Eu me levanto. — Acho que eu estava achando que algo iria acontecer e que seria minha culpa... Quando recebi essa mensagem, estava certa de que as minhas ações haviam machucado Dax. Descobrir que foi só uma batatinha idiota foi um alívio tão grande. Não tem como eu ter causado isso...

Mas tem.

Ah, merda.

— Ela estava certa — sussurro.

— De quem estamos falando? — pergunta Kiersten.

— A mulher do clube do livro. Ela disse que puxei um fio, e tudo poderia se desfazer. Está se desfazendo, Kierst. Eu causei o acidente.

Kiersten coloca a palma da mão na minha testa. Eu a afasto.

— Tô falando sério. Dax, na minha linha do tempo, não come batatas às terças-feiras à noite. Ele come asinha de frango. Isso nunca, nunca teria acontecido na minha linha do tempo. Eu causei isso.

Kiersten estende a mão como se estivesse me incentivando a ficar de pé.

— Não é culpa sua. Ele é um homem adulto, que faz suas escolhas de homem adulto em relação ao que vai comer. Você não tem nada a ver com isso. — Ela estende o braço novamente, mas eu ignoro. Preciso de um minuto.

Kiersten pega o casaco do cabideiro ao lado da porta e o coloca.

— Você vai se sentir melhor se eu te levar até ele?

Fico de pé em segundos.

— Obrigada, Kiersten. Eu te devo um milhão de favores por isso.

Ela tira as chaves da bolsa e a coloca no ombro.

— É, é, é. Coloca na minha conta.

A VIAGEM DE CARRO de tia Livi até o Hospital Geral de Hamilton dura cerca de seis minutos para a maioria das pessoas. Kiersten e sua minivan fazem em quatro minutos e meio. Ela para na entrada do pronto-socorro e destrava a porta para eu sair, mas não desliga o motor.

— Eu te amo, mas eu disse para a babá que estaria em casa meia-noite. Se eu não chegar a tempo, ela começa a cobrar hora extra.

Eu paro, a mão na maçaneta.

— Quantos anos tem a sua babá?

— Quinze. Eu sei. Gostaria de ter tido esse tipo de audácia nessa idade. Me liga amanhã? Quero saber se ficou tudo bem.

Aceno com a cabeça o mais corajosamente possível e passo pelas portas de vidro da sala de espera do pronto-socorro.

Está lotado, e preciso dar duas voltas em meio a ossos quebrados, febres e outros acidentes com batatinhas antes de encontrar Brandon em uma cadeira de plástico laranja, cabeça inclinada para trás como se dormisse, e a estrutura robusta de Dougie enrolada como um gatinho, tirando um cochilo ao seu lado.

— Oi.

Chacoalho o ombro de Brandon gentilmente. Seus olhos se abrem imediatamente.

— Gemma. Você está aqui. Desculpe. Acho que apaguei. Que dia.

Dougie, ainda dormindo, responde com um grunhido.

— Como está o Dax? E onde ele está? Está tudo bem?

Brandon olha ao redor do pronto-socorro, como se tivesse reparado só agora que Dax não está ali.

— Ele foi chamado pro raio-x. — Ele checa o relógio. — Há uma hora. Sunny conseguiu que ele entrasse antes de ir embora. Acho que ele não vai demorar.

Não tem cadeiras livres de nenhum dos lados. Isso me força a ficar de pé, parada entre eles de forma desajeitada.

— Me desculpa se isso soar um pouco rude, mas não há motivos para nós três ficarmos aqui. Você se importa se eu levar meu amorzinho para casa? — Brandon passa a mão de forma carinhosa pelas costas de Dougie. — Ele realmente precisa do seu sono de beleza. Senão, ele fica meio irritado.

Assinto.

— Claro, com certeza. Eu resolvo tudo aqui. Vocês podem ir.

Dax tinha me dado uma baita força indo para Toronto comigo. Passar a noite no pronto-socorro é o mínimo que posso fazer.

São necessários dois cutucões leves e um empurrão forte para acordar Dougie. Quinze minutos depois, estou sentada em uma das cadeiras de couro falso em que eles estavam, ainda quente. A monotonia da sala começa a me afetar, assim como as notícias sem volume da CNN na televisão presa na parede, e o barulho rítmico das portas automáticas. Até mesmo os anúncios monótonos feitos pelo alto-falante me levam a um estado em que minha própria cabeça cai para trás.

Mas aí as portas se abrem, e é como se eu conseguisse sentir a sua presença antes mesmo que ele entre na sala.

Seus olhos passam pela multidão por apenas um segundo, até que encontram os meus. O cabelo escuro está todo bagunçado, como se ele estivesse dormindo até aquele momento. Ele está andando com um pouco mais de cautela, comparado ao seu caminhar confiante, e seus olhos estão um pouco opacos. Ele está cansado, mas está bem.

— Oi. — Abro os braços, mas aí me dou conta de que um abraço de estalar costelas é a última coisa de que ele precisa agora.

— O que você está fazendo aqui, Gems? — O tom de sua voz é cansado, mas carinhoso, e ele estende a mão, segura meu queixo e a mantém ali, enquanto eu pressiono minha bochecha contra a sua palma.

— Brandon me contou o que aconteceu. Sou da equipe de reforço. Vamos para casa.

Ele pega minha mão, e nós caminhamos em direção à saída.

— Sr. McGuire. — Uma voz feminina chama atrás de nós. — Sr. McGuire!

Nos viramos ao mesmo tempo, e uma enfermeira de meia-idade, com um uniforme verde-água, passa pelas portas de correr que separam o pronto-socorro da sala de espera.

— Você deixou isso no balcão. — Ela entrega um papel branco para Dax. Uma receita.

Nós saímos para o ar frio da noite, apesar de ser agosto.

— Vou chamar um Uber.

Pego meu celular, mas Dax nega com a cabeça.

— Tá tudo bem. Posso andar.

Ele começa a caminhar em direção à rua Barton.

— Daxon B. McGuire! — digo em uma voz mais severa do que jamais pensei ser capaz. — Você não vai caminhando para casa com uma costela quebrada. Volta aqui agora. Senão...

— Senão o quê?

— Nós dois sabemos que, mesmo machucado, você ainda ganharia de mim, então fisicamente eu não posso fazer nada, e eu me recuso a usar sexo como arma, por princípio e também porque eu tenho a intenção de cavalgar nesse lindo pênis novamente, assim que você estiver recuperado, então estou pedindo, como sua mais nova namorada, que você volte aqui e entre em um Uber comigo.

Ele dá apenas um passo em minha direção.

— Estou bloqueado do meu app do Uber.

Jogo as mãos para o alto.

— E daí? O meu está funcionando. Estou chamando um agora.

Dax murmura algo em voz baixa. Não parece muito feliz, mas ele volta e espera comigo até que um Mazda bem laranja estaciona na nossa frente.

Nenhum de nós diz uma palavra enquanto passamos pela Wellington, até que paramos na frente de uma farmácia.

— O que estamos fazendo aqui?

Os olhos de Dax estão legitimamente céticos. Pego o papel branco que ainda está na sua mão.

— Pegando os seus remédios. Meu plano é te deixar doidão e descobrir todos os seus segredos.

Dax tenta tirar o papel das minhas mãos, mas o movimento rápido faz com que ele ofegue de dor, e eu me arrependo de tê-lo testado.

— Merda. Desculpa. Você tá bem?

Ele assente, mas não parece nem um pouco bem.

— Tá tudo bem, Gemma. Não preciso de remédio.

Não sei de onde isso está vindo. Normalmente, Dax considera os analgésicos prescritos uma bênção, e daria boas-vindas ao sono profundo e delicioso que eles proporcionam.

— Para de ser bobo. Eu vou. É só me dar o número do convênio.

O rosto de Dax fica tão vermelho que eu consigo ver, mesmo na iluminação fraca.

— Hum... Tive um pequeno problema com o meu convênio. Estou entre planos no momento.

Merda. Mesmo assim, é Percocet. Não consigo ver custando mais do que cinquenta dólares.

— Não tem problema. Vou lá comprar.

Pego a maçaneta da porta, mas Dax me impede.

— Sério, Gemma, eu tô bem. Vamos embora.

Dax nunca foi bom em deixar ninguém cuidar dele. Eu não sou nada boa em desistir depois que já me convenci de algo. Essa conversa provavelmente terminará com uma discussão passivo-agressiva de vinte minutos na frente da farmácia Rexall, levando a uma conta de Uber desnecessariamente alta, a menos que eu seja firme impondo o meu cuidado.

— Você está machucado. Eu tenho a receita de umas pílulas mágicas na minha mão. Eu vou entrar. Você pode ir embora e me deixar aqui plantada, mas eu sei que você não vai fazer isso, porque, não importa o quanto eu te irrite, você não é um babaca.

— Gemma...

Saio do carro e não o deixo terminar.

O nome do farmacêutico é Stan. Conversamos sobre esportes enquanto ele preenche minha ficha. Falo sobre as minhas habilidades no curling para impressioná-lo, e eu acho que funciona, porque junto com o remédio de Dax ele me dá umas balinhas de café de graça.

Como imaginava, Dax ainda está me esperando no Uber quando eu saio, mas ele não fala muito no caminho para casa.

Não nos pegamos nos corredores que levam até o apartamento dele. Eu sigo Dax pelas escadas, um pouco preocupada que ele desmaie de dor e que eu precise segurá-lo.

Fico aliviada quando chegamos no terceiro andar e vemos sua porta.

Dax procura pelas chaves, e conforme ele vira o corpo, consigo ver sua porta perfeitamente, e o pedaço de papel branco preso nela. Examino a fonte Times New Roman tamanho 12, sem perceber que estou invadindo a privacidade de Dax até ler as palavras que me fazem suar frio.

Nos filmes, notas de despejo são diretas e impessoais. Grandes letras indicam com certeza que você está prestes a ser jogado na rua. Alexander Tsang, síndico na Cayley Court Apartments, parece ser bem mais gentil. Ele explica que Dax está devendo três meses de aluguel e que, se ele não quitar a dívida até o final do mês, terá que pedir a ele para procurar outro apartamento.

Seja por causa da dor ou pelo horário, Dax não percebe o bilhete até que a chave está na porta. Seus olhos imediatamente voam em minha direção, e nós trocamos uma conversa sem palavras.

Você viu isso?

Eu vi, me desculpa.

Ele abre a porta e liga a luz. O apartamento está com a mesma aparência da outra noite, embora, no contexto das últimas horas, eu comece a ver um padrão que não percebi antes.

— Tá tudo bem? — pergunto, e Dax responde arrancando o papel da porta e amassando-a em uma bola.

— É um mal-entendido. Amanhã de manhã eu resolvo.

Sei que ele está mentindo. Percebo pela forma que ele se vira, para que eu não possa ver seu rosto.

— Você sabe que pode me contar tudo, Dax — digo.

Ele deixa escapar um gemido de frustração, esfregando a mão esquerda pelo rosto.

— Você não pode usar uma varinha mágica e resolver minha vida, Gemma. Essa confusão de merda já acontece tem anos.

— Mas talvez eu possa...

— Não pode. — A voz dele é ríspida. — E me desculpa se eu estou sendo ingrato, porque você é incrível, e eu agradeço que você tenha ido até o PS, mas o que eu preciso mesmo é dar esse dia por encerrado e ir dormir. Sozinho.

A ênfase que ele dá na última palavra faz com que eu sinta uma dor no peito.

Estou tentando não levar para o lado pessoal. Ele está machucado. Está tarde. Tem alguma coisa acontecendo, e ele está obviamente chateado com isso. Mas eu não quero ir embora sem ter certeza de que ele está bem. Que *nós* estamos bem.

— Deixa eu te entregar o remédio, pelo menos.

Pego minha bolsa e o saco de papel branco que está dentro dela. Seu punho bate no balcão quando ele vê o remédio, fazendo-o estremecer de dor a ponto de precisar se segurar no balcão para se firmar. Tento segurá-lo, mas ele me afasta.

— Pelo amor de Deus, Gemma.

— Só pega o remédio, Dax. Por que você não me deixa te ajudar?

Dax sempre foi mais prático do que teimoso. E por causa das linhas de expressão de dor em sua testa, não fico surpresa ao vê-lo pegar o frasco do remédio e colocar dois na boca.

— Vou para a cama — diz ele novamente. — Por favor, me liga quando chegar em casa e me avisa que chegou em segurança.

Com isso, ele caminha até o quarto. Um minuto depois, ouço o barulho dos lençóis sendo revirados e dele se deitando na cama.

Eu deveria ir para casa. Está claro que Dax quer ficar sozinho. Devo respeitar sua necessidade de espaço. Porém, meu cérebro irracional está girando com cenários improváveis. E se ele se levantar para pegar água, a dor o fizer desmaiar, e ele bater com a cabeça no balcão? E se ele tiver alguma reação alérgica ao remédio? E se alguma coisa acontecer com o meu melhor amigo e eu não estiver por perto para ajudar?

Eu pego uma das colchas da sua mãe e me aconchego no sofá.

O tecido marrom tem um pouco de cheiro de mofo, mas o conforto surpreende, e eu apoio a cabeça em uma almofada e tento afastar os sons da cidade com os quais não estou mais acostumada, agora que moro em um porão à prova de gritos.

Fecho os olhos. Meu corpo está cansado, mas meu cérebro continua acelerado. O que está acontecendo com Dax? O apartamento. O carro velho. O fato de ele fazer compras no No Frills. Alguma coisa mudou da minha linha do tempo para essa, o que fez com que a vida dele tomasse uma direção ligeiramente diferente. E eu não tenho ideia do que seja ou de como consertar isso.

— Gems? — Sua voz rouca faz com que eu fique de pé imediatamente.

— Sim.

— O que você está fazendo?

— Eu sei que você não bateu a cabeça, mas eu meio que me convenci que você entraria em coma durante a noite. Me sinto melhor ficando aqui.

Não tem por que mentir para ele.

— Vem dormir comigo?

Eu adoro que o pedido dele é uma pergunta. Sua voz está trêmula e vacilante. Cheia de vulnerabilidade. Como se eu não fosse mergulhar para baixo do edredom dele atendendo a todo tipo de convite para dormir ao seu lado.

O quarto está um breu. Demoro um pouco para puxar as camadas de lençóis de algodão e escorregar para o lado dele sem sacudir a cama e causar mais dor. Sua mão serpenteia por baixo dos cobertores até encontrar a minha, e ele entrelaça nossos dedos.

— Me desculpa por ter sido um idiota. Estou com alguns problemas. Estou feliz que você esteja aqui.

Meus lábios encontram sua bochecha. Quero perguntar "O que está acontecendo? Me explica. Eu vou entender, prometo". Mas, em vez disso, eu o beijo, sussurrando suavemente no escuro:

— Estou. Não vou a lugar nenhum. Vamos resolver tudo pela manhã.

Capítulo 24

ACORDO COM UMA VIBRAÇÃO e na mesma hora entro em pânico porque não reconheço a sensação dos lençóis ou a rachadura no teto de gesso acima de mim.

Não estou na minha cama.

Ah, merda, está acontecendo de novo.

Antes que eu comece a me levantar, dedos quentes apertam os meus e uma onda de alívio toma conta de mim.

Dax.

Estou na cama dele. Exatamente onde deveria estar.

— Acho que é o seu celular. — Seu tom de voz reflete uma noite maldormida, curta e cheia de dor.

Ainda está escuro, e demoro um pouco para encontrar meu pequeno Samsung branco, que brilha no chão ao lado da mesa de cabeceira.

— Alô?

Ainda estou meio dormindo. Meus olhos estão muito pesados para abrir. O calor do corpo de Dax é muito prazeroso para sequer considerar sair dessa cama.

— Gemma? — A voz da minha tia me acorda o suficiente para soar coerente.

— O que foi? O que aconteceu?

— Bom... — Há uma hesitação na sua fala. — O sr. Zogaib acabou de me ligar...

Ela faz mais uma pausa, e eu reviro os olhos fechados.

— Ainda nem amanheceu, tia! Se a mãe do sr. Zogaib precisa de um hidrante, ela vai ter que esperar como todo mundo.

— Não é isso. — Sua voz assume um novo tom. Um que não consigo compreender. — Aconteceu um incêndio. Estamos tentando contatar todo mundo, mas...

Não ouço o restante da frase. É como se o mundo ao redor ficasse silencioso por um instante. Como se o tempo tivesse congelado, e a única coisa com permissão para se movimentar fosse o meu coração palpitante.

— A Wilde Beauty! — Meu corpo se enche de adrenalina, e eu me sento tão rápido que o colchão se movimenta, e Dax solta um grunhido suave ao meu lado.

— A sua loja está bem, querida. Sem problemas naquele quarteirão, mas, hum, tem alguma chance de o Dax estar com você agora?

Meu coração se aperta mais um pouco.

— O que aconteceu? O que aconteceu com a Kicks?

Quando as palavras saem da minha boca, Dax levanta a cabeça tão rápido que ele segura a lateral do corpo, com dor.

— O que está acontecendo? — pergunta ele.

— Tia Livi — digo ao telefone, afastando-o do ouvido. — O Dax está do meu lado. Vou te colocar no viva-voz. Espera um pouco, tá bom?

O próximo minuto é um borrão. Parece que estou assistindo a um filme. Como se as palavras *fogo, espalhou rapidamente* e *dano significativo* pertencessem a outra pessoa que não eu. E elas pertencem, de alguma forma. Minha loja e meu quarteirão escaparam dos prejuízos, mas a Kicks e duas outras lojas foram atingidas pelo incêndio que começou na cozinha do novo restaurante de frango frito ao estilo de Nashville que abriu há apenas uma semana.

Dax ouve tudo sem dizer uma palavra. Posso jurar que ele está mais branco do que já é, apesar de que é difícil dizer somente com a luz do meu celular.

— Você quer ir lá? Ver como está a situação? — pergunto.

Ele quer ir, mas ele ouviu a tia Livi tão bem quanto eu. *Dano significativo. Os bombeiros ainda estão trabalhando. Não vão nos permitir entrar por alguns dias.*

— Você está bem?

Sei que é a pergunta mais estúpida do mundo. Como ele pode estar bem? *Eu* estou longe de estar bem, e não foi a minha loja, meu sonho, que foi transformado em pó.

Dax não diz uma palavra enquanto se veste, enquanto descemos as escadas do prédio e entramos no táxi.

Nós vemos os caminhões de bombeiro e a fumaça bem antes do quarteirão onde fica a All The Other Kicks.

— Porra — diz ele tão baixo que quase não ouço.

Encostamos e o pequeno espaço entre dois caminhões de bombeiros esvazia toda esperança que ainda restava em meu coração. A fachada da loja está preta. A grande e linda janela de vidro que dava para a rua James foi estilhaçada em um milhão de pedaços, misturando-se a poças de água e cinzas.

— Parece que o fogo foi controlado.

Aponto para o grupo de bombeiros na calçada, conversando. Não estão segurando mangueiras. Ou correndo para prédios em chamas. É uma boa notícia, se é que pode haver uma boa notícia em toda essa situação fodida.

Dax não responde; eu me viro e o vejo com a cabeça entre as mãos, respirando fundo.

— Ei. — Faço círculos lentos em suas costas. — Sinto muito, Dax.

Ele continua respirando fundo. Faço contato visual com o motorista pelo espelho, como quem diz "Sem pressa. Deixa ele levar o tempo que precisar". Pelo menos cinco minutos se passam até que Dax levanta a cabeça.

— Estou tão fodido, Gem.

Fico olhando para o buraco carbonizado que antes era sua linda loja.

— Eu sei que isso parece uma merda agora, e vai dar trabalho reconstruir. Mas eu vou estar com você, pra te ajudar. E tenho certeza de que Dougie e Brandon também estarão. Vamos todos...

— Não, não vamos — ele me interrompe. — Acabou. Acabou pra mim. Esse é o ponto final para a Kicks.

Sua expressão é tão decidida que me assusta. Dax é o cara que sempre diz para não estressar. Que a vida acontece do jeito que deve ser. No pior dos piores momentos, é ele quem diz "Aposto que um dia a gente vai olhar para trás e rir dessa merda". Ele é um eterno otimista, a ponto de eu sempre me perguntar se alguma coisa pode afetar sua tranquilidade. Mas, sentado no banco de trás desse Ford Explorer, olhando para seus sonhos queimados, parece que o último lampejo de esperança foi apagado de seu corpo.

Encosto meus lábios na sua têmpora.

— Vamos esperar até falarmos com o perito do seguro. Talvez não seja tão ruim quanto você pensa.

Dax solta o cinto de segurança, abre a porta e sai para a rua antes mesmo que eu perceba o que está acontecendo. Agradeço ao motorista e me lanço para a calçada, mas ele já está na metade do quarteirão, e tenho que correr para alcançá-lo.

— Dax! Espera.

Seu ritmo diminui, mas ele não para.

— Ei. — Finalmente o alcanço. — Pra onde você está indo?

Ele passa a mão pelo cabelo e olha em volta como se não tivesse certeza de como foi parar ali.

— Não faço ideia. Eu tinha que sair de lá. Não conseguia mais olhar para aquilo.

A Kicks era o sonho do Dax muito antes de eu o conhecer. Eu o vi transformar uma loja de garagem em um grande sucesso. Ver a loja nesse estado me dá vontade de vomitar. Não consigo imaginar o que Dax está sentindo.

— Tem alguma coisa que eu possa fazer para ajudar? Alguém para ligar? Eu entendo que você não queira lidar com ninguém do seguro agora, mas eu posso, e vai ajudar.

— Não tem ninguém pra ligar. — Ele começa a se afastar, mais devagar dessa vez, e eu o acompanho. — O pagamento do seguro está atrasado tem pelo menos dois meses. Recebi uma notificação semana passada informando que eles iriam cancelar minha apólice por falta de pagamento. Não consigo ver um cenário em que vão mudar de ideia, e, mesmo se mudarem, estou com tantas dívidas que não vai ser o suficiente para começar de novo. Estou ferrado, Gemma. Acabou.

Não.

Nada disso é certo.

Não é assim que as coisas deveriam ser.

Eu ajudei Dax a preencher seus impostos nos últimos dois anos. Eu sei que a Kicks está indo bem.

— O que aconteceu?

Eu não queria dizer isso em voz alta, mas eu digo, e Dax me olha de um jeito estranho. Faz com que eu perceba a necessidade de explicar minha pergunta.

— Eu pensei que a Kicks estivesse indo bem. Me lembro das filas quando inaugurou.

Dax senta no meio-fio, esticando as pernas para a rua. Ele estica a mão para a minha e me puxa gentilmente para o seu lado.

— As coisas estavam ótimas no começo. Até comecei a achar que finalmente estava chegando em algum lugar. As vendas estavam ótimas. O boca a boca estava ótimo. As pessoas vinham de Toronto para ver os tênis. Mas aí veio a pandemia, e tudo ficou uma merda. Tive que ficar com a loja fechada por muito tempo, e eu não tinha meios para abrir uma loja on-line porque ainda tinha dívidas da abertura. Tudo virou uma bola de neve a partir daí. Mesmo depois de reabrirmos, eu estava muito no fundo do poço para conseguir sair. O fim era inevitável. Só aconteceu um pouco mais cedo do que eu esperava.

Tem algo errado. Além da terrível constatação de que fiz meu amigo se sentir culpado e fechar sua loja já em dificuldades para me acompanhar até Toronto, há uma segunda sensação, ainda mais dolorosa, subindo pela minha espinha. Não foi assim que a história de Dax se desenrolou na minha linha do tempo. Quando ele abriu a loja, os tênis praticamente voavam das prateleiras, exatamente como ele disse. E sim, a pandemia também aconteceu na minha linha do tempo. Mas ele *já* tinha colocado a loja on-line em funcionamento antes da quarentena. Até teve um cara, Jeremy, que gostou tanto dos tênis de Dax que queria abrir uma segunda loja em Toronto, mas Dax não estava interessado. Então Jeremy se ofereceu para investir, e Dax montou a loja virtual. Ele tinha um depósito ao sul de Barton e uma pequena equipe que o ajudava a atender à demanda.

Por que isso não aconteceu aqui?

Refaço os passos na cabeça, tentando descobrir em que momento tudo deu errado.

A constatação é tão forte que tira todo o ar dos meus pulmões, e eu tenho que me apoiar na calçada para não cair.

Jeremy era colega de trabalho de Stuart.

Eu o conheci em uma festa e, quando ele me disse que iria visitar Hamilton na semana seguinte, mencionei vários lugares que ele deveria visitar, inclusive a loja do Dax.

Se eu nunca namorei Stuart, nunca fui àquela festa, e a conversa nunca aconteceu.

— Ei, você está bem? — Os braços de Dax envolvem meus ombros, e ele me puxa para um abraço de lado.

Eu não estou bem. Nem um pouco. Como posso dizer a Dax que arruinei a vida dele?

— Eu posso dar um jeito nisso tudo.

Eu me levanto. A mulher do clube do livro estava certa. Eu puxei um fio, tudo está se desmanchando, e deixando um buraco gigante na vida do meu melhor amigo.

Dax pega minha mão novamente.

— Você não pode resolver tudo isso, Gemma. Eu amo que você quer tentar, mas não é um problema seu.

Mas é. Ele só não entende. Eu posso colocar tudo no lugar. Só preciso voltar para a minha linha do tempo e deixar as coisas como estavam. Dax vai ter sua loja de volta, tudo vai ficar bem. Só preciso dar um jeito de voltar e...

Vou perder o que eu tenho agora com Dax.

E vou perder a Wilde Beauty.

Meus joelhos viram gelatina e minha bunda atinge a calçada com uma pancada forte.

Não consigo respirar.

Não consigo pensar.

Eu fodi tudo tão forte que não consigo encontrar uma saída. Não tem como isso acabar bem. Ou eu fico aqui, na primeira fila, vendo meu melhor amigo perder tudo o que trabalhou tanto para conquistar, ou vou para casa, e Dax voltará a ser apenas meu amigo, e terei de viver com a lembrança do que poderíamos ter sido.

Lá se vai o plano de consertar o tapete. Eu o encharquei de gasolina e acendi um fósforo, e agora estou vendo tudo queimar.

— Gemma, o que foi?

Ele não deveria estar me consolando. Deveria ser o contrário.

— Estou bem. Só estou preocupada com você.

— Não precisa ficar. Já estou trabalhando no meu novo plano.

— Você está?

Ele faz que sim.

— O irmão do Brandon, Peter, é gerente em uma empresa de contabilidade. Ele já disse algumas vezes que, se eu cansasse da agitação de administrar uma pequena empresa, ele me contrataria e me treinaria como assessor de impostos em tempo integral. Eu vou aceitar. Acho que posso me mudar para o porão do Dougie por um tempo, até me recuperar. Você ainda acha que quer namorar um cara que mora no porão do primo?

— Claro que sim.

Seguro a cabeça dele com as duas mãos e tento comunicar por telepatia cada um dos milhões de pensamentos que já tive de como acho que ele é o melhor ser humano desse planeta. Como sei, com cada célula do meu corpo, que ele é a pessoa certa para mim, meu par perfeito. Como eu ferrei tudo uma vez, e agora talvez esteja ferrando tudo de novo, mas em ambos os cenários e em todos os outros que possam vir depois, eu sempre vou querer ele. Sempre.

As palavras "Dax, eu te amo" estão na ponta da minha língua, prontas para escapulirem. Mas o celular dele começa a tocar e, antes que eu consiga dizer tudo o que ainda precisa ser dito, ele o coloca no ouvido.

— Oi, mãe. O Dougie te ligou? É, eu sei... Perdi tudo... Tudo.

Minha cabeça está afundando. Mas não é na água. É em um lodo espesso, que está me impedindo de organizar os pensamentos. Será que eu deveria levá-lo para a casa da tia Livi agora mesmo? Reverter o feitiço? Corrigir esse erro imediatamente?

Não, eu não posso. Não vai funcionar. Pelo menos por enquanto. Ainda tenho alguns dias até a lua certa.

Será que eu deveria simplesmente contar a ele sobre a nossa vida em outro universo e torcer para que ele entenda? Será que se ele soubesse que posso consertar tudo isso eu o pouparia de alguma dor de cabeça? Um feitiço e tudo estará de volta no lugar. Será que eu quero colocar tudo de volta no lugar?

Em algum momento no meio da minha crise, Dax desliga o telefone. Ele estende a mão e me ajuda a ficar de pé, mas, antes que ele se afaste, eu o abraço.

Sinto seu cheiro. A sensação de ter seu corpo entre as mãos. A maneira como me sinto instantaneamente segura, e perfeita, e certa. Estou guardando tudo na memória. Catalogando todas as pequenas coisas que tomei como certas por quatro longos anos.

Eu o sinto inspirar e ouço a dor em sua respiração. Só quando me afasto e sua mão pressiona as costelas é que percebo que a dor era física, e não emocional.

— Merda. — Cubro a boca com as mãos. — Desculpa, Dax. Eu esqueci. Com tudo que... Eu esqueci completamente.

— Tudo bem, Gemma, não se preocupa com isso.

Mas eu me preocupo.

É a última gota.

O último parafuso das comportas que mantêm tudo dentro se solta.

Lágrimas quentes descem pelas minhas bochechas, e minha respiração fica curta e rasa. Eu sei que não deveria estar chorando. A questão aqui não sou eu. Eu deveria ser forte por Dax. Mas uma vez que começo, não consigo parar. É como um deslizamento de terra.

— Ei, vamos lá, não chora. — Ele me envolve com os braços e me puxa para seu peito. Eu fico aqui, paralisada, sem conseguir me mexer, sem querer machucá-lo mais do que já machuquei. — É só uma loja, Gems — ele diz com a boca encostada no meu cabelo. — Ninguém se machucou.

Eu me afasto, limpando o rosto com a manga da blusa.

— Esse é o tipo de coisa que eu deveria estar dizendo pra você. Eu te dou total permissão para ser agora mesmo a bagunça chorosa nesse relacionamento. Eu posso ser a pessoa tranquilizadora. Eu consigo.

Ele pega minha mão e inclina a cabeça para trás na direção do fogo.

— Estou bem por enquanto. Talvez eu precise desses seus serviços mais tarde. Dougie acabou de me mandar uma mensagem. Ele está aqui. Sua tia está com ele. Minha irmã está a caminho. A gente deveria ir conversar com eles.

Caminhamos até a loja de Dax. Ainda não estou preparada para vê-la toda queimada e destruída. Meu estômago se revira novamente ao ver a ferida aberta que um dia foi a Kicks.

Em algum momento, a mão de Dax é substituída por uma mão firme e enrugada, e ainda mais familiar.

— Você está bem, querida? — diz ela no meu ouvido conforme sou puxada para um abraço com cheiro de lavanda.

— Isso é tudo culpa minha — sussurro, me sentindo um pouco melhor por poder dizer isso em voz alta.

— Ah, querida, não. — Ela segura meu rosto entre as mãos, usando o dedão para secar as lágrimas, que fazem uma participação especial. — Na vida, às vezes, coisas ruins acontecem. E quando não há nenhum lugar para colocar a culpa, nós a seguramos com a gente. Mas não tinha nada que você poderia ter feito para impedir isso. Nada mesmo.

Claro, o incêndio pode ter sido inevitável. Dax, na minha linha do tempo, pode estar nesse momento encarando o grande buraco escurecido que um dia abrigou os seus sonhos. Pode ter milhares de outras linhas do tempo, com milhares de outros Daxes, todos tendo o pior dia de sua vida agora mesmo, mas eu não tenho como saber disso, nem tenho a capacidade cerebral para processar algo tão metafísico nessa manhã desastrosa e sem café.

Mas de uma coisa eu sei.

Mesmo que a Kicks seja uma pilha de cinzas na minha linha do tempo, Dax está bem melhor lá do que aqui. Ele vai conseguir reconstruir. Seus sonhos podem ter sofrido um pequeno acidente, mas não estão destruídos.

E há algo que eu posso fazer a respeito disso.

— PRECISO DE UM pouco de sinceridade, mas com afeto.

Estou parada na entrada da casa de Kiersten, com dois cafés com leite em mãos, e exalando o cheiro de uma triste fogueira de acampamento.

Ela não pega o café. Nem me convida para entrar. Só nega com a cabeça.

— Desculpa, Gems, mas estou de saída e não consigo conversar agora. Te ligo mais tarde, tá bem?

Ela se vira como se a nossa conversa tivesse terminado, mas deixa a porta entreaberta. Ignoro suas palavras e a sigo para dentro de casa. Pelo jeito ela ainda não sabe o que aconteceu.

Tudo na casa de Kiersten é igual a minha linha do tempo. Tem o desenho de uma vaca que Riley fez na parede com caneta permanente quando tinha cinco anos. Kiersten emoldurou o desenho em vez de cobri-lo com tinta. O quadro "viva, ria, ame" que ela ganhou da mãe de Trent no seu primeiro aniversário de casamento está no mesmo lugar, em cima da televisão. Eu apostaria um milhão de dólares que está escrito "chore, beba, transe" no verso, com a mesma caneta permanente que Riley usou para fazer o desenho na parede.

O cheiro também é o mesmo. Panquecas e café. Se eu fechar os olhos e limpar a mente, quase posso fingir que estou de volta à outra linha do tempo. Que não estraguei tudo.

— É uma emergência, e preciso que você me diga o que fazer.

Ela me ignora mais uma vez, pulando com um só sapato no pé, enquanto procura pelo outro em uma pilha de tênis e botas de borracha descombinadas.

— Sério, Gems. Tenho que ir a um lugar. Prometo que ligarei para você mais tarde, mas agora tenho que ir.

Ela pega o sapato que faltava da pilha e o calça. Ao ver seu reflexo no espelho, ela bagunça a raiz do cabelo com os dedos e pega as chaves do carro na prateleira ao lado da porta, enfiando-as na bolsa.

Ela não está entendendo. Eu desmanchei o tapete. Fodi o tempo-espaço e Dax está pagando o preço.

— Aconteceu um incêndio. — Minha voz oscila, mas não tem o efeito desejado. Ela passa por mim para abrir a porta, ignorando o fato de eu estar tendo um colapso no seu hall de entrada.

— Tô sabendo — diz ela por cima do ombro. — A tia Livi me ligou. É horrível, e espero que o Dax esteja bem, mas, se eu não sair agora, vou me atrasar.

O desespero inunda minhas veias e eu me lanço atrás dela, agarrando seu braço.

— Kiersten. Eu preciso de você.

Ela se vira, agarrando meus ombros. Seu olhar fita o meu de forma firme e inabalável.

— Não, Gemma. — A dureza no seu tom de voz parece um tapa. — Você não pode simplesmente aparecer na minha casa e esperar que eu esteja disponível e largue tudo porque você precisa desabafar. Eu amo você. Sinto muito, tudo isso é uma merda. Mas você precisa resolver as coisas sozinha ou esperar até mais tarde, porque agora eu não posso.

Ela não espera a minha resposta. Sai correndo porta afora e desce a calçada até a entrada da garagem, sem parar nem por um momento, mesmo comigo correndo atrás dela.

— Mas eu trouxe café.

Ela olha para cima. Eu diria que ela está rezando, mas Kiersten é tão ateia quanto possível.

— Entra no carro.

Ela sobe no banco do motorista e liga o motor. Estou atordoada demais para me mover, até que ela começa a dar ré na entrada da garagem, e tenho que correr para alcançá-la, abrindo a porta do passageiro pouco antes de ela chegar à rua.

— O que tem de errado com você? — falo aos gritos enquanto aceleramos pela rua com a porta ainda aberta.

— Já disse. Tenho uma reunião. Temos exatamente catorze minutos para chegar, então começa a falar. Porque você não vai entrar lá comigo.

— Que reunião é essa?

Enfim percebo que ela está usando um terno. Não me lembro de Kierst usando algo tão formal. E ainda sapatos pretos de salto e o cabelo escovado com secador. Acho que ela está até usando batom.

— Vou apresentar uma ideia para um cliente em potencial. — Ela diz isso como se fosse algo normal que já tivesse dito antes.

— Apresentar o quê? Para quem? Quem é você e o que fez com minha irmã?

O farol a nossa frente fica amarelo. Kiersten acelera e aciona o pisca-alerta esquerdo. A minivan faz a curva com uma agilidade surpreendente.

— Decidi abrir minha própria empresa de marketing — diz ela ao sairmos do cruzamento. — A Nana's Doughnuts quer repaginar a marca. Estão sendo pressionados pelas novas lojas hipsters de donuts. Eles querem um novo visual. Nome. Logotipo. Tudo. Era para eu ter me encontrado com eles na noite em que você prometeu ficar de babá. Acho que a reunião on-line não foi tão ruim quanto eu achei que seria, porque eles gostaram da minha proposta. Agora está entre outro consultor independente e eu. E eu realmente quero ganhar isso.

Esqueço do meu próprio assunto completamente.

— Isso é incrível, Kierst — digo, honestamente. — Eu não tinha... ideia.

Ela dá de ombros, sem olhar para mim.

— Bom, é... Tenho um diploma de marketing que nunca usei. Sou bem inteligente. Tenho ótimas ideias. Mas ninguém nunca pensa isso de mim porque passei os últimos quinze anos dando tudo o que tinha para outras pessoas, e estou cansada disso. Eu quero, pelo menos uma vez, ter algo meu. E eu acho que eu seria muito boa nisso.

Eu tinha ido na casa dela para contar como arruinei a vida de Dax. Para detalhar como as minhas ações causaram uma fissura que saiu do controle. Porque é isso o que eu faço.

Sempre parto do princípio de que ela vai me ouvir. E que vai me acalmar. E que vai me dizer exatamente o que eu devo fazer em seguida, e voltar ao assunto mais tarde para me provocar. Porque é isso o que ela faz.

É como a nossa dinâmica sempre funcionou.

Mas, até hoje, acreditei que ela não se importava.

— Há quanto tempo você está pensando em começar um negócio?

Kierst mantém os olhos no trânsito movimentado da manhã de um dia útil.

— Já tem algum tempo. Mas decidi levantar a bunda da cadeira e realmente fazer algo quando a tia Livi me obrigou a ir naquele retiro de ioga de final de semana no outono passado. Uma hora que fizemos um círculo e tivemos que falar sobre nossas esperanças e sonhos, e percebi que só conseguia pensar em você e nos meus filhos. Nenhum sonho era meu. E decidi que iria fazer algo a respeito.

Eu me lembro desse retiro. Ele também aconteceu na minha linha do tempo. Quando Kiersten voltou para casa, ela ficou estranha por uma semana e meia. Eu achei que tinha sido pelo excesso de tempo que ela passara com a tia Livi. Mas agora suspeito que a Kiersten da minha linha do tempo pode estar se sentindo da mesma forma.

E que eu estava completamente alheia a isso.

Dessa vez, não posso nem culpar uma falha no universo. Eu estava muito envolvida no meu drama com Stuart, meu trabalho e meus problemas para perceber o que a minha irmã estava passando.

Paramos em frente à loja de donuts e Kierst dá uma última olhada no espelho retrovisor.

— Beleza, fala. Quer falar sobre o incêndio ou sobre os seus sentimentos? Tenho seis minutos.

Eu balanço a cabeça, ainda repensando tudo.

— Usa esse tempinho pra se preparar. Acho que eu vou fazer essa coisa de tentar resolver os meus problemas antes de vir chorar para você.

Kierst me olha como se estivesse esperando por um "pegadinha do Malandro" ou um "mas", ou outra indicação de que não estou falando sério. Como isso não acontece, seus olhos se suavizam e ela estende a mão sobre o console para apertar a minha.

— Sempre vou estar aqui por você, Gems.

Eu também aperto a mão dela.

— E eu vou me esforçar para te apoiar também, a partir de agora. — Limpo uma pequena mancha de rímel preto em sua bochecha. — Você vai arrasar. Você nasceu pra isso.

Ela dá uma última olhada no retrovisor interno, depois o coloca de volta no lugar.

— Você tem razão. Eu nasci. E o que quer que tenha dado em você agora, acho que gosto dessa versão.

Eu acho que gosto também.

Ela tira o cinto de segurança e abre a porta.

— Ei, Kierst — chamo. — Você é aulas.

Ela se vira e faz um aceno brusco com a cabeça.

— Sou pra caralho.

Capítulo 25

— ENTÃO, O QUE você acha? Lar doce lar.

Coloco a última caixa de Dax no chão de concreto do porão de Dougie e Brandon. Passamos a tarde empacotando as coisas de Dax no apartamento. Apesar de ter tentado manter o otimismo e se convencer de que ele está se mudando para algo maior e melhor, há uma energia de luto no ar.

Não ajuda ver que o porão de Dougie e Brandon não é exatamente um belo refúgio para um homem solteiro. Em silêncio, prometo a mim mesma nunca mais reclamar do meu próprio porão.

Enquanto o meu tem acabamento completo com parede de gesso pintada e piso imitando madeira, a nova casa de Dax é um verdadeiro porão, com paredes de blocos de concreto, vigas de sustentação expostas e toda a extensa família de Frank.

— Não é nada atraente, eu sei. Mas eles estão me deixando ficar aqui sem pagar aluguel até que eu me reestabeleça. Vou ter meu próprio canto de novo em breve, juro.

— Não duvido disso nem por um segundo. — Envolvo os braços ao redor do seu pescoço, odiando o olhar que ele está me dando agora. — Esse lugar tem uma *vibe* rústica industrial que está super na moda. A luz fraca te dá uma aparência melancólica que eu acho bem atraente. Tem todo o jeito de uma caverna do sexo.

Isso me rende um pequeno sorriso.

— Ah, é?

Eu corro minhas mãos pelo seu peito.

— Quero dizer, foi só descer esses degraus e imediatamente quis arrancar sua roupa. Não sei se são todos os músculos que você está flexionando para carregar essas caixas, mas acho que esse lugar tem uma energia sexual muito intensa.

Ele segura meu rosto com as mãos, e eu espero um beijo brincalhão, ou faminto, para combinar com o tom da conversa. Mas recebo um beijo longo, profundo e emocionante, que sinto até o meu âmago, junto com a impressão de que ele significa algo para Dax.

— Obrigado. — Ele me puxa para um abraço, e nós ficamos ali pelo que parecem horas, mas provavelmente são só alguns minutos.

Eu poderia ficar ali feliz por muito mais tempo, mas desgrudamos ao som dos passos não-tão-delicados de Dougie descendo a escada, seguidos de um pigarrear de urso assim que ele chega ao porão, com a mão pronta para cobrir os olhos, se necessário.

— Ok, ótimo — diz ele quando nos vê ainda completamente vestidos. — Não tinha certeza do que vocês dois estavam fazendo aqui embaixo. Talvez seja o caso de elaborarmos algum tipo de código. Acabei de prometer ao Brandon que faria bacon para o brunch, e nós o guardamos aqui no freezer grande. E, já que estou aqui, pensei em avisar que Brandon e eu estamos planejando dar uma festa no sábado, para dar as boas-vindas ao nosso novo colega de quarto. Uma festa bem elegante. Estou entre os temas Tight and Bright ou Crepúsculo. Marquem em suas agendas.

Pego meu celular para criar um evento no meu calendário e me certificar de separar um tempo durante a semana para procurar pela fantasia perfeita. Porém, quando chego no sábado, duas palavras me encaram.

Lua minguante.

Meu tempo está acabando. No sábado a lua estará na posição para o feitiço e eu preciso decidir o que fazer.

Ficar ou ir.

Dax como amante ou Dax como amigo?

Meu sonho ou o dele.

— Você está bem, Gems? Ficou meio pálida.

Levanto a cabeça e vejo que Dougie já voltou para o andar de cima e que estou novamente sozinha com Dax.

— Quero te fazer uma pergunta. — Meu coração está batendo alto, com seu *glub-dub, lub-dub*.

— Manda.

— Assim, pensando hipoteticamente. Se eu pudesse trazer sua loja de volta, do jeitinho como ela era antes, até mais bem-sucedida, mas isso significasse que a gente teria que voltar a ser apenas amigos, você gostaria que eu fizesse? É uma hipótese. Completamente hipotético.

Dax estuda o meu rosto.

— Essa pergunta parece bem Don Corleone.

— Don quem?

Ele me puxa para um abraço, rindo.

— Aí está.

— O quê?

— Sua falha trágica. Eu sabia que você era boa demais para ser verdade, Gemma.

— Você acha que essa é a minha falha trágica? Esqueceu como a gente se conheceu?

Ele se afasta e deposita um beijo suave na minha testa, sorrindo pela primeira vez desde que colocamos os pés nesse porão úmido, escuro e extremamente não sexual.

— É, tem razão. E a resposta para a sua pergunta é não. A loja é um lugar, e você é uma pessoa. Uma pessoa bem estranha às vezes, mas acho que é por isso que eu te amo.

Meu coração para.

Completamente.

Ele para de bater até que o meu cérebro se recupere e processe o que ele acabou de dizer.

— Você me ama?

Ele solta um longo suspiro, como se seus pulmões estivessem sofrendo do mesmo defeito que o meu coração.

— Não deveria escapar desse jeito. Tinha que falar de um jeito bem mais romântico, mas é isso. Eu amo. Eu amo você, Gemma.

Ele não se move em minha direção. Só fica na ponta dos pés, como se não tivesse certeza de como isso vai se desenrolar.

Isso é importante. Bem importante. Dax ficou com sua última namorada por quase quatro meses e nunca, nem uma vez, pronunciou essas três palavras perfeitas.

Ele me ama. E embora eu tenha... suspeitado? Desejado? Mandado intenções para o universo para que ele sentisse a mesma emoção avassaladora que tem dominado todos os meus pensamentos racionais nessas últimas semanas? Ainda é maravilhoso ouvi-lo dizer em voz alta.

— Também te amo, Daxon B. Há muito tempo.

Minhas palavras fazem com que ele dê um passo à frente, embora ainda esteja com os braços colados às laterais do corpo.

— Você ainda vai se sentir assim quando eu for um assessor tributário?

— Principalmente quando você for um assessor tributário. Imposto é muito sexy.

Ele levanta uma sobrancelha, não muito convencido.

— Adoro homens de calça de sarja.

— Gemma.

— Se você prometer fazer meu imposto de renda, juro por Deus que me ajoelho agora mesmo e faço um boquete em você.

— Gems...

Seu tom é de riso, mas eu disse a palavra mágica que começa com "b". Agora seus olhos são só calor e sexo. Ele estende os braços e suas mãos encontram o caminho de volta para o meu corpo, pousando levemente nos meus quadris, a ponta dos dedos encontrando a faixa de pele nua entre minha camiseta e a calça jeans. Ele se inclina e deposita três beijos leves no meu pescoço. Um perto da clavícula, outro logo abaixo da mandíbula e o último embaixo da orelha. Em seguida, ele passa a língua pelo lóbulo e o mordisca, brincalhão.

— Temos sete meses até a época dos impostos.

É o convite que estou esperando. Estamos na caverna do sexo, e quero sentir seu corpo. Meus dedos procuram o laço da sua calça de moletom. Ele abre o botão da minha calça jeans com uma só mão. As roupas íntimas seguem o mesmo movimento coordenado e frenético. Ficamos pelados da cintura para baixo em menos de um minuto.

Eficiência.

Gosto disso.

Acho que vou gostar de transar com Dax, o assessor tributário.

Eu o empurro para trás, e só depois me lembro que provavelmente suas costelas ainda estão sensíveis. Ele cai na cama fazendo uma pequena careta ao bater no colchão. Mas quando eu subo em cima dele, envolvendo com cuidado sua cintura com os meus joelhos, seu rosto se derrete em um sorriso lento, enquanto as mãos deslizam pelas minhas coxas e passam por baixo da bainha da minha camiseta. A pele áspera das mãos calejadas contrasta com a suavidade da ponta dos dedos, que fazem cócegas enquanto sobem pelas minhas costas, enviando uma onda de prazer pela espinha.

Duvido que algum dia vou enjoar dele me tocando assim. Ou do jeito que seu sorriso se alarga quando os polegares tocam a parte inferior dos meus seios, ou o modo como ele olha para mim, semicerrando os olhos e satisfeito, como se também pudesse fazer isso para sempre.

— Vem aqui e me beija logo.

Dax puxa minha cabeça em direção a sua para um beijo, que começa todo doce e demorado, mas rapidamente se transforma em quente e faminto, até que é momentaneamente interrompido pelo som de vozes discutindo na cozinha acima de nós.

— Tenho a impressão... — Dax sussurra conforme seus olhos se movem para o teto. — De que eles estão debatendo se devem nos convidar para o brunch, então...

Ele enrola minha camiseta no seu punho e me puxa para mais um beijo. Esse não perde tempo. É todo língua e desejo e eficiência. *Mensagem recebida, Daxon McGuire.* Tempo é dinheiro.

Ele levanta minha camiseta apenas o suficiente para puxar meu sutiã para baixo e libertar meus seios. Ele leva um mamilo à boca, o que faz com que eu solte um gemido um pouco alto demais, uma vez que estamos tentando transar às escondidas. Se Dougie soubesse a sensação incrível que Dax está criando com o movimento da sua língua, talvez ele nos deixasse em paz pela próxima hora. Ou talvez pelo resto da tarde.

Eu não consigo mais me preocupar com Dougie ou outra coisa que não a boca talentosa de Dax, enquanto se alterna entre lamber e chupar. Especialmente quando ele toca o seio negligenciado com o dedão, movimentando-o em círculos lentos e provocantes, até deixar meus mamilos tão duros que chegam a doer.

Meu quadril começa a se mexer por vontade própria, procurando a ereção rígida de Dax, erguida e pronta entre meus joelhos. Enquanto me balanço, seu pau desliza na minha entrada. Me perco no ritmo, aproveitando a fricção toda vez que seu pênis roça no meu clitóris.

— Cuidado, Gems. — Dax levanta a cabeça do meu peito. — Você está muito molhada. É maravilhoso pra caralho, mas ainda não coloquei a camisinha.

Coloco as mãos entre os joelhos e acaricio seu pênis, amando o fato de que ele é grande e grosso.

— Bom, então melhor a gente dar um jeito nisso, caso eu me empolgue demais.

Dax me levanta do seu quadril e me joga no colchão ao lado dele, depois rola para fora da cama, pegando sua calça abandonada e a carteira no bolso de trás. Ele retorna com a embalagem já entre os dentes, mas noto seus olhos se desviando para o teto acima de nós, e ele faz uma pausa por um momento, antes de voltar a se concentrar em mim e em meu corpo seminu.

— Ah, foda-se.

Ele abre a camisinha, jogando a embalagem no chão, volta engatinhando para a cama e me deixa na mesma posição que estávamos antes de ele sair.

— Por favor, continue — diz, sorrindo, enquanto levanta minha camiseta e dá toda sua atenção para o meu outro seio.

Ouvimos outro barulho acima da nossa cabeça, e nós dois paralisamos. Minha telepatia com Dax tem certeza que nós dois estamos rezando para que os deuses do brunch criem algum tipo de distração no andar de cima, para nos dar mais tempo. Quando os barulhos de cozinha recomeçam, abandono os planos de provocar Dax lentamente, e me posiciono em cima do seu pau.

— Vou direto pra atração principal — digo a ele enquanto deslizo para baixo, tomando cuidado para não encostar em suas costelas. Ele geme, mas é de prazer. Apesar da minha afirmação ousada, desço devagar, introduzindo-o, centímetro por centímetro. Eu pauso por um momento, deixando meu corpo se ajustar, aproveitando a sensação de preenchimento completo, e em seguida volto a descer devagar, me deleitando com o fato do menor dos movimentos ser tão gostoso.

— Porra, Gems...

Ele não termina a frase. Coloca as mãos em meus mamilos e os aperta, e eu interpreto sua linguagem corporal perfeitamente: "Eu quero mais. Eu quero você. Me faz gozar".

Acelero o ritmo, deixando as mãos uma de cada lado para que eu possa inclinar o corpo para a frente e aproveitar a sensação do meu clitóris roçando no seu colo. Fecho os olhos e me perco por um momento na deliciosa fricção de me esfregar nele.

— Vou ter que parar de te olhar, ou isso vai acabar antes do que eu gostaria. — A rouquidão na voz de Dax é mais uma camada adicionada às milhares de pontadas de prazer disparando pelo meu corpo.

— Achei que a gente estava tentando ser rápido?

— Não tão rápido.

Ele passa a mão esquerda pelo meu cabelo, e me puxa para mais um beijo. Seu outro dedão encontra o meu clitóris, e ele faz movimentos circulares com a quantidade certa de pressão, enquanto eu continuo a cavalgar para frente e para trás.

— Assim você vai me fazer gozar — digo.

Ele responde com um gemido baixo.

Nossos beijos vão ficando mais molhados, mais bagunçados, e mais urgentes. Nós dois temos a mesma linha de chegada em mente, êxtase na forma de orgasmo, de preferência antes que seja tarde demais.

Sinto que está chegando. Meu corpo está pronto, braços abertos, esperando para ser empurrado do precipício. Mas minha mente está hesitando, querendo se apegar a todo e qualquer momento que tenho com ele. Querendo memorizar cada curva, cada gemido, cada momento caso essa seja a última vez...

— Porra, Gems, quero ficar fazendo isso para sempre, mas...

Dax levanta o meu quadril, dando espaço para mais impulso rápido e forte. É o que eu preciso para sair da minha cabeça. Meu corpo assume o controle enquanto ele me penetra profundamente com um último gemido, seguido de um:

— Porra, eu vou gozar.

Eu mal o ouço. Porque eu também vou. Nós gozamos juntos.

Quando meu coração para de bater como um incêndio, eu rolo para o lado dele na cama. Ele acaricia minhas costas enquanto seus lábios depositam um pequeno beijo na minha têmpora. O único som no porão é a nossa respiração pesada, até que ouvimos um rangido no andar de cima e o som de passos na escada.

— Quem está a fim de um café da manhã inglês?

Capítulo 26

— O QUE VOCÊ acha? Muito apertada? Ou não está apertada o suficiente?

Dax puxa a cortina do pequeno provador nos fundos do brechó local, o One More Time, e me mostra o que eu descreveria como uma calça jeans skinny cinza-claro que não deixa nada para a imaginação — e eu nem preciso imaginar mais nada. Porém, me sinto um pouco possessiva em relação ao seu pênis maior-que-a-média, porque agora estou transando direto com ele. Tenho vontade de bater no peito e gritar um primitivo "meu" para a caixa, que não consegue tirar os olhos do volume em formato de lata de cerveja que se projeta da perna direita de Dax.

— Eu pegaria um tamanho maior, garotão.

Fico encarando seu pênis enquanto Dax dá uma última geral no espelho e depois se retira para o provador, murmurando "coisas melhores virão", um mantra adequado e que usei muito essa semana, enquanto Dax se adaptava a sua nova casa e a sua nova vida.

Foi uma semana difícil, para dizer o mínimo. Como era de esperar, as coisas não correram bem com o seguro. O pagamento estava atrasado. Não há muito o que ele possa fazer, mesmo que pudesse pagar um advogado. A balança do poder está inclinada na direção errada.

Dax também está tendo dificuldades em sua nova moradia.

Dougie e Brandon são acolhedores e incentivadores. Mas ambos estão bastante acostumados com a própria rotina. Brandon gosta de fazer CrossFit virtual todos os dias, às cinco e meia da manhã. Antes ele se exercitava no porão, mas gentilmente mudou o local dos exercícios para a sala, para não incomodar Dax. Isso significa que Brandon agora faz seus *burpees* bem acima da cama de Dax. É como acordar com uma tempestade violenta todas as manhãs. Mas Dax se sente péssimo por estar dormindo onde Brandon normalmente fazia os *burpees*, então sente que não pode reclamar.

Tem também os desejos regulares de Brandon por bacon, e a perda de memória contínua de Dougie, que sempre se esquece de usar o toque secreto na porta quando desce com a missão de pegar o bacon no freezer. Começamos a transar de camiseta para o caso de Brandon ficar com fome, porque a escada só tem doze degraus que ficam fora de vista antes de a cabeça de Dougie aparecer perguntando se estamos com fome.

Essa saidinha para fazer compras foi uma tentativa de tirar Dax de casa. Precisamos de fantasias para a festa de amanhã à noite. Dax precisa de algo para se distrair do fato de que vai comparecer a uma sessão de orientação pela manhã e começar o trabalho na segunda.

— Acho que encontrei uma vencedora. Quão sexy fico com essa?

Ele puxa a cortina novamente. Se a última calça era apertada, essa é quase pintada no corpo. Parece calça legging. Cinza-claro, e eu registro mentalmente como ela se agarra a cada músculo e curva do seu corpo.

— Tenho certeza de que podemos encontrar um colete e uma camisa folgada para você. Você daria um Príncipe Encantado muito elegante.

O tema da festa decidido por Dougie e Brandon foi *Amantes em tempos perigosos*, o que é bem interpretativo. Não lembro da história de Cinderela ser cheia de perigo, mas tenho certeza de que o príncipe tinha uma espada, e que os sapatos da Cinderela eram feitos de cristal.

Deixo Dax procurando por algo nas araras que possa funcionar para o restante da sua fantasia. Conforme procuro entre pilhas de roupas de segunda mão, minha mente vai para o mesmo lugar que sempre vai quando tenho um momento para pensar: a iminente ampulheta invisível acima de mim, com apenas alguns grãos de areia restantes antes que o tempo acabe. Amanhã à noite a lua se tornará *minguante*, e eu ainda preciso me decidir. Na verdade, isso é mentira. Eu me decidi várias vezes ao longo da última semana, mas aí mudei de ideia o mesmo tanto de vezes. Deixo para trás o sapatinho de cristal ou dou a volta e corro para os braços do meu príncipe?

Talvez seja apropriado que eu vá à festa como Cinderela. Ela também tinha um toque de recolher. Uma contagem regressiva até que seus sonhos se tornassem pó. Mas, mesmo depois que o tempo dela acabou, as coisas deram certo para a Cinderela e o Príncipe Encantado, certo? O amor deles prevaleceu. No final, o "felizes para sempre" valeu toda a angústia que veio antes. Será que isso é um sinal? No final, Dax e eu ficaremos bem. Talvez ele seja um assessor tributário. Talvez demore para a gente conseguir se ajeitar, mas seremos felizes.

Encontro a camisa branca perfeita, assim como um colete de veludo roxo e um chapéu que é um pouco mais Peter Pan do que Príncipe Encantado, mas eu o levo para Dax experimentar mesmo assim. Ele desaparece atrás da cortina, e aí reaparece alguns momentos depois, parecendo a realeza do brechó.

— Acho que temos um look vencedor, meu príncipe.

Os olhos de Dax observam sua imagem no espelho. Ele vira para um lado, e depois para o outro.

— Eu gosto. Mas estou achando que a *vibe* é mais de Romeu. O que você acha? Será que deveríamos ir de Romeu e Julieta? É bem mais perigoso.

Ele tem um ponto. Consigo ver o que ele quer dizer. Aquela fantasia é toda Romeu. Só que essa história não tem o tipo de final que eu estou desejando. Apesar que o problema de Romeu e Julieta não foi falta de amor. Foram problemas de logística e de habilidade de comunicação pré-adolescente. Eu e Dax não temos grandes segredos, a não ser, lógico, o fato de que eu, de alguma forma, criei uma fissura no tempo.

Em conflito, retorno para as araras. Está na hora de encontrar algo igualmente incrível para fazermos par. Encontro dois vestidos de formatura antigos que, com as bijuterias certas, podem me fazer parecer Julieta depois que todo mundo já bebeu algumas cervejas. Quando saio do provador, Dax está encarando o celular, com um ar de que seu cachorro acabou de morrer. Ou talvez como se o trabalho de uma vida toda tivesse se transformado em cinzas, e a ferida ainda estivesse muito aberta.

— O que foi?

Ele olha para cima ao ouvir minha voz, enfiando o celular no bolso de trás.

— Recebi meu horário de trabalho para a próxima semana, seguido por um vislumbre de como os próximos cinquenta anos da minha vida vão ser.

Ele força um sorriso, mas seus olhos o entregam. Ele está chateadíssimo.

— Vou ter que me acostumar com isso, Gems. — Ele me puxa pelo braço para perto dele, então encosto em seu peito, e ele me envolve em um abraço que conforta a nós dois. — Vou ficar bem. Só tem uma coisa que você pode fazer, e você está fazendo um ótimo trabalho.

— É mesmo?

Meu rosto continua pressionado em seu peito, porque eu não sei o que vou fazer se encontrar seus olhos agora.

— Sim. Você está aqui comigo. É tudo o que eu preciso.

Capítulo 27

MESMO ANTES DE ABRIR os olhos, sei que não estou na minha cama.

Era de imaginar que, a essa altura, eu já estivesse acostumada, uma vez que acordar em camas que não a minha é um novo hábito. Dessa vez, o que me acorda é um estrondo de "Fergalicious" em algum lugar acima de mim, e o cheiro de perfume de homem misturado com almíscar e o som de água corrente. Um chuveiro.

Estico minha mão pelo lençol de algodão e alcanço o lado da cama de Dax ainda quente. Eu me viro e coloco o rosto no seu travesseiro, sentindo a combinação perfeita de perfume, sabonete e o cheiro de noite dormida ainda presente, que, de alguma forma, acho inebriante. Eu poderia fazer isso todas as manhãs. Para sempre. Acordar ao lado dele.

Rolo de barriga para cima e encaro o teto na mesma hora que o chuveiro é desligado. Não tem um banheiro completo nesse porão. Acho que disseram aos antigos donos que a casa valorizaria se colocassem um, então eles instalaram um chuveiro, uma pia e uma privada, mas nunca terminaram o chão ou colocaram paredes, então eles só ficam ali, abertos e expostos no canto mais afastado do porão.

Dougie e Brandon nunca tinham precisado dele até agora. É uma característica peculiar do novo apartamento de Dax, que eu acho incrivelmente não convencional, e ele acha horroroso.

Continuo deitada, contando teias de aranha, ouvindo os passos de Brandon no andar de cima, e esperando Dax voltar para a cama. Quem sabe ele venha me acordar com uma ereção matinal. Depois que alguns minutos se passam, começo a ficar inquieta e com tesão, então eu me enrolo no edredom e levanto para procurar por ele.

Ele está sentado tão imóvel que eu quase não o vejo. Está usando um terno que eu não o vejo usar desde que o tio dele faleceu, há dois anos. Em volta do pescoço há uma gravata vermelha que eu tenho quase certeza que ele comprou ontem no brechó. Ele está segurando um par de meias pretas entre as mãos e olhando para elas com um olhar tão desamparado que faz o espaço entre as minhas costelas doer.

— Você está bem? — pergunto.

Ele olha para mim e, por um momento, é como se eu conseguisse sentir suas emoções. O desamparo, o pesar, os questionamentos: "onde foi que eu errei?", "o que vai acontecer?", "é assim que vou começar os meus dias pelo resto da vida?".

Porém, Dax apenas sorri.

— Estou nervoso com o primeiro dia.

Nós dois sabemos que ele está mentindo, e também minto quando digo:

— Tenho certeza de que vai ser ótimo.

Nós dois mantemos a máscara de felicidade falsa enquanto subimos as escadas, nos juntamos a Bradon para o café da manhã e caminhamos até o ponto de ônibus.

— Faça a vida de todos os outros assessores tributários um inferno. — Ajeito a sua gravata e lhe dou um último beijo quando o ônibus para e abre as portas.

— Te vejo hoje à noite na festa.

Ele aperta minha mão ao entrar no ônibus. O aperto vai até o meu coração.

— ISSO NÃO PARECE roupa de exercício.

Kiersten olha para a minha calça jeans e sandálias gladiador antes que seus olhos parem na caixa gigantesca de donuts da Nana nas minhas mãos.

Estamos no estacionamento perto da marina, nos preparando para nossa caminhada de sábado de manhã à beira do lago.

— Eu diria que a gente não faz exatamente o que se chama de exercício — rebato. — É mais um passeio tranquilo.

Kiersten dá de ombros.

— Até que você tem um bom ponto.

Ela levanta a tampa da caixa de donuts, revelando uma dúzia variada. Prendo minha respiração enquanto ela olha para dentro.

Fiquei em conflito em comprar ou não os donuts. Kiersten ainda não me contou como foi a reunião. Talvez eu tenha que boicotar a Nana para o resto da vida. Mas eu precisava do conforto do açúcar depois de presenciar Dax olhando tristonho para as suas meias logo pela manhã.

— Então… Alguma notícia do trabalho?

Kiersten pega um donut de cobertura cor-de-rosa com pedacinhos de coco.

— Não deu certo. Eles disseram que foi por pouco, mas, no final, a outra mulher tinha mais experiência. Ontem eu chorei demais, mas me dei um discurso motivacional essa manhã, e agora estou me sentindo melhor. Em algum momento vou conseguir minha oportunidade. Só preciso continuar tentando. Certo?

Suas palavras são leves, mas sua voz falha enquanto ela suspira pesadamente.

Kierst sempre foi a minha pessoa. Para quem eu corro quando a minha vida está desmoronando. Agora é ela quem está com lágrimas pesadas e tristes manchando suas bochechas. É ela quem precisa que alguém diga que tudo vai ficar bem.

Eu abro os braços e puxo sua bochecha para o meu peito, deixando-a chorar enquanto faço uma massagem em círculos lenta e reconfortante nas suas costas.

— Você é boa nisso — diz ela com a voz abafada contra o meu peito.

— É que eu aprendi com a melhor.

Suas mãos se apertam na minha cintura enquanto ela inspira profundamente.

— Eu sei que é estúpido chorar desse jeito. Mas é que parecia o cliente ideal, sabe? Eu amo donuts, Gems. Eu teria sido perfeita.

— Você teria.

— Parece estupidez, mas eu preciso disso. — Ela se afasta e limpa as bochechas com as costas da mão. — Parece que a minha vida ficou parada por anos. Só fiquei cuidando de todo mundo por tanto tempo que eu... esqueci quem eu era. Achei que começar o meu negócio faria eu me sentir como eu mesma novamente.

Ela recomeça a chorar, e eu procuro em minha mente algo que eu possa fazer para ajudar.

— E se você repaginar a Wilde Beauty?

Kierst tira um lencinho de papel do bolso e tenta limpar as manchas de delineador das bochechas.

— Obrigada por o que você está tentando fazer, mas toda mudança que eu sugerir seria um rebaixamento. Você fez a Wilde Beauty ser perfeita na primeira tentativa.

Mas aí que está. Na verdade, *eu* não fiz nada disso. Sim, eu tive ideias ao longo dos anos, planos hipotéticos das noites que me permiti sonhar, mas a Wilde Beauty que nós duas conhecemos e amamos foi o bebê da outra Gemma, não meu.

Kierst pisca até as lágrimas secarem, e então inspira longa e profundamente.

— Na minha cabeça, a Nana seria uma ótima forma de praticar. A Nana é tão doce. Eu amo donuts pra caralho. Pensei que, se eu conseguisse aprender fazendo, teria experiência para tentar algo que não fosse tão familiar. Agora não sei se algum dia vou conseguir. Não é como se outra Nana fosse aparecer tão cedo.

Outra Nana não vai.

Mas uma Wilde Beauty sim.

Uma Wilde Beauty cuja dona ainda tem muito o que aprender sobre começar um negócio. Que precisa correr riscos e saber que, mesmo que ela ferre tudo um pouquinho, vai ficar bem.

Em um instante, encontro a resposta sobre se devo ficar ou ir. Minha cabeça talvez queira ficar, mas meu coração sabe que preciso ir. Por Kierst. Por Dax. Por mim.

— Vou para casa. — Sei que é a coisa certa a ser feita assim que digo em voz alta.

Kiersten encara seu donut.

— Tipo, para o seu porão, ou para casa, *casa*?

A expressão no meu rosto comunica minha resposta, porque ela assente.

— Vamos encontrar um lugar pra nos sentar.

Caminhamos até um banco próximo, que dá vista para a fonte no final do caminho pavimentado. O céu está azul-claro, com nuvens brancas e fofinhas de livro de criança. Não há nenhuma brisa, então o lago está calmo o suficiente para ver o fundo nas partes mais rasas.

— O que causou essa mudança de ideia repentina? — Ela dá uma mordida no donut e geme mais para si própria. — Ah, Nana, já te perdoei.

Tento colocar em palavras o que me ocorreu há pouco. Se eu contar que ela é um dos motivos pelos quais eu preciso voltar, ela vai me dizer que estou sendo ridícula. Que ela está bem e eu não deveria me preocupar. Então eu foco na segunda resposta.

— No meu mundo, Dax tem tudo o que ele sempre quis. A Kicks é famosa e bem-sucedida. Mas, mais importante, ele tem esse olhar, não sei como descrever. É como se pegasse fogo. Mas aqui, esse fogo se apagou. Parece que ele está perdido. E eu sei que você vai me dizer que não é minha culpa, mas também sei que posso consertar as coisas se voltar para casa.

Para ele e para Kiersten.

Kiersten para com o donut na metade do caminho para sua boca.

— Você não mencionou o quanto é feliz aqui.

Sim, tem isso. Não posso negar que estou mais feliz do que estive em anos. Essas últimas semanas foram um tipo de benção esquisita. Uma chance de enxergar todas as decisões erradas dos últimos quatro anos e como as coisas poderiam ter sido se eu apenas confiasse nas minhas próprias habilidades em vez de pegar o caminho mais seguro.

— Estou feliz aqui. Feliz pra caralho. Mas eu e você somos iguais na outra linha do tempo. Mesma coisa com a tia Livi. E não há motivos pelos quais eu não poderia ter uma Wilde Beauty na outra vida. Certo? Eu sou inteligente. Sou capaz. Estou longe de ser perfeita, mas estou trabalhando nisso. E, claro, no meu mundo, a Priya vai achar outra pessoa para sugerir uma parceria. Mas outra Priya vai aparecer, e se não aparecer, quem vai garantir que eu não posso sair por aí e encontrar minha própria Priya? Eu quero tentar. Vou voltar para casa e trabalhar até cansar, até que eu faça a Wilde Beauty acontecer.

— E o Dax?

Essa é a pergunta que está abrindo um buraco no meu estômago, formando um vazio tão grande que eu nem consigo olhar para a caixa de donuts.

— Eu não sei o que vai acontecer com ele. Nosso relacionamento é diferente lá. Há uma grande possibilidade de que ele esteja namorando uma assistente de veterinário.

— Você acha que ele gostaria de ter algo a mais?

Outra pergunta que não consigo responder.

Penso no último dia que vi Dax na minha antiga vida. Todo o evento ainda é meio nebuloso na minha mente, mas a única coisa que é clara é o sentimento que eu tive. Aquele aperto no peito que veio com a ideia de que talvez, apenas talvez, Dax e eu pudéssemos estar finalmente reconhecendo que éramos algo mais do que amigos.

Tenho quase certeza de que disse a ele que o amava.

Também tenho quase certeza de que ele disse que sexo mudaria tudo.

É difícil separar os sentimentos dos fatos.

O que eu sei é que nos beijamos.

E aí ele foi embora.

Embora eu não queira admitir, essa não é a minha resposta?

— Acho que ele não quer mudar as coisas entre nós.

— E, mesmo assim, você quer voltar?

Eu assinto, lágrimas escorrendo pelas minhas bochechas.

— Eu o amo demais para ficar.

Seus braços envolvem meus ombros, e ela me puxa para um abraço enquanto minhas pequenas lágrimas se transformam em um choro abundante.

— Vai ficar tudo bem, Gems. Tenho um sentimento de que tudo vai se resolver.

— Você não sabe.

Ela me solta, mas ainda segura meu rosto para que eu não olhe para outro lugar que não seus olhos.

— Você está certa. Eu não sei. Não tenho nenhum tipo de habilidade **adivinhatória**. Você é a única da família que herdou essa merda paranormal.

Bom, tenho minhas suspeitas em relação a tia Livi. Ela ficou muito calma nas últimas semanas. Mas não vamos pensar nisso agora. Se tem uma pessoa que eu conheço bem, é você. Eu te conheço há vinte e oito anos e te amei na maior parte do tempo. Você é esperta e engenhosa, e quando confia em você mesma e no que você quer, faz acontecer. Não consigo te prometer que você vai ficar com o Dax. Mas eu te vi encontrando um amor verdadeiro nessas últimas semanas, e eu não acho que você vai se contentar com menos que isso. Você já se cansou dos Stuarts. E eu espero que dê certo para você. O universo jogou umas bombas no seu caminho nos últimos tempos. Na minha opinião, ele te deve uma.

Eu mergulho novamente no conforto de outro abraço de Kiersten.

— Eu amo você, Kierst.

Ela dá um tapinha na parte de trás da minha cabeça.

— Eu te amo também. Por favor, me passa esse carma na sua outra vida.

— Eu vou.

— E já que ainda estamos *nessa vida*, me passa outro donut.

Capítulo 28

HOJE À NOITE É a noite. O tempo acabou. É o fim da linha. Estamos nos quarenta e cinco do segundo tempo. Elvis está vestindo sua calça azul e se preparando para deixar o prédio.

Eu tenho um plano. Tia Livi está fora nesse fim de semana, em uma feira do livro. Kiersten me assegurou que a geladeira de tia Livi tem todo um estoque de frango, há velas brancas no balcão, e o novelo de lã cor-de-rosa está pronto, esperando. Precisarei inventar uma desculpa para Dax amarrar minhas mãos, mas até agora ele não recusou nenhuma das minhas sugestões sexuais, então estou confiante de que posso fazer acontecer.

Mas então vem a parte difícil. A parte em que preciso me despedir de tudo o que amei nessa versão da minha vida, começando pela segunda despedida mais difícil.

— Você é linda e perfeita, e, porra, você tem cheirinho de sonho.

Minha loja não responde porque é uma loja, mas um sentimento esquisito de calma toma conta de mim.

— Isso não é um adeus — sussurro para um frasco de esfoliante de toranja com sal marinho. — Isso é um "até nosso próximo encontro", e ele vai acontecer, prometo.

Dou uma última inspirada profunda, fecho a porta atrás de mim, e volto para casa para me preparar para a festa.

Nunca pensei que me sentiria nostálgica em relação ao meu porão assustador. Mas conforme ando pelo apartamento uma última vez, uma bola de desconforto se forma no fundo da minha garganta. Tchau, cozinha pequenininha. Tchau, sala de estar barra sala de jantar barra quarto.

Eu me recomponho quando chega a hora de usar o banheiro pela última vez, ou pelo menos até quando vejo meu amigo aracnídeo de oito patas pendurado no canto do chuveiro.

— Frank, você foi o melhor colega de apartamento que eu já tive. Estou feliz que colocamos nossas diferenças de lado e coordenamos nosso cronograma de banhos. Espero que você tenha uma ótima vida.

Estou bastante ciente de que as coisas ficaram um pouco ridículas. Quando os meus olhos se enchem de lágrimas, tomo como um sinal de que preciso arrancar o bandeide de uma só vez e ir para a festa

PARA UMA FESTA QUE tem me causado medo, começa superbem. Reconheço Sunny vestida de *Uma linda mulher* quando ainda estou chegando, na metade do quarteirão para a festa. Ela corre na maior velocidade com uns saltos mega-altos. O vestido vermelho justo não a atrapalha nem um pouco quando ela se joga nos meus braços.

— Gemma! Você está aqui. Tem alguém que eu quero que você conheça!

Andre Cortez é enfermeiro pediátrico. Aparentemente, Sunny e ele ficaram se olhando por um ano e meio, até que Sunny se cansou de esperar que ele chegasse nela e o convidou para um café na noite em que pediu para que eu a substituísse. Meu coração dói com a ideia de que não vou ver no que isso vai dar, e eu espero com todas as fibras do meu ser que Sunny consiga o final feliz que ela merece.

Nós três caminhamos juntos até a casa. Como na última festa, o lugar está cheio. Porém, Dax não vem me procurar. Converso com Andre, que é interessante e engraçado e olha para Sunny como se estivesse apaixonado. Como Dax ainda não apareceu, eu o procuro na sala de estar, na sala de jantar e na cozinha, até que por fim o encontro no quintal, sozinho, sentado em uma cadeira de plástico e encarando um vaso de samambaia.

Ele não está com a fantasia. Ainda está com o mesmo terno de velório, a gravata vermelha solta e torta. Ele segura um copo de uísque vazio na mão.

— Enfim te achei.

Ele olha para cima ao ouvir minha voz, e um sorriso largo e genuíno se espalha pelo seu rosto.

— Oi, Gems. — Ele coloca o copo de lado e abre os braços. Eu aceito de bom grado o convite para me sentar no seu colo.

— Como foi o primeiro dia?

Ele hesita antes de responder. E porque eu conheço Dax, sei que ele só faz isso quando está escolhendo cuidadosamente suas palavras. Não é um bom sinal.

— Foi exatamente como achei que seria. As pessoas foram agradáveis. O trabalho foi ok.

— Mas?

Ele suspira e me puxa para mais perto.

— Estou feliz que você esteja aqui.

Uma mudança de assunto bem clara, e eu a acompanho.

— Eu amo uma boa festa à fantasia.

— Ah, verdade, acho que eu deveria me trocar. Porém, se eu não me trocar, quem sabe a Julieta acaba encontrando outro cara nessa festa, e as coisas vão ser melhores para ambos.

Eu sei que foi uma piada. Mas eu já tracei muitos paralelos entre a nossa fantasia e a nossa situação para achar engraçado.

— Ei. — Ele passa o dedão na ruga entre minhas sobrancelhas, como se quisesse apagar as minhas preocupações. — Só estava brincando. Se você achar outro cara essa noite, não tenho ideia de como eu lidaria com isso, mas não seria nada bom. Quando disse que estava feliz por você estar aqui, eu quis dizer mais que nessa festa. Estou feliz que você está na minha vida. Semana passada foi a pior de todas. Ainda não consigo pensar muito na loja, porque fico muito deprimido. E não só por causa do incêndio. Eu não estava muito bem antes disso. Estou morando em um porão. Mas o que me faz feliz toda vez que penso nisso é você. Seria uma fase terrível pra caralho se eu não tivesse você, Gems. Só espero conseguir voltar a ser o cara que eu costumava ser. Acho que você ia gostar mais dele.

Quero abrir a boca e dizer a ele que eu conheço o cara que ele costumava ser, e que eu amo aquele cara tanto quanto amo o que está sentado comigo agora.

Parece que me partiram ao meio. Uma parte de mim quer ficar aqui, nos seus braços, para sempre. Ser feliz nesse lugar. Mas a outra parte sabe o que eu posso dar a ele se eu partir. Tudo o que ele sempre sonhou.

— A gente deveria jogar vira copo. — A ideia se forma na mesma hora que as palavras saem da minha boca.

— Sério? — Ele levanta uma sobrancelha de um jeito que me faz ter vontade de abandonar essa ideia e, em vez disso, contrabandeá-lo para a caverna do sexo, mas eu me contenho e sigo o plano.

— Sim. — Praticamente pulo do seu colo. — Eu achei que você amava vira copo, ou pelo menos você amava na última vez que estivemos em uma festa.

Dax pega a minha mão e a puxa até que eu caia novamente no seu colo. Ele faz uma trilha de beijos, da minha clavícula até a orelha, e sussurra:

— Preciso confessar. Na verdade, odeio esse jogo. Mas foi tudo o que consegui pensar na hora, pra fazer você passar um tempo comigo.

Meu coração acelera dentro do peito.

— Você estava a fim de mim naquela noite?

Ele deposita um beijo leve na minha têmpora.

— Acho que eu já fiquei meio apaixonado desde a primeira vez que nos vimos.

— Mentiroso.

Tento pular do seu colo novamente, mas ele antecipa minha escapada e me segura.

— Beleza. Talvez não quando nos conhecemos, mas quando vi você tomar metade de uma jarra de cerveja no curling, fiquei intrigado. Alguma coisa se encaixou cedo para nós dois. Não consigo explicar.

Ele me beija lenta e profundamente, então sua língua se entrelaça com a minha, e nós vamos de um beijo doce para carícias fortes. Quando suas mãos sobem pelas minhas coxas embaixo do vestido, eu posso dizer que ele também está considerando uma pequena viagem para a caverna do sexo.

Mas não podemos.

Sexo vai bagunçar a minha cabeça e ferrar os meus pensamentos, e vou acabar arranjando uma desculpa para ficar e depois terei que assisti-lo ficando mais deprimido. Preciso me ater ao plano. Precisa dar certo hoje à noite. Sem desvios, sem desculpas.

— O que você quer fazer? — pergunta ele, olhando para a porta do porão.

— Acho que está na hora de tomar alguns shots.

Capítulo 29

DAX TEM CINCO NÍVEIS de embriaguez.

Primeiro nível: seus olhos ficam nublados, mas, fora isso, ele está normal. Segundo nível: ele fica barulhento de forma incomum. Isso é imediatamente seguido pelo nível três, quando ele fica quieto de forma incomum. Nível quatro: ele ama tudo e todos, de coração. Nível cinco: ele apaga atrás do sofá de Dougie e não acorda até o dia seguinte.

Eu estava mirando em um nível três bem sólido quando sugeri os shots. Dax quieto é de boa e não vai fazer muitas perguntas quando eu começar a fazer rituais ancestrais. Entretanto, tomamos muitos shots. Ou subestimei a quantidade de uísque que ele tomou antes da minha chegada, e agora estamos no limite do nível quatro, e simplesmente não tem como carregar um Dax nível cinco pelas escadas da tia Livi.

— A gente precisa ir embora. — Entrego a Dax um copo de água e um dos bagels low-carb de Brandon.

— Por quê, Gems? A festa só está começando.

Não está. Metade dos convidados já foi embora porque tem mais de trinta anos e morrem de medo de uma ressaca de dois dias.

Os demais são uma combinação de convidados que estão se aproximando de seus próprios níveis cinco e acompanhantes sóbrios como eu, olhando para seus aplicativos do Uber.

— Minha tia ligou. Ela precisa que eu dê uma olhada em uma coisinha na loja.

Ele sorri. Seus olhos estão metade fechados.

— Tudo por você, Gems.

Mas ao invés de me seguir até a porta da frente, ele se vira e volta até a cozinha de Dougie.

— Não, não, não. — Eu o agarro pela mão. — Vamos por aqui.

Eu o guio até o Jeep Cherokee verde-escuro parado na rua. Depois que prendo o seu cinto de segurança como uma criancinha, estamos a caminho. Quase não tem trânsito, uma vez que o motorista escolhe as ruas residenciais mais calmas em vez das principais. Dax fica repentinamente silencioso e apoia a cabeça no vidro com os olhos fechados. Eu o observo enquanto as luzes da rua iluminam seu rosto conforme o carro se movimenta, e uma dor transborda do meu peito. É isso. Realmente. Vamos subir as escadas e desfazer todo o problema que eu causei. E depois virá o amanhã. Quem sabe o que vai ser?

— Te amo, Gems — ele sussurra, a cabeça ainda apoiada no vidro. Eu me acomodo no cantinho debaixo de seu braço e, com a pouca esperança que me resta, desejo que essa não seja a última vez que ouço isso. Que eu esteja fazendo a coisa certa. Que eu não esteja cometendo o pior erro da minha vida.

O carro para na frente da livraria de tia Livi. São necessárias três sacudidas para acordar Dax, mas ele cambaleia para a rua e, com um segundo fôlego, se pendura em um poste, dá uma volta completa e salta para baixo, aterrissando de forma surpreendentemente graciosa. Quando ele se endireita, o cabelo cai sobre os olhos e ele exibe um sorriso genuinamente lindo.

Eu amo esse homem. Amo tanto que até dói.

— O que você está pensando aí? — pergunto.

Ele se aproxima e puxa o meu quadril até encostar no dele, me beijando com força sem esperar por uma resposta.

— Como eu te amo pra caralho.

— Ah, você me ama pra caralho?

— Bom, eu te amo, e amo te comer, e eu acho que a gente deveria entrar para resolver o que quer que tenha aí dentro pra gente poder voltar para a sua casa e se amar. — Ele lambe e morde a almofadinha da minha orelha.

— E depois foder.

Meus olhos se enchem de lágrimas, que ameaçam cair. Eu me afasto, e o puxo pela mão, sem querer que ele veja como estou, mas também sabendo o quanto de determinação ainda resta no meu tanque. Quanto mais eu adiar, maior será a probabilidade de eu dar para trás e não acontecer nada.

Coloco minha chave reserva na fechadura da tia Livi enquanto as mãos de Dax abaixam uma alça do meu vestido. Ele beija minha clavícula nua enquanto pressiona sua ereção nas minhas costas.

— A gente não pode... — Eu não posso.

Estou no limite. Pronta para cancelar tudo isso. Quando finalmente consigo abrir a porta, tenho que parar. A livraria está iluminada por velas, lançando uma luz amarela suave por todo o ambiente.

Kiersten. Ou tia Livi?

Não sei se esse ambiente tem o objetivo de me fazer ficar ou de criar um clima para ir embora.

— Uau! — Dax entra na loja atrás de mim. — O que é isso? Mais uma das cinco fantasias sexuais da lista de Gemma Wilde?

Bem que eu gostaria que fosse.

— Não. Não é sexo. Preciso de sua ajuda com uma coisa.

Tudo o que Kiersten prometeu preparar está aqui. O livro está sobre o balcão. Ao lado dele estão a vela e a lã. O frango está em um Tupperware vermelho ao lado do caixa e, quando o pego, uma folha amarela de papel pautado cai, aterrissando no local exato onde deveria estar o linóleo queimado. Não tem como confundir a caligrafia delicada de minha tia.

Às vezes, os melhores riscos são os que você assume com o coração.

Respiro fundo.

— Vem cá. — Estendo minha mão, chamando Dax para se juntar a mim no local onde tudo isso começou. — As coisas vão ficar um pouco estranhas por alguns minutos. Preciso que você confie em mim e faça o que eu pedir.

Dax assente, mas não diz nada. Eu me pergunto se parte do álcool já saiu do seu corpo e ele está voltando a ser o Dax bêbado e quieto.

Pego a vela e a aproximo de outra chama acesa, observando o pavio se acender.

Fecho os olhos e afasto todos os pensamentos, exceto um.

— Eu gostaria de nunca ter feito essa purificação do amor — sussurro em voz alta.

Esse é o ponto em que eu deveria parar, mas as palavras continuam escapando da minha boca.

— Gostaria de nunca ter tentado mudar o passado. Desejo que Kierst tenha a vida que merece. Desejo que você seja feliz, Dax.

Pego o novelo de lã e o entrego a ele.

— Preciso que você amarre minhas mãos.

Ele puxa o fio do novelo, mas me lança um olhar pouco convencido.

— Eu *sabia* que isso era alguma coisa sexual esquisita. Se você está a fim, eu também estou.

Ele enrola o fio em meus pulsos duas vezes e depois dá um nó.

Está na hora do beijo. Para selar nosso destino.

Fecho meus olhos.

— Preciso que você me beije, Dax.

— Estamos chegando na parte boa.

Não posso vê-lo, mas sinto o sorriso em sua voz e, quando seus lábios tocam os meus, um milhão de emoções se derrama sobre mim. O medo de estar cometendo um erro gigantesco. A vontade de permanecer aqui, onde ele é meu. A culpa. O desejo. A frustração de não saber por que tudo isso aconteceu, por que eu estou aqui, ou ainda se eu deveria mesmo estar voltando. Mas a emoção que supera todas elas, que irrompe de meu peito como um arco-íris brilhante, é o amor que sinto por ele. Esse pode ser o maior risco que estou correndo na minha vida, mas estou pronta para assumi-lo.

— Sei que isso deve ir contra alguma lei universal, e que o que estou pedindo pode ser impossível, mas, se puder, tenta guardar um pouco disso, mesmo que seja apenas um pequeno fragmento. Como somos bons juntos. O quanto eu te amo. O quanto eu gostaria de poder voltar no tempo e amar você só mais um pouquinho.

Ele abre os olhos, com a expressão confusa.

— É claro que eu vou lembrar. Eu não bebi tanto assim. Eu também amo você.

Meu coração se aperta com tanta força que parece que está mantendo o meu corpo refém. É como se ele estivesse gritando "fique, ou vou parar de bater".

— Corta o fio. — Eu fecho os olhos.
— O quê? Por quê?
— A tesoura está na mesa. Corte o fio. Agora. Por favor, Dax.
— Tá bom, me dá um segundo.

Prendo a respiração, ouvindo o barulho das lâminas contra o linóleo.

— Eu amo você, Da...

Escuridão.

Capítulo 30

ACORDO EM UMA CAMA estranha.

Não.

Não é uma cama estranha.

É minha antiga cama do apartamento em frente ao lago, mas o lençol é diferente. É estampado com pequenos buquês de flores silvestres.

Eu nunca vi esse lençol antes.

Mas a mancha amarela de vazamento acima da minha cabeça é bastante familiar. Parece um pouco com a Mona Lisa. E eu tive o mesmo pensamento há apenas uma semana, ainda deitada na cama, esperando o alarme parar de tocar.

Há apenas uma semana.

No meu porão.

Não era para eu estar no porão.

Saio voando da cama na velocidade do Usain Bolt. Estou mesmo no apartamento do porão. O teto baixo. O cheiro de sopa. Frank. No chuveiro. Agindo como uma aranha normal.

Não.

Não, não, não, não, não.

Alguma coisa deu errado. Eu deveria ter voltado. Isso não é voltar.

Procuro meu celular na mesa de cabeceira. Não está conectado onde deveria estar. Arranco as cobertas da cama e procuro embaixo, ao redor. No banheiro. Cozinha. Minha mesa. Não está aqui.

Não tenho como contatar o mundo lá fora.

Porra.

Preciso descobrir o que aconteceu. Preciso falar com Dax.

Há uma pilha de roupas ao lado da cama. Não é a minha fantasia da noite anterior. Na verdade, não tenho memória de tê-las usado recentemente, mas não tenho tempo para ficar pensando. Visto a roupa bem rápido, pego minha bolsa e saio correndo da casa, tentando entender o que deu errado.

Eu tinha as velas. Fizemos o negócio de amarrar as mãos. Não fizemos nada com o frango, mas o frango sempre foi um item desnecessário, decorativo. Nada faz sentido.

Chego na rua e paro no meio do caminho. Parado na frente da minha casa está o meu carro. O Volkswagen Golf GTI cinza que eu comprei com a minha primeira comissão anual.

Na minha vida antiga.

Dou a volta completa. Só para ter certeza de que não é um clone do meu carro. Mas a placa é a mesma. Meu suéter da Aritzia favorito está jogado no banco da frente.

Mas que porra é essa?

Reexamino as minhas chaves. A chave do carro está no chaveiro. Isso não faz sentido, mas que se foda. Tempo é dinheiro. Destranco as portas, subo no banco do motorista, e ultrapasso todos os sinais amarelos até a loja de tia Livi.

Ela não atende quando bato na porta do apartamento, e a livraria ainda está fechada. Sem mais ideias, entro com a chave reserva, esperando que haja alguma pista do que pode estar acontecendo. A loja parece igual, mas não há evidências da noite anterior. Sem velas. Sem novelo de lã. Sem frango.

Mas tem alguma coisa.

Algo errado.

Que merda eu fiz?

Passo os dedos pelo linóleo queimado. A cicatriz da nossa primeira tentativa de feitiço.

Está aqui. Meu carro está aqui, assim como o porão. É quase como se eu tivesse fundido as duas vidas. Ou estou em uma terceira linha do tempo? Quantas linhas do tempo existem?

Saio da casa da tia Livi e atravesso a rua para descer a rua James. Quando chego no quarteirão onde era a Kicks, meu coração explode em um milhão de pedacinhos felizes.

Ainda está ali.

Sua vitrine exibe todas as lindas criações de Dax. Pressiono o nariz contra o vidro, e embora o interior esteja escuro e vazio, as prateleiras estão bem abastecidas com produtos.

Isso é bom. É muito bom.

Eu bato na porta, caso Dax esteja no escritório, mas ele não aparece. O que faz sentido. Ainda está cedo, e é domingo, certo? Quem se importa. O que importa é que eu fiz algo certo aqui.

Mas por que eu acordei no meu porão? Eu criei algum tipo de mundo híbrido?

Olho em volta da rua quase vazia, me perguntando o que devo fazer em seguida. Se eu encontrasse meu celular, poderia ligar para Dax, Kierst, ou até mesmo tia Livi. Eles poderiam me dizer se ainda tenho Dax. Se ainda tenho a Wilde Beauty.

Wilde Beauty.

Eu corro por um quarteirão e meio.

Meu coração se acelera quando vejo os tijolos brancos pintados, mas quando chego perto o suficiente para ver pela vitrine, não estou preparada para o que vejo.

Que vem a ser nada.

Absolutamente nada.

Nenhuma prateleira. Nenhuma variedade de produtos de beleza naturais com a curadoria perfeita. Apenas um espaço vazio e uma placa da imobiliária informando que a propriedade está disponível para alugar.

A Wilde Beauty se foi.

Machuca. Mesmo que tenha sido minha decisão, e a decisão tenha sido a certa, minha alma dói ao ver o espaço triste e vazio. Fico parada por um momento, de luto pela perda da minha linda loja, até lembrar que a realidade ainda está instável e que assuntos mais importantes precisam da minha atenção imediata.

Tipo achar Dax.

Meus pés continuam se movendo. Parece que nessa manhã eles estão com vontade própria. Antes que eu perceba, estou na Brewski. Café é sempre a prioridade matinal de Dax antes que ele faça alguma coisa importante. Meus olhos percorrem o salão e as pessoas que estão na fila e concluo que ele não está aqui. Estou quase indo embora quando ouço uma voz:

— Café com leite de aveia grande, certo?

Eu me viro e encontro os olhos do barista com o coque no cabelo.

— Cobra! — falo alto o suficiente para que os seus olhos se arregalem, e ele dá um passo para trás.

— Hum, é.

— Sou eu, Gemma com G. — Aponto para mim mesma, como se não fosse óbvio de quem eu estivesse falando.

— Então você não quer café com leite de aveia?

— Sim. Com certeza, quero. E eu preciso que você me responda uma pergunta.

Ele levanta as sobrancelhas enquanto registra meu pedido sem me olhar.

— A gente se pegou? No Ano-Novo? Em uma garagem, talvez?

Ele coça o queixo e encara o teto.

— Não que eu me lembre, mas tudo é possível. Talvez a gente devesse se pegar agora pra ver se me refresca a memória.

— Não! — grito com força demais para alguém que ainda vai tomar um café. — Mas obrigada por esclarecer.

Eu espero pela bebida. Uma vez que a tenho em mãos, eu tomo metade, e levo o restante comigo enquanto caminho bem rápido de volta para o carro.

O mais importante agora é descobrir o que está acontecendo entre Dax e eu. Porém, se eu criei algum tipo de mundo híbrido, preciso tentar descobrir se ele sabe quem sou eu. Não há razão para ter outro incidente com o calçador de sapatos.

Entro no carro e dirijo até a casa de Kiersten, e rezo para que ela tenha todas as respostas, conforme corro até sua casa e bato furiosamente na porta.

Ela se abre alguns instantes depois, revelando Kiersten no seu roupão cor-de-rosa fofinho.

— Ah, graças a Deus. — Jogo o meu braço que não está segurando o café em volta do seu pescoço e aperto. Ela parece a mesma. Ela cheira igual. Ela até tira meu braço do seu pescoço com o gesto "ah, pelo amor de Deus, o que tem de errado com você, mulher?" de sempre.

Eu entro na casa segurando o café que ainda está pela metade.

— Não trouxe café pra mim? Me diz por que estou deixando você entrar a essa hora ingrata sem nem um copinho de cafeína?

— Te amo, Kierst. — As palavras saem facilmente da minha boca. — Você é incrível e maravilhosa e eu te valorizo mais do que você jamais vai saber, e eu vou fazer tudo dar certo, eu prometo.

Ela segura a minha cabeça entre as mãos e cheira o meu hálito.

— Você ainda está bêbada? Eu parei de dar bebida antes da meia-noite. Você já deveria estar sóbria.

— Eu estava com você ontem à noite?

Ela se vira, vai até a cozinha, pega um copo da cristaleira, enche de água e me entrega.

— Estou surpresa de ver você acordada tão cedo. Pensei que ia passar o dia na cama.

Eu bebo a água porque me hidratar parece uma boa ideia.

— Preciso que você me ajude. Por que eu fiquei bêbada ontem à noite? O que exatamente aconteceu?

Kiersten revira os olhos, mas pega o copo vazio, coloca mais água e me devolve.

— Você estava meio assustada com sua casa nova. Não gostou do cheiro e não queria passar a noite sozinha, então você veio aqui e tomou metade de uma garrafa de Pinot. Quando você chegou na tequila, eu tirei a bebida de você e te mandei para casa em um Uber, que eu paguei — de nada, aliás —, porque você não conseguia achar o seu celular. Trent achou hoje de manhã quando o alarme tocou, te lembrando de ir colocar água nas plantas de Dax.

Dax! Eu conheço Dax.

— Onde ele está?

— Trent? Ele foi nadar na ACM. Por quê?

— Não o Trent. Dax. Onde está o Dax?

Kiersten pensa por um momento. São os cinco segundos mais longos e agonizantes da minha vida.

— No rio Magnet? Ou no Magawan? Um desses dois? Fica no Norte, em algum lugar. Por que você está me perguntando isso? Foi *você* que me disse que ele foi acampar com o Dougie.

— Por quê? — Dax odeia acampar. Uma vez o arrastei para um acampamento mais chique, e ele só aguentou uma noite antes de se cansar dos insetos e das camas esburacadas.

— Bom, você me disse que ele andava esquisito, e que ele te disse que precisava de algum tempo longe para limpar a mente.

— Então somos amigos?

Kiersten pega minha cabeça entre as mãos e encara os meus olhos.

— O que você está fazendo? — pergunto.

— Checando se você está com uma concussão.

— É assim que se procura uma concussão?

Kiersten solta a minha cabeça.

— Não tenho ideia. Mas seus olhos parecem normais. O que está acontecendo com você, Gemma?

Não sei nem por onde começar.

— Se eu te contar, você não vai acreditar em mim por três semanas e meia, e mesmo depois desse tempo, só vai estar oitenta por cento convencida.

Os olhos de Kiersten se estreitam, e eu me pergunto se ela está pensando em fazer o esforço mental de ouvir toda a minha história.

— É, vamos deixar essa história para outro dia. Mas pelo menos me diz se você está bem? Fisicamente. Emocionalmente. Todas as anteriores.

Eu estou bem?

— Acho que sim.

Isso parece ser o suficiente.

— Bom, vou pegar o seu celular, então.

Ela sai e retorna alguns momentos depois com o meu iPhone prateado. Eu rolo pelas mensagens. Há algumas do trabalho. De amigos. E um monte de mensagens de Dax, das quais eu me lembro, até a noite da purificação do amor. Depois, elas meio que ficam muito estranhas.

Recebi sua mensagem. Desculpa. Semana corrida. Falamos em breve.
Outra semana corrida. Eu sei que te devo um café.

Não vou conseguir ir ao curling de novo. Diz pro pessoal que eu sinto muito. Vou viajar por uma semana ou duas. Você consegue colocar água nas minhas plantas enquanto estou fora?

Meu coração afunda.

A pequena chama de esperança que eu tinha de que talvez estivéssemos apaixonados nessa linha do tempo se apaga. As coisas estão estranhas. Eu consigo perceber por essas mensagens e minhas respostas. Dax está me evitando.

Meus joelhos cedem, e fico grata pela posição estratégica em que parei, porque minha bunda acerta o sofá de Kiersten com um "pá" audível.

Preciso me recordar que isso era previsível. Que Dax e eu seríamos apenas amigos. Era o que eu queria, certo?

— Você está começando a me deixar preocupada, Gems. — Kiersten se senta ao meu lado, sua mão gelada tomando meu pulso.

— Não é nada. É que estou apaixonada pelo Dax. E ele não está apaixonado por mim, e perceber isso é um pouco demais nesse momento, porque por mais que esse tenha sido o plano, não me dei conta do quanto isso faria eu me sentir mal.

As lágrimas rolam soltas. Eu nem tento impedir. Não tem sentido. Elas caem, cobrindo meu rosto e as costas das mãos enquanto tento recuperar a compostura.

— Bom, pelo menos agora você está admitindo.

As mãos de Kiersten encontram as minhas costas, fazendo círculos lentos.

— Você sabia?

— Acho que todo mundo sabia.

— Até o Dax?

— Bom, talvez não o Dax, embora eu tenha motivos para acreditar que seus sentimentos até são correspondidos.

Kiersten pega uma caixinha de lenços de dentro do seu roupão.

— Você e Dax passaram por muita coisa recentemente. Você terminou um relacionamento. Leva tempo para passar o luto. Ajeitar a cabeça. Não seria bom para nenhum dos dois se envolver imediatamente.

Ela tem razão. Não é algo que eu gostaria de ouvir, mas é um pequeno consolo. Estou começando a juntar os pedaços das últimas quatro semanas de vida que eu perdi. Mas ainda tem algumas lacunas que eu preciso entender, ou obter uma explicação.

— Por que estou morando naquele porão?

Kiersten começa a rir.

— O quê?

— Tia Livi e eu achamos que você está passando por uma crise da metade dos vinte anos. Há um mês você decidiu que não queria mais viver uma vida que você não amasse. Você pediu demissão. Colocou o apartamento à venda. Se mudou para o porão porque disse que precisava economizar. Quando perguntamos a você sobre isso, você disse que estava trabalhando em algo grande. Um projeto secreto.

Wilde Beauty.

— *Nosso* projeto secreto. — As palavras fazem sentido no momento em que as digo. Eu pego a mão dela e a seguro. — Vou abrir minha própria loja. Vai ser linda. Produtos de beleza naturais. Vou trabalhar pra cacete até conseguir fazer acontecer. E você vai fazer o marketing da loja. Vai começar seu negócio comigo. Dessa vez, vamos fazer juntas.

Kiersten fica imóvel.

— Como você...

Eu abano o ar com as mãos.

— É uma história muito longa. O importante é que eu não vou estragar tudo. Nem te desvalorizar. É sério o que eu disse antes, Kierst. Devo tudo a você e vou fazer os seus sonhos se realizarem junto com os meus.

Seus olhos se estreitam.

— Eu vou dizer obrigada, mas ainda estou bastante confusa.

Eu a envolvo com os braços outra vez e a aperto.

— Vou tentar explicar da melhor forma que posso mais tarde, mas agora eu preciso ir.

— Aonde?

— Para a casa do Dax. Aguar as plantas dele.

E encontrar outra peça do quebra-cabeça.

Kiersten me leva até a porta.

— Vai ficar tudo bem, Gems. Tenho um sentimento de que tudo vai se resolver.

Novamente, tenho um *déjà-vu* sinistro. Ela disse a mesma coisa menos de quarenta e oito horas atrás. Em outra linha do tempo. Em outra vida.

Um sentimento se apodera de mim. Nesse momento, sei que, não importa onde eu esteja, minha irmã sempre estará ao meu lado.

Coloco meus braços em volta da sua cintura e apoio a cabeça em seu peito.

— Quero que você saiba que eu te amo com todo o meu coração.

Ela acaricia minha nuca.

— Vamos considerar isso como um momento de aprendizado e, talvez, da próxima vez, pegar leve na tequila.

Capítulo 31

DEZ MINUTOS DEPOIS, ESTOU estacionando na frente do prédio de Dax.

Deus, eu senti falta de ter um carro.

A chave reserva do apartamento está no meu chaveiro do Dr. Snuggles, exatamente onde deveria estar.

Subo os degraus de dois em dois, e meu coração parece bater mais alto com cada passo.

Primeiro andar. BOOOM.

Segundo andar. BOOOM.

Terceiro andar. Um solo de bateria que me acompanha por todo o corredor até chegar na porta.

É isso.

Montei um plano. Se eu entrar no apartamento e ver que se parece com a antiga casa de Dax, significa que deu tudo certo e a loja ainda é um sucesso estrondoso. E que não ferrei com tudo que tinha de bom na outra dimensão por nada. Mas, se estiver parecida com a casa da outra realidade... Eu não pensei muito sobre o que vou fazer nesse caso.

Coloco a chave na fechadura, e conforme abro a porta, um pensamento de última hora me ocorre e eu paraliso em pânico.

E se Dax decidiu voltar para casa mais cedo? E se ele estiver aqui? E se ele continuou namorando a assistente de veterinário no último mês e já está apaixonado por ela?

Eles podem estar aqui.

Eles podem estar pelados.

Seu pênis lindo e grande pode estar na vagina mágica dela, e eu posso estar entrando para ver algo que nunca, jamais, conseguirei desver.

A ideia faz com que eu sinta vontade de vomitar.

Eu bato na porta.

— Oi, é a Gemma. Todo mundo decente aí dentro?

Nenhuma resposta. Mesmo assim, cubro os olhos conforme empurro a porta.

— Ainda a Gemma aqui. Vou entrar. Fale agora ou deixe tudo constrangedor para sempre.

Abro espaço suficiente entre os dedos para ver a parede mais distante. O quadro que ele comprou ano passado na Galeria de Arte de Hamilton está pendurado na parede e não vejo nenhum corpo pelado.

Isso é um bom sinal.

Continuo a dar uma olhada meio confusa pela sala.

A televisão gigante que ele insistia ser a *pièce de résistance* de um apartamento de solteiro está em cima do console da Pottery Barn. O sofá de couro marrom-claro que custou o mesmo que eu ganho em um mês, tirando os encargos, está em cima do tapete persa genuíno que compramos juntos em Toronto de um cara que só vende com hora marcada em um depósito no distrito de móveis.

Todos esses são sinais muito bons.

Solto um longo suspiro de alívio. Ele está bem. A loja está bem. Fiz a escolha certa.

À medida que meus batimentos cardíacos voltam a um ritmo regular e constante, me concentro na segunda tarefa que vim fazer aqui.

Pego uma jarra de suco, encho-a com água e começo a tratar das plantas do parapeito da janela, depois encho a jarra uma segunda vez para cuidar das plantas do quarto dele.

Quando entro no quarto, meu coração para de bater.

A cama está perfeitamente arrumada. Não há um único amassado nos lençóis.

Apesar de ele supostamente ter saído há dias, o quarto ainda tem o cheiro dele. Sabonete Primavera Irlandesa e o leve aroma de seu perfume.

Sou invadida por um sentimento terrível. Algo entre sentir falta, saudade de casa ou luto. É oco. Como se alguém tivesse arrancado todas as boas lembranças do meu peito e as jogado no chão a minha frente.

Está vendo tudo isso? Não é mais seu.

Tenho vontade de subir em sua cama e inspirar todos os cheiros de Dax que permanecem no travesseiro. De deslizar entre os lençóis, fechar os olhos e fingir que ele está ao meu lado. Como se em algum momento ele fosse se virar, entrelaçar os dedos nos meus e me lembrar que somos para sempre.

Meus pensamentos torturantes são interrompidos pelo som de chaves na porta, e meu instinto de "lutar ou fugir" assume o controle, até que eu me dou conta de que ladrões não usam chaves. Mas Dax usa.

Cada célula dentro de mim está no limite quando a fechadura se abre, e eu me preparo para a conversa que está para acontecer. Aquela que eu deveria ter tido anos atrás.

A princípio, ele não percebe que estou ali. Está concentrado demais em jogar a mala de couro no chão e as chaves no pratinho de porcelana em cima da estante. Perto da porta do quarto, fico observando tudo, como uma esquisitona. Olhos apreciando, coração desejando, cobiçando o homem que sempre foi minha outra metade.

— Oi.

O piso estala quando dou um passo para frente. O som faz com que Dax se vire ao mesmo tempo que pega uma calçadeira e a levanta acima da cabeça.

— Caramba, Gems. Você quase me matou de susto.

Eu seguro a jarra ainda cheia de água.

— Estou aqui regando as plantas. Você pediu...

— Sim, desculpa. Eu sei. É que eu estava pensando em você agora mesmo, e você apareceu do nada. Por um instante, não tinha certeza se você era de verdade.

— Você estava pensando em mim?

Ele abaixa os olhos para a mala, que empurra para o lado com a ponta da bota.

— É. Eu estava no Norte. Precisava de alguns dias para espairecer. Mas eu ia te ligar quando chegasse. E aí você está aqui.

— Tenho pensado em você também.

Há uma tensão no ar. Pesada e densa. Como se nós dois soubéssemos que a conversa que vamos ter agora vai mudar tudo. É um jogo meio covarde.

O primeiro a falar coloca o coração na mesa. Aberto. Exposto. Em uma situação em que tudo pode acontecer. E não hesito um segundo.

— Eu te amo, Dax. — As palavras saem com facilidade. Eu tive um mês para praticar. — Sou total e completamente apaixonada por você. Sei que você está pronto para me lembrar que eu passei os últimos quatro anos com outra pessoa. E você está certo. Eu passei. Mas eu tive bastante tempo para pensar, e eu acho que fiquei com Stuart por tanto tempo porque ele era um porto seguro. Ele era fácil. E perder ele não iria me devastar.

Um nó se forma na minha garganta. Eu engulo em seco e continuo.

— Mas perder você iria. E eu acho que tinha medo de que, se eu te amasse, você iria mudar de ideia algum dia, e nós não seríamos mais Dax e Gemma, e eu não queria arriscar o que tínhamos. Mas aí eu tive uma pequena amostra do que seria a minha vida sem você, e isso me fez perceber que você é o cara pra mim, Daxon. E eu quero ficar com você. Mesmo que isso signifique que eu possa te perder um dia.

Faço uma pausa para respirar. Para me recompor. Talvez até para ver se Dax vai dar uma dica de como essa conversa vai se desenrolar. Mas Dax não se move de onde está, perto da porta. Ele fica imóvel. Como se a minha confissão repentina e inesperada o tivesse congelado no lugar.

— Em que você está pensando? — pergunto.

— Em um monte de coisas.

— Essas coisas são boas?

Sua resposta é um hesitante meio passo à frente. Depois, uma respiração profunda. Depois, outro passo.

— Passei a última semana pensando que talvez a gente não devesse mais ser amigos.

Uma dor aguda toma conta do meu peito; estou enfrentando meu pior pesadelo.

— Foi?

Dax engole em seco.

— É demais pra mim.

Não consigo respirar. Não consigo nem formar frases do tipo "Você está errado" ou "Eu posso consertar isso, o que quer que seja. Eu faço o que for preciso". Abro a boca para tentar dizer algo, mas Dax é mais rápido.

— Eu não ia mais conseguir fingir. Esperar o próximo Stuart aparecer e ver você amar um cara qualquer que não fosse eu. Por isso, achei que não poderíamos mais ser amigos.

— Dax...

— Mas a ideia me deixou doente. Triste pra caralho. Dougie me fez voltar para casa antes porque não conseguia mais olhar para a minha cara de merda. Mas quando eu entrei aqui e te vi no meu apartamento, soube que lidaria com mais mil Stuarts só para ter você na minha vida. Te amo tanto, Gems. E você nunca vai me perder.

Meus pulmões puxam o ar com facilidade. Como se um peso de uma tonelada tivesse sido subitamente tirado do meu peito.

— Então quer dizer... — Estou meio com medo de falar.

— Quer dizer que é melhor você vir aqui e me beijar, porque eu estou esperando por isso há quatro anos.

É o convite que preciso ouvir. Em um segundo, estou do outro lado do apartamento e em seus braços.

Não há hesitação no nosso beijo, nenhum roçar tímido de lábios. Sua língua se funde perfeitamente com a minha, enquanto as mãos se enrolam no meu cabelo. Como se já tivessem feito isso muitas vezes antes.

Quase como se ele se lembrasse.

Acho que nos beijamos por horas. Quem saberia dizer? O tempo e a realidade estão distorcidos para mim recentemente. Quando ele se afasta, seus lábios estão levemente inchados do que pode ter sido o beijo mais épico da nossa vida.

— Isso foi muito bom — diz ele, ainda segurando meu rosto.

— Eu ia dizer incrível, mas vamos ficar com bom, estou disposta a praticar.

Ele beija minha boca com leveza, mas, ao se afastar, está com uma expressão confusa.

— No que você está pensando? — pergunto.

Ele pensa por um momento antes de responder.

— É que não pareceu um primeiro beijo.

Ainda não entendo completamente o que aconteceu no último mês. Porque o universo me escolheu, nos escolheu, para uma segunda chance.

— Concordo com você.

Capítulo 32

Seis meses depois

— OI, LINDO.

Estou falando com o piso. Mas é um piso de madeira. Precisa ser varrido, e provavelmente polido por uma daquelas máquinas que dá para alugar na Home Depot, mas nada disso importa, porque é o *meu* piso de madeira. E *minhas* prateleiras de alumínio vazias, que em breve serão preenchidas com produtos de beleza com aroma de limão e um sonho de quatro anos e meio.

— Trouxe uma comida pra nos sustentar.

Kiersten está empurrando a porta da loja com o quadril e segura uma caixa de donuts. O sino que toca acima da sua cabeça é um som do qual senti falta. É uma lembrança de uma vida inteira, e que não ouço há seis longos meses.

Tiro um donut de creme da caixa, tomo um gole do café misto com leite de aveia ainda quente da Brewski, e fico olhando para o início da Wilde Sisters Beauty 2.0. A parte 2.0 nunca digo em voz alta. Digo apenas para mim, na minha cabeça, pois decidi que minha irmã, minha tia e até mesmo Dax não estão prontos para viver em um universo com múltiplas realidades.

Considero o tempo na vida da Outra Gemma como um sonho estranho, ou uma alucinação vívida, que me ensinou algumas lições de vida que eu precisava aprender.

— Sinto que precisamos fazer um brinde.

Minha irmã levanta o copo de café. Minha tia, que não segura um café, ergue um livro.

— À Gems. Por finalmente ter confiado em sua vagina e realizado seus sonhos. Te amo, Gems. Te desejo muito sucesso! E, pra mim, um suprimento infinito de creme facial sofisticado. — Ela levanta o copo ainda mais alto. — E a mim e a minha mente brilhante, por ter idealizado o plano de marketing perfeito para garantir que os hamiltonianos façam fila para entrar.

— É isso aí! — diz minha tia, que aplaude enquanto abraço minha irmã.

Nos últimos seis meses, as coisas estão diferentes entre nós. Melhores. Estou confiando na minha capacidade de resolver meus próprios problemas, e isso deu a ela espaço para se concentrar em sua própria vida.

O sino acima da porta toca mais uma vez.

O sr. Zogaib coloca a cabeça para dentro da loja, e só a cabeça, o que é um contraste estranho com o sr. Zogaib da Outra Realidade, que não tinha problemas em invadir meu espaço quando estava em busca de hidratante.

— Ainda estamos combinados para mais tarde, Olivia? — pergunta ele à tia Livi, cujo sorriso casual indica que ela não está nem um pouco surpresa com a pergunta.

Kiersten e eu ficamos boquiabertas em uma perfeita sincronia de irmãs assim que entendemos o que está acontecendo.

Minha tia ajeita os cachos prateados.

— Sim. Te mando uma mensagem quando terminar com as meninas.

Ela dá uma piscadela. O sr. Zogaib fica vermelho como um tomate, e Kierst e eu fechamos a boca, mas voltamos a nos surpreender quando tia Livi dá uma segunda piscadela em nossa direção.

O sr. Zogaib sai de fininho, e Kierst e eu trocamos olhares do tipo "o que acabou de acontecer aqui?" enquanto minha tia age como se fosse só mais um dia normal.

— Então... — Kierst finalmente fala. — Você vai nos dizer há quanto tempo isso está acontecendo?

Tia Livi dá de ombros.

— Ah, a gente se vê há anos. Mas a coisa só começou a esquentar nas últimas semanas.

— Tia Livi! — O tom da minha voz combina com o meu choque.

Ela revira os olhos e faz um gesto de desdém com a mão.

— Ah, querida, estou velha, não morta.

Eu tenho perguntas. Muitas perguntas. Mas o sino toca mais uma vez e o rosto que aparece na entrada é familiar, assim como os olhos verde-esmeralda do homem que será para sempre meu melhor amigo.

— Trouxe café, mas pelo jeito você não precisa de mim.

Dax olha para o meu copo, que eu viro de uma só vez, e depois estendo a mão para pegar o adicional de cafeína número três dessa manhã. Dou um sorrisinho leve quando vejo o nome escrito na lateral: "Gemma com G".

— Acho que aquele barista tem um *crush* por você. — Dax coloca o braço em volta dos meus ombros. — Ele me olhou muito feio hoje de manhã quando fiz o pedido. Eu meio que estou com medo de tomar o meu café.

Ele se inclina e deposita um beijo na minha têmpora, descendo a mão pelas minhas costas e pousando no cós da calça jeans. Seu dedo mindinho escorrega por baixo do tecido e, embora suas ações sejam inocentes, o olhar que Dax me dá indica que ele tem planos para esse dedinho mais tarde.

— Que horas você acha que vai pra casa? — ele sussurra para que só eu possa ouvir.

Nossa telepatia Dax e Gemma ainda funciona maravilhosamente bem, talvez ainda melhor desde que me mudei para a casa dele há três semanas.

Depois de nossa declaração de amor e do festival-de-sexo-para-compensar-o-tempo-perdido que se seguiu, concordamos que, por mais que quiséssemos levar as coisas adiante, o mais certo seria fazer a transição de Gemma e Dax melhores amigos para Gemma e Dax namorados com calma.

Ainda fizemos sexo pra cacete. Mas eu mantive meu apartamento no porão, e namoramos por quase quatro gloriosos meses antes de concluir que era bobagem manter dois lugares se passávamos todas as noites juntos, e que o meu aluguel poderia ser investido na Wilde Sisters Beauty.

— Tem um monte de produto chegando hoje à tarde, às duas — digo a ele. — A Kiersten vai me ajudar até às 15h, mas talvez eu chegue tarde... a menos que você queira passar aqui e ajudar.

Os olhos de Dax imediatamente se voltam para a mesa do escritório. É uma mesa muito grande, que não cabe em qualquer espaço, então o inquilino anterior a deixou para trás. Quando mostrei o lugar para Dax pela primeira vez, ele a chamou de "mesa perfeita para sexo", e acho que hoje à noite descobriremos se isso é verdade. Duas vezes, de preferência.

— Tenho um cliente particular chegando às seis, mas passo aqui assim que terminar com ele.

A loja de Dax estava indo bem antes de eu atravessar o espaço-tempo, mas, depois que voltei, formei uma associação de curling com Sunny e os Hammer Curls em uma terça-feira. Além de Sunny ser nossa nova melhor amiga em comum, ela também nos apresentou seu marido, o enfermeiro pediátrico Andre Cortez, que por acaso é amigo de infância de um certo rapper de Toronto que agora usa exclusivamente os tênis de Dax.

Tudo está exatamente como deveria.

A Wilde Sisters Beauty pode não estar no mesmo nível de sucesso que estava na outra linha do tempo. Ainda assim, estou aproveitando cada segundo da construção do que ela pode vir a ser.

— Tenho que ir, mas amo você. Me manda uma mensagem se precisar carregar alguma caixa pesada ou matar aranhas. — Dax me dá um último beijo e um aperto na bunda.

— Acho que a Kierst pode ocupar essa função.

Tenho ficado como babá dos meus sobrinhos todas as terças-feiras à noite para que Kierst possa fazer CrossFit. Ela faz bastante agachamento.

— Esses glúteos foram feitos para levantar peso.

— E eu prefiro ficar amiga de bichinhos de oito patas.

Dax se despede de tia Livi e minha irmã com um aceno e, quando abre a porta para sair, eu o chamo.

— Amo você, Daxon McGuire.

Ele se vira, exibindo meu sorriso favorito no mundo inteiro.

— Te amo, Gemma McGuire.

— Ato falho?

Ele dá de ombros, com o sorriso ainda no rosto.

— Talvez? Ou talvez eu tenha planos.

Agradecimentos

ACHO QUE ESSA DEVE ser a minha parte favorita de todo o processo: pensar na viagem inusitada que é publicar e transformar um "e se?" imaginado de madrugada em um livro inteiro.

Emma Caruso, você me entende, e entende todas as garotas animadas que vivem dentro da minha cabeça. Eu sabia, desde o momento em que nos conhecemos, que você era a editora certa para este livro e, se você não me ouviu murmurando inconscientemente do outro lado do país enquanto eu trabalhava em nossas muitas e muitas edições, vou lhe dizer agora o que eu entoei repetidamente para a tela do meu computador: Você está certa! Assim fica melhor! Como você é tão boa nisso?

Bibi Lewis, você é uma agente superestrela e a maga dos livros. Eu imagino o interior de seu cérebro como aquele meme *de Uma mente brilhante*, dissecando meus originais e identificando exatamente o que é necessário para torná-los completos. É uma alegria trabalhar com você. Me sinto incrivelmente sortuda por fazer parte da Equipe Ethan Ellenberg, e estou ansiosa para te enviar muitos outros e-mails do tipo "isso aqui é bom, né?".

Equipe da Dial Press e da Penguin Random House, vocês são muito bons no que fazem. Taylor M., sinto muito por ainda não saber como usar vírgulas (e muito grata por você saber). Whitney Frick, Avideh Bashirrad, Cindy Berman, Diane Hobbing e Debbie Aroff, foi um sonho absoluto trabalhar com vocês. Obrigado por todo o trabalho árduo para colocar *Um feitiço de amor* no mundo.

Eu poderia escrever outro livro inteiro falando de todos os autores incrivelmente talentosos que dedicaram tempo para ler, aconselhar, criticar, ouvir e enviar imagens bastante inadequadas nos últimos anos.

Katie Gilbert, minha alma gêmea da escrita, você é tão talentosa que me dá dor de cabeça. Penso no quanto evoluímos desde os nossos dias de autoras iniciantes e dou risada, depois choro um pouco e volto a rir. Eu não estaria aqui sem suas constantes palavras gentis a cada passo dessa jornada.

Para os Boners: Aurora Palit, Christina Arellano, Jessica Joyce, Mae Bennett, Rebecca Osberg. Publicar pode ser difícil para o coração. Vocês foram meu bote salva-vidas nas partes mais difíceis, me tirando das águas turbulentas enviando fotos de caracóis fálicos e de Joshua Jackson vestindo um suéter de tricô.

Minhas primeiras leitoras (esse título não faz justiça a vocês; em vez disso, vou chamá-las de amigas queridas), Amanda Wilson, Blue, Kathryn Ferrer, Mae, Maggie North, Sarah T. Dubb e Shannon Bright, vocês me fizeram sentir divertida e inteligente. Suas ideias tornaram este livro muito melhor. Espero que vejam suas impressões digitais nestas páginas.

Para a comunidade SmutFest 2.0, vocês são tudo. Vocês trazem alegria (e muita obscenidade) para minha vida todos os dias. Obrigada por serem meu espaço seguro. Toronto Romance Writers, é evidente que há algo na água por aqui. Nós, o Norte! E somos bons no romance. Vocês têm sido uma comunidade acolhedora e solidária desde o primeiro encontro. Um agradecimento extra a Hudson Lin pelos retiros que me deram tempo e espaço mental para trazer esse bebê ao mundo, e a Farah Heron e Anya Simha por responderem as minhas intermináveis perguntas sobre publicação.

Noel e Dave, meus pais amorosos, que me disseram que eu poderia ser o que quisesse (desde que eu me formasse em administração antes). Obrigada por me dizerem todos os dias que eu era inteligente, por me fazerem carregar as mochilas de esqui, por me comprarem pacotes do Clube das Babás toda vez que íamos ao BJ's e por darem o exemplo perfeito do que é ser feliz para sempre.

Howie Wabb, você facilitou a escrita sobre duas irmãs que para sempre se apoiarão mutuamente (e que também odeiam corujas, embora tenham me feito cortar essa parte).

Para Andrew, seu pênis obviamente inspirou todas as cenas de sexo (só estou escrevendo isso porque nossos filhos ainda não leem livros sem imagens). Te amo com todo o meu coração. Obrigada por me dar espaço para tudo o que faço.

Meus queridos meninos, se vocês estão lendo isso, provavelmente já leram o parágrafo acima. Peço desculpas. Mas espero que eu esteja dando um bom exemplo de como é um relacionamento amoroso. Estou incrivelmente orgulhosa de vocês e mal posso esperar para ver no que se tornarão (depois que se formarem em administração). Além disso, um grande agradecimento a minha gentil sogra, Cathy, por ficar de babá de graça.

Para minhas meninas. Se você estiver se perguntando, "isso é para mim?", a resposta é sim. Se você chegou até aqui nos agradecimentos, você é obviamente uma das joias da minha vida, que torcem e me incentivam ao longo do caminho. Sou abençoada por ter uma vida repleta de mulheres inteligentes e talentosas que me inspiram e me impulsionam. Amo muito todas vocês.

A todos os leitores que deram uma chance a este livro e a esta autora estreante, obrigada! Espero tê-los feito rir ou abraçar sua irmã.

E, por fim, a Joshua Jackson e a quem quer que tenha tricotado aquele maldito suéter para ele.

Margaritas do Luar da tia Livi

Algumas noites exigem uma xícara de chá forte. Outras, uma caminhada rápida ou um momento tranquilo de reflexão. Mas quando a lua está certa, às vezes você tem uma noite em que a poção perfeita é uma das minhas famosas Margaritas do Luar.

Para a tequila com infusão de sálvia

1½ xícara de tequila Casamigos Envelhecida (o belo George Clooney realmente faz uma tequila deliciosa, mas qualquer envelhecida serve)

3 ramos de sálvia fresca (promove a sabedoria e a cura; também dá um toque agradável!)

Para a margarita

2 colheres de sopa de tequila com infusão de sálvia

1½ colher de sopa de suco de limão-taiti

1 colher de sopa de suco de laranja

1½ ou 2 colheres de xarope de agave (a gosto)

Para a borda

Misture partes iguais de açúcar, raspas de laranja e sal (eu gosto de um bom sal marinho grosso por suas propriedades purificadoras e curativas)

1 fatia de limão

Modo de preparo

Despeje a tequila em uma jarra de vidro e adicione os ramos de sálvia. Feche e guarde na geladeira para deixá-la em infusão por 24 a 48 horas (quanto mais longa a viagem, melhor o sabor!).

Decore a borda do copo com uma fatia de limão e a mistura de sal, açúcar e raspas de laranja.

Coloque os ingredientes da margarita com alguns cubos de gelo em um liquidificador e bata.

Finalize com um ramo de sálvia, uma fatia de limão ou uma rodela de laranja.

Beba, dance e compartilhe seus problemas com a lua.

Margaritas de Kiersten para qualquer hora

Tequila Jose Cuervo
Mistura para margarita Kirkland Signature

Modo de preparo
Misture de acordo com o dia que você acabou de ter.

Guia da Gemma para superar um término
(que não seja uma ameaça ao tempo-espaço)

Observação: Nenhum dos métodos abaixo tem respaldo científico. Eles são apenas o resultado de tentativa e erro. Interprete, adicione e subtraia à lista como desejar.

- Tempo para chorar (recomendo uma boa hora)
- Assista a vídeos no YouTube de pessoas que reencontram seus animais de estimação depois de longos períodos fora, ou de adolescentes entrando na faculdade/universidade (qualquer episódio de Queer Eye também funciona)
- Longas caminhadas
- Coma donuts
- Coma donuts enquanto estiver fazendo longas caminhadas
- Faça carinho em cachorros
- Não me odeie... mas se exercite (especialmente se você puder gritar ou xingar enquanto faz isso)
- Abrace sua irmã (pode ser substituído por um amigo, animal de estimação ou membro da família, e até mesmo alguns terapeutas)
- Terapia
- Mantenha um diário
- Cante "All By Myself", da lenda canadense Celine Dion (NÃO, repito, NÃO faça um TikTok)
- Dê um trato no cabelo
- Compre algo que faça você se sentir fabulosa
- Escreva uma lista de todos os motivos por que você É fabulosa
- Escreva uma lista de todos os motivos por que seu ex NÃO é fabuloso
- Queime a lista (tomando as devidas precauções de segurança contra incêndio)
- Lembre-se de que você é um unicórnio mágico, que este momento é o início de algo maravilhoso que está por vir (mesmo que você ainda não saiba como isso vai se desenrolar)

Impresso no Brasil pelo Sistema Cameron da Divisão Gráfica da
DISTRIBUIDORA RECORD DE SERVIÇOS DE IMPRENSA S.A.